眠狂四郎殺法帖　上

柴田錬三郎

集英社文庫

目次

眠狂四郎殺法帖

上巻

美女放心

一

「眠狂四郎殿、とお見受けいたす」

赤坂御門の外から、山王宮《さんのうのみや》の麓《ふもと》を東南に繞《めぐ》る溜池《ためいけ》の畔《ほとり》のだだ広い往還上で、一人の武士が、不意に、行手をふさいだ。

黒の着流しで、ふところ手の、異相の浪人者は、黙って、対手《あいて》を凝視した。

どこといって、特徴のない、すれちがっただけなら記憶にのこらぬ面貌《めんぼう》である。衣服、刀を視《み》れば、下級武士以外の何者でもない。

しかし、呼びとめられたのが、無数の敵を持つ眠狂四郎であった。

一瞥《いちべつ》して、対手がどんな素姓《すじよう》の者か、判断をつける鋭い直感力をそなえていたし、敵意をかくしていても、狂四郎の神経に、ふれて来るものがある。

「西丸《にしのまる》御老中邸へ、行かれるか？」

その質問に対しても、狂四郎の口は、ひらかなかった。

左手に並ぶ葭簀《よしず》囲いの掛茶屋の蔭《かげ》から、五人の武士が現れるのへ、冷たい視線を呉《く》れただけである。

その五人もまた、声をかけた武士と同様、なんの特徴も、取柄もなさそうな容子《ようす》をしていた。

二手にわかれて、狂四郎の前後をはさんだ。

梅の林間に、初午《はつうま》祭《まつ》りの幟《のぼり》の見える、陽《ひ》ざしもうららかな、美しい朝であった。通行人の中に、年寄の姿が多いのも、春のしるしである。この月は、工商ともに手隙《てすき》なのであった。

——そうか、今日は、涅槃会《ねはんえ》か。

六人の刺客に、行手退路をふさがれ乍《なが》ら、狂四郎は、池の彼方《かなた》の山王の森を眺《なが》めやってから、歩き出した。

前の三人が、決闘場所へ、狂四郎をみちびいて行くことになった。

通行人の目には、なんの変哲もなく、行きすぎる風景であった。

どこへ、みちびかれるか、狂四郎には、わかっていた。

外桜田《そとさくらだ》永田町の諸侯の藩士《はんし》が、夜明けに馬責めをする馬場《ばば》が、三町のむこうにあった。刺客たちは、そこをえらんでいる。

馬喰町《ばくろちょう》の馬場をはじめ、江戸馬場の多くは、土手に樹木を植えず、往還から見通しであったが、溜池馬場だけは、松と榎《えのき》にかこまれていた。上水の堤の役目もつとめていて、往還から、はなれてもいたのである。

その上水に沿う地点に来た時、狂四郎は、不意に、

「お先に――」

と、皮肉な一言をのこして、こちらの堤から、むこうの土手へ、九尺幅の水の上を、ひらり、と躍《おど》り越えていた。

六人が、さっと殺気をみなぎらせて、あとを追って、同じく、跳《と》んだ時には、松の木のあいだをすり抜けた狂四郎は、一隅に建つ火見櫓《ひのみやぐら》を背負うていた。

刺客たちは、一間の距離を置いて、その前面に、布陣した。

三人ずつ、三尺の間隔をとって、横列となり、一呼吸の差もみせずに、腰から白刃を鞘走《さやばし》らせた。構えも、同じ青眼《せいがん》で、腕前にも優劣はない、とみえた。

強敵ぞろいである。

後列の三人は、それぞれ、前の者の背後に、ぴったり寄り添って、狂四郎からは、身をかくした。もとより、抜かぬ。前の者が斬られたら、間髪《かんはつ》を入れず、その地歩を占める手筈《てはず》であった。

刺客として生き、そして死んで行く職務にある面々であることは、明らかであった。ただの決闘ではなかった。まず抜き構えた者は、背後にぴったりと寄り添われている

以上、一歩も退《さが》ることは、許されぬ。一撃必殺の戦法であり、その一撃がはずれれば、おのが生命はないものと、覚悟しているのだ。

のみならず、その一撃は、三刀同時になされるに相違ない。

狂四郎自身、火見櫓を背負っているからには、跳び退《すさ》ることは不可能であった。

この絶体絶命の危機を、いかなる秘技でのがれるか。すでに、肚裡《とり》には、成算があるのであろう、狂四郎は、ふところ手を、やおら抜き出して、しずかに、左右に垂《た》らしただけであった。

青眼の三人は、目に見えぬほどの速度で、距離を縮めて来た。

狂四郎が、居合の抜きつけを使うであろうことは、あらかじめ、計算のうちにあったことであろう。抜かぬ狂四郎に対して、どの顔にも、みじんも遅疑の色はなかった。

迫る三刀は、ついに、狂四郎の痩身《そうしん》を、一撃圏内に容《い》れた。

互いの殺気は、沸騰点《ふっとうてん》にむかって、盛りあがってきた。

「ええいっ！」

「やあっ！」

ほとばしった気合は、いずれをはやし、いずれをおそし、としなかった。

狂四郎と三人の敵の五体が、地に影をとどめぬまでの恐るべき速さで、躍った。

その一瞬が過ぎた時、狂四郎は、右手に無想正宗《まさむね》、左手に脇差《わきざし》を抜き持って、やや身を沈めた構えで、氷のように冷たく光る双眸《そうぼう》を、かっと瞠《みひら》いていた。

左右の敵が、徐々に首を垂れて、前へのめり込み、正面の敵が、おくれて、のけぞって行った。

正面の敵が、おくれたのは、狂四郎の片足から、はねあがって来た雪駄《せった》を、両断した
ためであった。

すなわち。

狂四郎は、正面の敵へ、片足の雪駄を蹴《け》り投げておいて、左右の敵を、居合の抜きつ
けで斬り、次いで、雪駄を両断した正面の敵に、袈裟《けさ》がけをあびせたのであった。

神速の業前《わざまえ》であった。

だが、まだ、敵は、その半数がのこっていた。

すでに、仆《たお》れた味方の屍骸《しがい》を跨《また》ぎ越えて、三本の剣は、朝陽《あさひ》を弾《は》ねて、煌《きらめ》いていた。

狂四郎は、こんどは、のこりの雪駄を、正面の敵へ、蹴り投げる同じ戦法をくりかえ
すわけにはいかなかった。

二刀を抜きもっているからには、居合も封じられた。

文字通り捨身の戦法が、のこされているばかりであった。

ふたたび。

一撃必殺の剣気が、満身から噴《ふ》いて出る刹那《せつな》を迎えた。

と――突如、敵がたの口から、凄《すさま》じい懸声《かけごえ》が発するのを待たずに、狂四郎の痩身が、ぱっと、地に沈んだ。

三剣は、その頭上へ、電光のごとく振り下された。

刃金の火花が、散った。

狂四郎は、頭上に聚《あつま》った三刀の切っ尖《さき》を、脇差で、受けとめたのである。

受けとめざま、狂四郎は、充分の余裕をもって、無想正宗を、びゅんと旋回させた。

その閃光《せんこう》の奔《はし》る地上三尺の線上に、三つの胴が、なんの防備もほどこされずに、並んでいた。

二

間もなく、眠狂四郎の姿は、西丸老中・水野越前守《えちぜんのかみ》忠邦の上屋敷《かみやしき》内にある、側頭《そばがしら》役《やく》・武部仙十郎《せんじゆうろう》の長屋の書院に、在った。

待たせずに、襖《ふすま》をひらいた老人は、五尺足らずの小軀《しょうく》を、さらに猫背にして、ひょこひょこと入って来ると、座に就《つ》く前に、

「血が匂《にお》うの」

と、云《い》った。

「あとで、風呂と衣服を頂こう」

狂四郎は、無表情で、云った。

老人は、坐《すわ》ると、すぐに、きり出した。

「当邸に、また、間者《かんじや》が入り込み居《お》ったわい。こんどは、手強い。このわしが、いかに目をひからせても、尻尾を出さぬ」

幕閣内の、政権争奪のための暗闘は、愈々《いよいよ》凄じいものになって来ていた。

二年ばかり前は、老中筆頭・水野出羽守《でわのかみ》忠成とその下の三権臣林肥後守《ひごのかみ》忠英（若年寄）、水野美濃守《みののかみ》忠篤（側衆《そばしゆう》）、美濃部《みのべ》筑前守《ちくぜんのかみ》（小納戸《こなんど》頭取）、そして出羽守老臣土方縫殿助《ひじかたぬいのすけ》の権勢は、飛ぶ鳥を落す、という形容もさほど誇張ではないくらい、ゆるぎないものであった。

大政燮理《しようり》の任に就かんという大きな志を抱《いだ》いていて、西丸老中になった水野越前守忠邦も、その権勢の前には、手も足も出なかった。忠成一派が、自分を、江戸城から追わんとする策謀を阻止するのだけで、せい一杯だったのである。

賢相《けんしよう》の名のある老中・大久保忠真が、あいだに立ってくれていなければ、忠邦は、疾《と》くに追われていたに相違ない。

ところが、昨年の初頃から、江戸城内の形勢には、目に見えた変化が起って来たのである。

その主たる原因は、将軍家斉《いえなり》が、ようやく老いて、政務に関して耳口《じこう》を使うのを、煩《わずらわ》しがるようになり、なろうことなら、将軍職を、西丸に在る世子家慶《せいしいえよし》にゆずって、大御所《おおごしょ》の地位にしりぞきたい意嚮《いこう》をもらしはじめたことである。

もし、そうなれば、家慶は、当然、輔佐役《ほさやく》たる水野越前守を、本丸老中に据えるであろう。

これは、水野出羽守一派にとって、断じて、拒否しなければならぬ重大事であった。対手《あいて》がたを陥入《おとしい》れるために、互いに密偵を放って、その罪状を作製せんとする異常な努力は、さらに急がねばならなかった。

側頭役たる武部老人は、昼夜そのことに、頭脳を働かせていなければならなかった。老人が、手強い、と舌を巻くのである。入り込んで来た間者は、よほどの功者《こうしゃ》に相違ない。

「ご老人が、思案にあまって、わたしを呼ぶとは、どうしたことか。この屋敷の殆《ほとん》どの者の顔さえも見知って居らぬわたしが、さがし出すてだてがあろう筈もない」

狂四郎は、冷やかに、云った。

「そうは、申して居られぬ。昨夜のうちに、殿のお手文庫の中から、佐渡《さど》金銀山の盛衰の運びに関する秘密調査の書類が、煙のように失《う》せた。これは、殿が、十名の隠密《おんみつ》を佐渡へ送って、五年を費して調べあげたものでの、過去十年にわたってなされた公儀《こうぎ》下げ金と上納高の不正が、つぶさにしらべあげてある」

「………」

「お主《ぬし》など、佐渡の金銀が、公儀の財政に、どれだけの力を与えて居るか、一向に興味はあるまいがの、きけば、納得いたそう。この十年間の、年平均の年貢金《ねんぐきん》は、ざっと九十万両。佐渡の上納高が、十一万両。比重は大きい。されば、不正も大きい、と申すもの」

「………」

「殿が送った隠密たちは、十名ことごとく、江戸には、帰って参らぬ。いわば、あの調書は、十名の生命とひきかえにされた。むざと、敵がたに奪われてはならぬ」

「………」

「お手文庫の中から消えたのは、殿が披見《ひけん》されたのち、お納めなされてから、ものの半刻《とき》も経っては居らぬ。虫の知らせがあって、殿は、わしに、それを、蔵にしまって置くように、命じられた。わしが、お手文庫を把《と》ってみると、すでに、空《から》であった」

「………」

「わしは、ただちに、その半刻の間に屋敷から出た者を調べたが、一人も居らぬ。……もとより、見張りを厳重にし、昨夜から、小者《こもの》一人も、屋敷から出しては居らぬ故《ゆえ》、調書は、まだ、間者めが所持して居る」

「その書類の嵩《かさ》は？」

「ひと抱《かか》えあるて。袂《たもと》にかくして、出て行くわけには参らぬの」

「それならば、あわてることもないと思うが……」

「それが、あわてなければならぬ理由がある」

「…………？」

「正午に大奥より、中﨟《ちゅうろう》千佐《ちさ》どのが、下《さが》って参られて、当邸へ、挨拶《あいさつ》に立寄られる。千佐どのが、来月、上様の第五十五番目のお子を生みになるのでな」

将軍家斉には、すでに、子女が五十四人もあった。

またまた、中﨟の一人に手をつけて、懐妊させた、という。

「千佐どのは、殿が後見して、大奥へ上げた貧乏旗本の養女でな。おかげで、父親は、御広敷《おひろしき》御用人に出世して居る。……千佐どのは、実家で身二つになられるために、宿下りされるのじゃが、当然、殿に後見されたおかげのお目出度《めでた》ゆえ、当邸へ、立寄られて、挨拶されることになる」

「…………」

「さ、問題は、この行列の出入りにあたって、間者めが、どのような手段を用いて、調書を持ち出すかじゃ」

「行列の中に、それを受けとる間者がいる、というわけか」

「左様――。もとより、当方も、油断なく、目を配っているが、上手《じょうず》の手からも水は漏れる。……ひとつ、お主に、物蔭《ものかげ》から、行列に加わった者どものうち、どれが臭いか、看破《みやぶ》ってもらおう、と思って、呼んだのじゃわい」

——そうか。

狂四郎は、合点した。

六人の刺客が襲うて来たのは、この眠狂四郎を、水野邸へ入らせてはならぬこうした理由があったのである。

敵がたも、必死である、と知れた。

「ご老人、間者は、女と思うが、いかがだ？」

「うむ。多分な——」

「とすれば、受けとる方の間者も、女か……」

「そうとは、限るまい」

「ともあれ、挨拶のために、奥に入ってしまえば、われわれ男の目は、とどかぬ。当家の女中衆に、監視させることになろうが、一瞬の油断もなく、目を配って居るのはむつかしかろう」

「まずな」

「といって、わざと隙を与えることも、せねばなるまい」

「渡させるのか？」

「奪いかえす好機、と逆の考えもできる」

「さて、むつかしいの」

珍しく、この老人が、歎息《たんそく》したことだった。

三

正午――。

西丸老中上屋敷に、お手付中﨟千佐の宅下《やどさが》りの行列が、しずしずと、到着した。

一瞥《いちべつ》、それは、十万石相当の格式をもった行列であった。中﨟の上であるお年寄が、上使におもむく際と同じであった。

ただ、上使の行列とちがっているところは、紅網代《べにあじろ》の乗物に、ひとつ紋しかついていないことであった。上使の乗物は、三つ紋である。

仕丁《じちょう》手替り付き二十五人持ちの乗物は、大玄関に至ると、そのまま、奥へかつぎ込まれようとした。

すると、式台に正座して、迎えていた武部仙十郎が、ひょいと首を擡《もた》げて、

「あいや、しばらく――」

と、とどめた。

乗物わきの御広敷役人が、じろりと見下して、

「なにか？」

と、問うた。

「千佐どのには、これより、徒歩にてお通りの程を、お願いつかまつる」

「なんと申される！」

乗物のすぐうしろに跟《つ》いて来ていた大奥付医師が、憤然となって、

「千佐様には、来月が御出産でござるぞ。大切の上にも大切にいたさねばなりますまいぞ。臨月のおん身で、この長廊下を歩めとは、なんという無礼な口上か！」

「それが、作法と申すもの」

老人は、平然として、云った。

「老中邸の奥まで、お乗物を乗り入れることのできるのは、上様、上様の若君、御台《みだい》所《どころ》の姫君のほかには、上使となったお年寄のみでござる。ひとつ紋の乗物を、奥までかつぎ込まれては、当家の格式が、地に堕《お》ち申す故《ゆえ》、おことわりつかまつる」

「千佐様のおん腹には、上様のおん胤《たね》がましますぞ。されば、お乗物で入りたもうて、なんの異存があろう」

「黙らっしゃい！」

老人は、五尺の小軀のどこから発するかと思われる大声をあびせた。

「いまだ、呱々《ここ》の声をあげざる者を、貴人とみなせとは、なんたる無知蒙昧《もうまい》のたわ言か。

たとえ、上様の若君であっても、官位を持たざれば、臣下と雖《いえど》も、式礼にあたってその下に随《したが》わざるが武士道の吟味でござる。古例にござる。寛永十九年二月九日、御三代様(家光)のおん世子《せいし》が、はじめて、山王祠《さんのうしゃ》に御参詣《ごさんけい》のみぎり、酒井忠勝《さかいただかつ》、松平信綱《まつだいらのぶつな》の御両人は、尾張《おわり》、紀伊、水戸の御三家に、随従の命を伝え申した。すると、尾張殿には、われら大中納言《だいちゅうなごん》が、無官の人に随従するいわれはなし、と断られた。酒井、松平御両人は、たとえ無官でも、上様おん世子なれば、と主張された。これをきいて、義直公は、からからとうち笑われて、もし父の官職を申さば、われら三家は、将軍家の子ではないか、そのむかし、北山の行幸に、足利義満《あしかがよしみつ》が、その幼子義嗣《よしつぐ》を関白の上席に坐《ざ》せしめて、後世の非難するところとなったのを知らぬか、と申された由《よし》。……例《たと》えもまた、いまが同じでござる。いやしくも、加判の列につらなる水野越前守の上屋敷が、いまだ無官の中臈《ちゅうろう》を、ひとつ紋の乗物毎《ごと》、奥へ通したとあっては、その面目は丸つぶれ、世間の物笑いをまねき、いささかの申しひらきも立ち申さぬ！　たとえ、養生所下《ようじょうしょさが》りの重き病いの上臈であろうとも、ここで、乗物をすてて頂く儀にござるわい」

こうまで、云いたてられては、御広敷役人も大奥付医師も、達《た》って押し入るわけにはいかなかった。

武部仙十郎は、その乗物に、仕掛けがしてあって、盗まれた書類をかくされてはかなわぬ、と考慮したのである。

千佐は緋縮緬《ひぢりめん》の掻取《かいどり》で、ぶっくりとふくれた菊綸子《きくりんず》の間召《あいめし》の腹をかくすようにして、乗物から出た。

白磁《はくじ》のような肌も、繊細な製《つく》りもののような眉目《みめ》も、細いうなじも、すべてが、いたいたしいまでに、儚《はか》なげな印象の美女であった。年歯《としは》もまだ二十歳には、ひとつ二つとどくまい。女六七人、それに大奥付医師を随《したが》えて、奥へ入って行くのを見送り乍《なが》ら、武部老人は、

――あの藪《やぶ》めが、くさいわい！

と、疑っていた。

臨時の化粧の間《ま》で、少時休憩したのち、千佐は、越前守忠邦と、書院で挨拶した。これは、甚《はなは》だ儀礼的なものにすぎなかった。

この間、水野邸の女中衆の目がとどかなかったのは、化粧の間の様子であった。千佐が、衣裳《いしょう》のみだれをなおすのを、覗《のぞ》くことは許されなかった。付添いの大奥女中のうち、御三の間頭《がしら》という女中が一人だけ手伝った。ほかの女中たちと、大奥付医師は、控えの間にいたが、ここには、水野邸の女中たちも詰めていた。

なんの怪しむべき気配もなく、挨拶はおわった。

千佐は、書院を出て、長廊下を、そろそろと、玄関へむかった。

中ほどまで来た時である。

不意に、片側の襖《ふすま》が、さっと開かれると、黒の着流しの浪人姿が、ずい、と千佐の面前に、立ちふさがった。

玄関ちかくのところにいた武部老人は、

「お！」

と、思わず、声をもらした。

いままで、姿をかくしていた眠狂四郎が、突如として出現して、千佐へ、冷然たる眼《まな》眸《ざし》を据えたのである。

「狼藉者《ろうぜきもの》！」

大奥付医師が、千佐をかばって、医師とも思われぬ凄《すさま》じい殺気をみなぎらせて、狂四郎を、睨《にら》みつけた。

狂四郎は、黙って、口辺に、薄ら笑いを刷《は》いた。

建物を顫《ふる》わせるばかりの懸声《かけごえ》もろとも、大奥付医師の腰から脇差が閃《ひらめ》いた。

同時に、狂四郎もまた、動いた。

無想正宗が、一条の白い光芒《こうぼう》と化した下に、医師は、血煙りあげてよろめき、泳いで、庭へ落ちた。

次の刹那《せつな》である。周囲の人々が、魂消《たまげ》る悲鳴を発したのは——。

無想正宗は、大きく、宙を舞って、千佐の、ぶっくりとふくれあがった腹部を、ざくっと、両断したのであった。

だが、千佐は、悲鳴もあげず、仆《たお》れもしなかった。

幅二寸五分の金襴《きんらん》の提帯《つけおび》と、菊綸子の間召は、ま二つに截《き》られて、前を披《ひら》いた。そして、その中から、どさっと落ちたのは、十数冊の書帖《しょじょう》であった。

狂四郎は、白刃を腰に納め乍ら、千佐を、視《み》た。

ふしぎにも、千佐の細いおもては、色こそ死人のように血の気を引いていたが、恐怖も狼狽《ろうばい》も屈辱も示さず、むしろ、安堵《あんど》にも似たうつろな翳《かげ》をつくっていた。狂四郎の視線を受けて、まばたきもせぬ。

狂四郎は、その視線をはずして、周囲を見まわすと、その口から冴《さ》えた声を送り出した。

「将軍家をはじめ、江戸城大奥を誑《たぶらか》し、懐胎を装《よそお》うたるこの女の罪は、極刑をまぬがれ難しと雖も、表沙汰《おもてざた》にいたせば、将軍家ご自身の恥とも相成る故、内聞の処置あるべしと存ずる。されば、この女の身柄は、浪人眠狂四郎が、お預り申す。左様、ご承知置き頂こう」

風の如《ごと》くに

一

犬の遠吠《とおぼ》える深夜の河岸道《かしみち》を、眠狂四郎は、歩いて来た。

先刻、ほんのひとときの雪が降って、路上は塗られたようにまっ白になっていた。その時から、人一人通っていないのである。狂四郎の足跡だけが、鮮やかに印《つ》いて行く。

あすの朝は、下駄と草鞋《わらじ》と車輪で、泥濘《でいねい》となろう。その頃は、こちらは、寝ている。

この時刻、人影の絶えた往還を歩いているのが、ふさわしい男であった。行手に、目的もあった。他人の家に、盗賊のように忍び込む役目であった。そして、そこで、何が起るか、それを見とどけるのを目的としているのも、この男らしい。

これは、こちらから、買って出た。たのまれたわけではなかった。狂四郎としては、珍しいことであった。

白魚《しらうお》を手網ですくう佃 沖《つくだおき》の漁火《いさりび》を、ずうっと眺《なが》めやり乍ら、歩いて来た狂四郎は、やがて、つと右へ折れた。

三田《みた》寺町は、その名のごとく、かぞえきれないくらい、大小の寺院がならんでいる地域であった。汐見坂《しおみざか》をのぼって、伊皿子《いさらご》へ抜けた狂四郎は、左右にその寺院の土塀《どべい》がつらなる細い道筋をえらんだ。

そして、木戸につきあたった。

寺院のせなかで包囲されたかたちの武家屋敷の一廓《かく》が、そこに在った。

昼間、狂四郎は、古川に架《かか》った三之橋を渡って、捜しに来て、むなしくひきかえさなければならなかった。

ここに至る道筋は、ひとつしかなく、それも絵図には載っていなかった。世間では、百石以下の御家人《ごけにん》が集っているらしい、と思っているようであった。商人で、ついぞ、この木戸をくぐった者はいなかった。

市井《しせい》にあっては、武士と商人の生活は、全く没交渉で、噂《うわさ》好きな商人も職人も、奇妙な武家屋敷の一廓が存在していても、その内部を、取沙汰《とりざた》するようなことはなかった。自分たちとは、別の世界だ、と思っていたのである。

狂四郎は、木戸を、音もなく乗り越えた。

同じ構えの家が、並んでいた。小役人の家などよりはるかに大きい構えであった。木戸側からかぞえて七軒目の家の前で、狂四郎は、立ちどまった。

しばらく、そのまま、動かなかったのは、他の家の物蔭《ものかげ》から、自分を凝視する目があることを期待したからであった。どんな微かな気配でも、察知するために、神経を冴えさせていたし、たとえ気配がなくても、自分を刺す眼光に対して、霊感ともいえる鋭い反応力を備えている眠狂四郎であった。

——跫音《あしおと》をたてて来たおれを、怪しむ者はないのか?

その能力を持った人間は、のこらず出はらっている、と判断しておくべきか。

狂四郎は、ひと跳《と》びで、塀を躍《おど》り越えた。

百坪あまりの庭に、樹木一本、石一個もなかった。品川か高輪《たかなわ》の浜辺から採って来た砂を撒《ま》いただけの簡素なひろがりをみせていた。

いまは、塩田のように、雪を置いて、美しい。

狂四郎は、足跡をまっすぐにつけて、建物に近づいた。その二十歩の間に、狂四郎は、おのが背中を、ひとつの眼光が、鋭く刺したような気がした。見戍《みまも》る者がいたとすれば、向いの家の高い場所からであったろう。

狂四郎は、平然として、雨戸を一枚はずして、屋内に入った。

武家屋敷の構造については、熟知している狂四郎であった。

闇の中を、なんの逡巡《ためらい》もなく、進んで行った。勿論《もちろん》、跫音は消していたのである。

この一廓は、曾《かつ》て松平定信《さだのぶ》が政権を掌握するにあたって、日本全土にちらばる忍びの術の流派を継いだ面々を集めて住まわせた、いわば、特殊地であった。

世間に知られる公儀隠密《おんみつ》は、庭番といい、大奥女中の療養所である桜田の御用屋敷内の長屋に住み、一切外間《がいかん》との交際を絶ち、嫁娶《よめとり》さえも、同僚間で行っていた。散宿《さんしゆく》は禁じられ、その結束は、堅かった。

忍びの者として名の通る伊賀・甲賀衆は、四谷伊賀町、神田甲賀町、麻布笄町《こうがいちよう》に、かたまって屋敷を与えられているが、すでに、服部《はつとり》半蔵を総帥《そうすい》としていた時代の面目はなく、大奥の御屋敷添番《そえばん》となり、老中以下諸役人の刀の預り役や、将軍家外出やお年寄表使いの折の随行を勤め、間諜《かんちよう》の役からは、はずされていた。もはや、忍者としての修業が不足していたのである。

この三田寺町の一廓に住む人々だけが、能《よ》く、各々の流派を守って、忍びの術を、身につけていたのである。根来《ねごろ》流、羽黒流、紀州流、芥川《あくたがわ》流、秋葉流など——当主は、宗家《そうけ》たる誇りを持ち、知行所として与えられた発生地に、幾人乃至《ないし》幾十人かの子弟を養い、酷烈極まる修業を強《し》いていた。

当然、考えられるのは、門塀を並べ乍《なが》ら、各戸が、他家に対しては、異常なまでの競争心を燃やしていたことである。むしろ、敵愾心《てきがいしん》ともいえた。

これが、桜田に集っている庭番衆とは根底から相違するところであった。

白河楽翁《しらかわらくおう》は、渠《かれ》ら諸流派の主《あるじ》たちを、巧みにそそのかし、あやつったのである。給した隠し知行は、千石以下はなく、その点でも、庭番衆の扶持《ふち》とは、雲泥の差があった。

いま——。

狂四郎の忍び入ったのは、能登《のと》に発生地を有《も》つ無影流の宗家・戸越嘉門《とごしかもん》の屋敷であった。

水野越前守《えちぜんのかみ》忠邦が、佐渡金銀山に於《お》ける公儀下げ金と上納金の不正を調査するために、遣《つかわ》した十人の隠密の一人として、この家の主人は、加わっていた。

十人の隠密は、一人も江戸へ還《かえ》って来なかった。

他の九人が、悉《ことごと》く、敵の手で果てたことは、明らかであったが、無影流・戸越嘉門だけは、杳《よう》として行方《ゆくえ》知れずの儘《まま》であった。

戸越嘉門が、最後まで生き残っていた事実は、江戸へ還って来た敵側の隠密が、上司に報告するのを、間者の一人にぬすみぎきさせて、知れていたのである。

戸越嘉門は、水野越前守に届けられた調書よりも、さらに重要な調書を持っていた模様であった。

武部仙十郎は、

——あるいは、嘉門は、裏切って、敵方に就《つ》いたのではないか？

との疑惑を抱いていた。

裏切っていれば、当然、江戸へ帰って来ている筈《はず》である。わが家にも、こっそり姿を、現しているのかも知れなかった。

隠密が、妻子に会いに戻るのは、人目を避けて、夜半をえらぶ。

狂四郎は、嘉門が戻ったごとくみせかけて、忍び入ってみれば、その妻女の態度如何《いかん》によって、生死が判るであろう、と考えたのである。ひとつの賭《かけ》であった。

二

狂四郎は、寝室と次の間とを仕切る襖《ふすま》を、わざと、音たてて、すっと開いた。

とたんに、そこに延べられた夜具の中から、

「あ――」

と、小さな声が洩《も》らされた。

狂四郎は、闇に利《き》く目で、上半身を起した者を、凝《じ》っと見据えて、

――嘉門は、生きているな。

と、さとった。その小さな声は、不意の侵入者に愕《おどろ》いて発したのではなく、当然入って来る者を迎えるひびきを持っていたのである。

狂四郎は、歩み寄ると、大小をすてて、すっと、女の横にすべり込んだ。

女の肌であたためられた褥《しとね》に入るのは、久しぶりのことだった。

女は、疑いを抱く余裕もなく、男にしがみつくようにして、身もだえすると、

「……十日も、すてて、お置きになりました。……苦しゅうて――心とからだが、ばらばらに、もだえまする！……良人《おっと》にも、母にも、わが子にも、すまぬこと――両手を合せて、詫《わ》び乍ら、からだが……からだが、燃えて……、ど、どうにも、なりませぬ……」

かきくどきつつ、待ちきれぬように、男の片手を摑《つか》んで、下方へ押し下げた。

――良人にすまぬ？

あたたかく濡《ぬ》れた柔襞《やわひだ》の中へ、指頭を滑《ぬめ》り込ませ乍ら、狂四郎は、闇の中で、眉宇《びう》をひそめた。

――良人ではなく、密夫《みっぷ》を引き入れているのか？　おれを密夫とまちがえて居る。

この時はじめて、女は、男の様子がいつもと違うことに気がついたらしく、不安に顫《ふる》える手で、狂四郎の顔をさぐった。

しかし、驚愕《きょうがく》の悲鳴は、発しなかった。狂四郎の掌《て》が、すばやく、その口をふさいだのである。

「良人が帰って来たことにしてもらおう」

まず、皮肉なその言葉をあびせておいて、口から掌をはなした。

「そうすることが、犯した罪のつぐないにもなる」

「………」

女は、喘《あえ》いだ。

狂四郎は、臥床《ふしど》を抜け出ると、行燈《あんどん》に寄った。

燧石《ひうちいし》を手にした瞬間、女がはね起きざま、襲って来た。

狂四郎は、身をひねりざま、手も使わずに、匕首《あいくち》を摑んだ腕を、片膝《かたひざ》で、押し敷いた。

そうしておいて、行燈に灯を入れた。三十過ぎたばかりの、品もあるし、肌も綺麗《きれい》な妻女であった。

狂四郎は、女に、乱れた前をつくろわせるいとまを与えてから、

「かさねて云《い》う。良人が帰って来たことにして、こちらの問いにこたえるのが、罪のつぐないになろう」

「…………」

「わたしは、眠狂四郎という浪人者だ。そなたの主人には、恩も怨《うら》みもない無縁の者にすぎぬ。ただ、行きがかり上、その生死をたしかめねばならぬ。……そなたのからだを弄《もてあそ》んで居る密夫は、この屋敷地内に住む者だな？」

「…………」

妻女は、微かに頷《うなず》いた。

「姓名は？」

「…………」

「そなたの良人が、たしかに死亡したと、報《しら》せに来た者だな？　報せに来て、隙《すき》をうかがって、そなたを犯した——そうではないのか？」

妻女は、肯定した。

「姓名をかくしてみても、はじまるまい。何者だ？」

「…………」

「わたしが、西丸老中から遣《つかわ》されて来た使者と申しても、こたえぬつもりか？」

そう云われて、妻女は、はじめて、顔を擡《もた》げた。思考力を喪《うしな》った、惨《みじ》めな表情であった。

「云わねばなるまい。それが、良人の仇《あだ》を討つことにもなる」

狂四郎は、静かな口調で、促した。

妻女は、色の失《う》せた唇を、わななかせて、こたえようとした。

瞬間——狂四郎は、妻女のからだをすくい取るようにして、褥へ仰臥《ぎょうが》させると、

「入って来た者がある。何もこたえてはならぬ」

と——命じておいて、風のように、寝室から去った。

目ばかりに覆面をした武士が、現れたのは三秒の差もなかった。

畳をすべるように、褥に迫ると、

「まさ殿、何者が参った？」

と、鋭く問いざま、夜具をひき剝《は》いだ。

「申されい！　何者が来た？」

「……………」

「嘉門が戻ったのか？」

思わず、そう訊《き》いた。

妻女は、はっと、大きく眸子《ひとみ》を瞠《みひら》いた。

「主人は、みまかったと、貴方様《あなた》は、申されました。主人は、生きて居《お》りますのか？」

対手《あいて》は、おのが不覚に、舌打ちした。

妻女は、あらんかぎりの憎悪を、眼眸《まなざし》にこめて、

「卑劣者！」

と、叫んだ。

対手の全身に、凶暴な殺気がみなぎった。

とたんに、次の間から、

「斬られるのは、お主《ぬし》の方だ」

冷やかなその言葉が、投げかけられた。

三

狂四郎と、覆面の武士は、白雪の平庭に、九尺の距離をとって、対峙《たいじ》した。

無想正宗を地摺《じず》り下段にとった狂四郎は、敵の異様の構えに対して、とっさに、無拍子の一撃よりほかにすべはなし、とさとって、絵に入ったごとく、動かなくなった。ただの兵法者ではなかった。やはり、忍者の剣と知った。

覆面の武士は、対峙しざま、目にもとまらぬ迅《はや》さで、二刀を抜きかざしたが、尋常の二刀は、短刀が左手、長剣が右手にあるものだが、渠《かれ》のはその逆であった。

左手の長剣を、眼前へまっすぐに突き延べ、右手の短刀を頭上にかざして、ゆるやかに逆廻ししつつ、徐々に膝《ひざ》を折り首をひくめ、老人が半身を蹋《かが》めるよりもさらにひくく伏す姿勢になったのである。

二刀を逆に持ったその構えは、三心刀という秘術にある。敵の懐中にとび込んで、短刀で、振り下された太刀《たち》を受けとめて、長剣で胸をつらぬく迅業《はやわざ》である。三心と名づけたのは、仏教にある一に至誠心、二に深心、三に回向発願心《えこうほつがんしん》の三心から、採ったものであろう。

経文に、この三心を具すれば、必定《ひつじょう》の往生する事は、水の必ずひくきに流れ、火の定って空に昇るが如《ごと》し、とある。

右手の短刀は、敵を斫《き》る刀ではなく、我を撃って来る敵の刀をさえぎる一心をこめ、左手の長剣で、一筋に往生を願うがごとく、無念無想で突き出して、敵の胸をつらぬく——いわば、きわめて自然な必勝刀法である。

おそらくその胸中では、念仏をとなえているのであろう。念仏をとなえるのを三心のうちの初心とし、右手の短刀にこめる一心を、次心とし、左手の長剣に満たした一念を、三心と称すのである。

いかにも、忍者がえらぶにふさわしい。

身を三尺に縮めたのは、忍者には汐合《しおあい》が極まるという一瞬がないことを示す。すなわち、おのが三心に五体をゆだねて、自由に進み寄り、敵にもまた自由に撃たせようとするものであった。

もとより、その四肢《しし》に鋼《はがね》の発条《ばね》のような凄《すさま》じい飛撥力《ひはつりよく》を圧縮していることは、云うまでもない。

これに対して、狂四郎は、無拍子の秘法を使おうとする。

無拍子とは、元来、三心刀と同じく、二刀の技で、長短の剣を斜《ななめ》に曳《ひ》いて、敵が撃って来た刹那《せつな》、身を脱し、敵の双手を斬り落す。決して、敵と太刀を搏《う》ち合せることをせぬのである。

狂四郎は、無想正宗ただ一剣をもって、二刀の無拍子を使おうとするのであった。

敵が、横這《よこば》いに、地歩を移すのに対して、狂四郎もまた、すこしずつ、体をまわしていたが、一瞬、

「時間のむだ費《づか》いをするな！」

と、あびせた。

敵は、気合も噴《ふ》かせず、飛鳥のごとく、襲って来た。

刹那——狂四郎は、右手で無想正宗を刎《は》ね上げて、長剣を突き延べて来た敵の左腕を、手くびから両断しざま、一歩ふみ込んで、左の素手で、敵の右手を鷲摑《わしづか》みにして、短刀を頸根《くびね》深く、突き刺した。

敵の短刀が、撃つためのものではなく、受けるためのものであると、巧みに利用した意外の無拍子であった。

われとわが短刀で、胸奥までつらぬかれた覆面の武士は、断末魔の濁り声をしぼって、がっくりと俯伏《うつぶ》した。

この時。

屋内から、女の絶鳴が、あがった。

はっとなって、身をひるがえして駈《か》け入った狂四郎は、白い寝衣を朱《あけ》にそめて、仆《たお》れている妻女を、見出した。

決闘の隙をうかがって、何者かが、妻女を一太刀で仕止めて、逃げ去ったのである。

──仲間か？

──それとも？

家人が夢を破られて、駆けつけて来る音をきき乍《なが》ら、狂四郎は、おちついていた。

最初にとび込んで来たのは、十歳あまりの少年であった。小刀をつかんでいた。

「ああっ！　母上！」

驚愕《きょうがく》の絶叫をあげたが、流石《さすが》は並の武家の子弟ではなく、たちまち、狂四郎を睨《にら》みつけて、

「おのれっ！　母上のかたき！」

と、抜刀して、鞘《さや》を投げすてるや、ぴたっと、青眼《せいがん》に身構えた。

修業している鋭さをみなぎらせて、切っ尖《さき》から燃えたつ殺気は、なみなみではなかった。

──弁解しても、肯《き》くまい。

こちらは、白刃を携《さ》げているのである。

情況が不利であった。

しかし、一応は説ききかせようと、口をひらきかけた時、つづいて、頭髪が半白の老《ろう》婆《ば》が、姿をあらわして、

「おおっ！　おまさがっ！……うぬ、曲者《くせもの》め！　小弥太《こやた》、けなげぞ！　母の仇《あだ》をみごと

に討ってみせや！　このばばも、助勢いたすぞ！」

気勢凄じく、走って、なげしから、槍《やり》をつかみとるや、

「いよーっ！」

と、ひとしごき呉《く》れて、狂四郎の脇腹《わきばら》へ、狙いつけた。

狂四郎は、黙って、無想正宗を、鞘に納めた。

「おのれが、それは、なんの振舞いぞ！　年寄子供と見くびり居って——、されば、なんで、かよわい女を討ち果したぞ！」

「斬ったのは、わたしではない。と申しても、信じてはもらえまいが……」

「おうっ、信じられようか！　盗人《ぬすつと》たけだけしいとは、おのれのことじゃ。そらぞらしゅう、ようも、ほざけた。天罰で、その口も裂けてくれようわい」

老婆は、びゅっと、槍を突いて来た。紫電というに足りる一撃であった。

狂四郎は、身をひねって、柄《つか》を摑むと、

「わたしが、下手人でないことを証《あか》すには、いささか、日時を要する、これは、嘘《うそ》ではない。いますぐ信じてもらいたいと申すのではない。わたしは、眠狂四郎という浪人者だ。おぼえておいてくれとはたのまぬが、卑怯《ひきよう》者《もの》に思われたくないために、名のっておく」

と、云いきかせた。

「ええい！　きかぬぞ！　きかぬぞ！……小弥太、討て！　討ちとるのじゃ！」

老婆は、狂気のように、わめきたてた。

少年は、小さなからだから、無我夢中の剣気を噴きたてて、

「えいっ」

と、斬りつけて来た。

狂四郎は、手刀で、その小刀をたたき落しておいて、こんどは、むきなおって、老婆へ当て身をくれた。

狂四郎は、凝《じ》っと、少年を、見据えた。

武器を失い乍ら、少年は、なお怯《お》じずに、睨みかえして来る。

「わたしが、おばばに申したことに、いつわりはない。わたしは、そなたの父の生死をたしかめに、忍び入って来た者だ。そこへ、そなたの母を……、だましていた男が、押し入って来た。わたしが、その男と庭で、果し合いをしている隙に、何者かが、そなたの母を、斬って、逃げ去った。……信じ難かろう。しかし、これが、事実だ」

少年は、息をはずませ乍ら、こたえなかった。

信じたくとも、信じられぬという面持《おももち》であった。

「庭を見るがよい」

狂四郎は、云った。

少年は、ちょっと、ためらっていたが、さっと、廊下へ走った。

だが、すぐ、駈け戻って来ると、

「嘘つき！」

と、叫んだ。

「何？」

狂四郎は、廊下へ出てみた。

なんとしたことであろう。白い庭には、屍骸《しがい》のかげもかたちもなかったのである。

――妻女を斬った者が、かつぎ去った。

巧妙に痕跡《こんせき》をとどめぬそのやりかたに、狂四郎は、はじめて、勃然《ぼつぜん》と、憤《いきどお》りをおぼえた。

――よし！　乗りかかった船だ。おれが、一人のこらず、片づけてやる！

少年の憎悪の眼眸《まなざし》を背中に、痛いほど感じ乍ら、きっぱりと、自分に云いきかせた。

臥《が》竜《りよう》梅《ばい》

一

曇り日で、それも、また冬に還《かえ》るのではないか、と思わせるほど、肌寒《はださむ》い風が鳴っていた。夜が明けた頃には、白いものさえ、ちらほら舞っていたのである。

「うへっ、寒いや」

吉原《くるわ》へ通じる日本堤を、やぞうをきめてとっとと走る巾着切《きんちやくきり》の金八は、大袈裟《おおげさ》に胴顫《どうぶる》いしてから、やけくそじみた大声で、唄《うた》って行きはじめた。

蛙《かわず》は柳に飛んだ、という
柳は蛙が飛ばぬ、という
飛んだか、
飛ばぬか、土手八丁
小野《おの》の道風《とうふう》が、駕籠《かご》の主《ぬし》
買わずに、

見ただけ、柳腰
衣紋坂《えもんざか》を三町のさきにのぞむ袖摺稲荷《そですりいなり》のところまで来た時、金八は、立ちどまって、きょろきょろと、見まわしておいて、

「来るか来ないか、来ないか来るか——忍び姿も、うれしい首尾に、胸におどった道しるべ」

と、呟《つぶや》き乍《なが》ら、つと、祠《ほこら》に寄った。

格子《こうし》には、無数の願い文がむすびつけてあったが、金八は、紅色《べにいろ》のやつを、ひょいと解いて、

「へへ、紅色たあ、乙《おつ》りきだあ。首尾のあしたに赤らむ顔は、思案の外《ほか》なる色の紅、ときた」

袂《たもと》に抛《ほう》り込んで、いっさんに、衣紋坂から、大門《おおもん》をくぐって行った。

眠狂四郎は、引手茶屋《ひきてぢゃや》「松葉」の二階の一室で、金八を待っていた。

「先生、ありやした」

さし出された紅文を、披《ひら》いてみて、狂四郎は、すぐに火鉢《ひばち》にくべた。

金八は、けげんな面持《おももち》で、

「これから、いってえ、どんな芝居の幕が上るんでござんす?」

と訊《たず》ねた。

狂四郎が、金八をつれて、吉原に来たのは、三日前であった。

昨夜、狂四郎は、ふと思い出したように、

「明朝、起きぬけに、浅草寺《せんそうじ》をひとまわりして、戻りに、袖摺稲荷の祠の格子に紅色の文がむすびつけてあるかどうか、見て来てくれ」

と、命じたのであった。それはたしかに、結びつけてあった。

狂四郎は、金八の不審に対して、

「おれにも、わからぬ」

とこたえた。

常の無表情であったが、冷たい眼眸《まなざし》の中に、何か鋭い光を含んでいるようであった。

「出かける」

狂四郎は、立ち上ると、

「お前は、敵娼《あいかた》を抱き直せ」

「冗談じゃねえ。これでも、ちゃあんと、お賽銭《さいせん》あげて柏手《かしわで》をうって来たんでさ。ひさしぶりに、先生から、股肱《ここう》耳目よりも捨て難く思召《おぼしめ》され候《そうろう》べく奉りはべろうと、性根を据えて来たんですぜ。つれねえことを云いなさるな」

「股肱耳目よりも捨て難いのは、お前の指さきだが、目下のところ、それには、用事はない」

紅文には、

「亀井戸《かめいど》、臥竜梅《がりようばい》の下にて、お会い申すべく候」

と、それだけ記してあったのである。

当時の絵本には、その臥竜梅について、次のように書かれている。

『……梅林に杖曳《つえひ》く人の多きは、亀井戸なる臥竜梅なり。総じて、梅荘は、質朴なる場所にて、粋士も、林中にては、渋茶の烹出《にだ》したるを、覚束《おぼつか》なき茶碗《ちやわん》に汲《く》み、剝《は》げたる塗盆にて出すを、愛《め》で、茶うけも、船橋屋の好みより梅干の味を称し、船駕籠《かご》に足を借りて、急に至るよりは、時を費し、足に疲れをおぼゆるの興多きを知るは、時代の然《しか》らしめるところと知らる。この臥竜園の門をくぐるや、園の主人老爺《ろうや》、かねて茶釜《ちやがま》を据えて、烹《に》たる渋茶を、汲んで出せる様子に、梅樹の培養を自負せるものの如《ごと》し。妻の老媼《ろうば》があきなう梅干は、漬《つ》け方の巧みにして、味の無類なるを称せられ、さりとて世辞の媚《こび》すこしもなく、万事に銅臭《どうしゆう》すこしもあらぬなど、当日の土産《みやげ》というべし』

梅見は、桜見物とちがって、まことの風雅を解する人々に、まかされていたようである。

狂四郎が、清香庵《せいこうあん》臥竜園に入った時、殆《ほと》んど人影を見受けなかったのは、やはりこの肌寒さの故《せい》でもあったろうが、風流人だけをさそっていたからである。

梅の花は、ちょうど観頃《みごろ》であった。

狂四郎が、会おうとしているのは、唐人「陳孫《ちんそん》」と名のる人物であった。唐人と称し乍ら、陳孫は、すでに立派な日本人であった。ただ、その祖先が、天正《てんしよう》年間に渡来した陳元贇《ちんげんぴん》であるという誇りを、姓名にとどめていたのである。

二

陳元贇は、日本の誰人から招きを受けたのでもなく、また朱舜水《しゆしゆんすい》のごとく祖国を追われたのでもなく、ただ、飄然《ひようぜん》として、渡来して、そのまま、五十余年間をすごし、道教を講じ、陶器を焼き、書画を描き、そして、少林寺《しようりんじ》拳法《けんぽう》を伝えて、尾張《おわり》に死んだ帰化人であった。

いわば、日本に、柔道という武技を生ましめた人物であった。

陳元贇は、名は珦《きよう》、字《あざな》を義都、日本に渡って来て、五官と称した。杭州《こうしゆう》虎林《こりん》に生まれた。名門の末流であった。

その父が、わが子に、文武と富を三つ乍ら備えるように、贇と名づけたのは、陳氏が、そのむかし、天下に鳴った家であり、その再興を望んだからであったろう。

陳五官の幼少年時代は、一日の暇も与えられずに、四書《ししよ》五経《ごきよう》の勉学についやされた。

やがて、青年に達して、生きることに迷うた陳五官は、家をすて、江湖流浪《るろう》の幾年かをすごして、おのが祖宗である潁川陳氏《えいせん》の領土であった河南の潁川を、上流へ上流へ、とさかのぼって行き、天険の要害に拠《よ》る武僧寺「少林寺」に辿《たど》りついた。

中国五山の一にかぞえられる嵩山《すうざん》は、二室六十峰より成り、東を太室、西を少室といった。少林寺は、その少室に在《あ》り、群峰に囲繞《いじょう》され、深い渓谷にへだてられて、雲を下に見ていた。

隋《ずい》の遺将王世充《おうせいじゅう》が、ここに籠城《ろうじょう》して、轅州《えんしゅう》と号し、兵を擁して、隋朝回復の旗幟《きし》をひるがえした秋《とき》、少林寺僧曇宗《どんしゅう》は、僧兵を率いて、唐の太宗《たいそう》の許《もと》に馳《は》せ参じ、まっ先立って隋軍を撃破し、王世充の姪《てつ》・仁を捕虜にした。この武勲によって、曇宗は、大将軍の称号を与えられた。

少林寺の武法は、天下にあまねく知られるにつれて、次第に、その型態を整え、やがて、明《みん》代に入るや、手法脚法あわせて五拳百七十三手が成ったのである。

虚拳練骨、豹拳《ひょうけん》練力、蛇拳《だけん》練気、鶴拳《かくけん》練精、毫拳《ごうけん》練神の五拳が、細別され、組織されたのである。

拳法というものは、その根本は、呼吸法にあるという。十年呼吸をきたえれば、双手《もろて》で能《よ》く七百斤《きん》の重力を揚げるに至る。

いやしくも、少林寺に入山する以上は、円頂道服の僧となって、拳法の極意に達せずば、死すとも退山を許されぬ不文律があった。

陳五官は、入山するや、最も苛烈《かれつ》なる修業をおのれに課す僧の一人になって、みるみる少林寺拳法の真髄をなす呼吸法を体得していった。

「少林拳術秘訣《ひけつ》」によれば――。

易筋経《えききんきょう》、洗髄経《せんずいきょう》を基本として、呼吸法、膜論、筋論、骨論を学び、それによって、一瞬吐く喝力《かつりょく》を利用して、撃技を発揮する。すなわち、目にもとまらぬ運動神経の機能的速度によって、常人の力の二十倍乃至《ないし》三十倍を発するのである。いわば、呼吸の爆発をもって、板材を裂き、瓦磚《がせん》を割るのであった。

やがて、少林寺を下山して行く陳五官は、五拳百七十三手ことごとく修得していたのみならず、鉾《ぼう》、槍《そう》、棍《こん》、青竜刀《せいりゅうとう》二刀術をも、わがものにしていた。

下山にあたって、陳五官は、武僧筆頭者と試合して、敗北していた。それは、渠《かれ》が、投げ業《わざ》にかけられても顛倒《てんとう》することのない宙返りの秘術を、礼儀としてわざと用いなかったからであった。院主は、それをみとめて、下山の認可を与えたのである。

それから、五年後、陳五官は、飄然として、日本へ渡って来たのである。

眠狂四郎が、陳元贇十三代の裔《すえ》である唐人陳孫に、出会ったのは、三年前であった。

晩秋の午後、狂四郎は、京の東山のふところ深い、清閑寺《せいかんじ》から清水寺《きよみずでら》へ抜ける山道を辿っていた。

とある地点まで来て、異様なものを、松の樹間に視《み》た。

一人の男が、むささびのように宙を翔《か》け乍ら、若い松の樹《き》を、片はしから、手刀で、撃ち倒していたのである。

宙を翔ける、というのは誇張の形容としても、足が地につくのを目に映じさせないくらい、飛びかたが、迅《はや》かったのである。

双手ともに手刀にして、直径三寸ばかりの松の幹をえらんで、ぴしっ、ぴしっ、と搏《う》って行くのであった。

土と根をはねあげて、松が、次つぎと横倒しになるさまは、あっけないくらいであった。

男が飛び過ぎたあとには、およそ二十本の松が、いかにも無慚《むざん》なむくろといったすがたを、地べたへ横たえていた。

狂四郎は、男が、彼方《かなた》へ消え去ってから、歩き出したが、白昼夢でもみたような、奇妙な心地《ここち》であった。

文字通り、人間業《わざ》ではなかったのである。

——修練というやつは、人間に妖怪じみた力を与えるものだ。

いささか不快な感慨でものの二十歩も辿ったろうか。

狂四郎は、二間のむこうに、件《くだん》の男が、すっくと立ちはだかるのに、会った。

総髪に、無腰《むごし》で、鼠色《ねずみいろ》の筒袖《つつそで》、たっつけ姿であった。年齢は、三十とも四十とも受けとれた。面貌《めんぼう》は尋常だが、眼光の鋭さは、狂四郎がこれまで射られたことのないものだった。婦女子や子供ならば、ひと睨《にら》みされただけで、気を絶つであろう。

「貴殿、一流の兵法者だな」

男は、云《い》った。唇《くちびる》を動かさぬ肚声《はらごえ》であった。

「人も、多勢斬《き》って居《お》るな？」

「それが、どうした」

「勝負を挑《いど》む。貴殿の刀を、空手《からて》で奪《と》ってみせる」

「奪れなかったら、どうする？」

「奪る！」

「こちらは、看《み》てとられた通り、人を斬ることには、馴《な》れて居る。座興でまで、斬りたくはない」

「笑止な中条よ。本邦《ほんぽう》において、唯《ただ》一人、少林寺拳法正統を継ぐこの唐人陳孫をその邪剣で、斬れるものか」

「陳元贇の末裔《まつえい》だというのか」

「左様――」

昂然《こうぜん》と、胸を張ってみせた。

——まだ、若い。

狂四郎は、老《ふ》けてみえるが、実際の年齢は、二十歳代もなかば、と看た。

「もし、奪れなかったら、どうする、というのだ？」

「奪る！」

「では、こちらから、条件をつけておく。もし、奪れなかったら、いずれそのうち、わたしの命令に、一度だけ順《したが》うがいい。一度だけと申しても、わたしが、死ね、と命じたら、死ぬことだ」

「よし！　きいた」

唐人陳孫と名のる若者は、承知した。

狂四郎は、無造作に、近づいた。

おのが秘奥《ひおう》円月殺法を、使うまでもない、と思って、近づきざま、目にもとまらぬ迅さで、居合の抜きつけを、きえーっ、と男の面上へ送った。

啞然《あぜん》としたことであった。

陳孫は、つと半歩退《ひ》きざま、胸前で、合掌したのである。無想正宗は、それへ振り下されて、ふたつの掌《て》の中へ吸い込まれたのである。

「いかに！」

陳孫は、切っ尖《さき》より二寸ばかりのところを、ぴたっと押さえて、云った。

狂四郎は、こころみに、引いてみたが、ビクともするものではなかった。

「奪るぞ！」

陳孫は、予告しざま、刃《やいば》を、ぐいっと曳《ひ》っぱった。その力の凄《すさま》じさに、狂四郎は、思わず、たたらを踏みかけた。

刹那《せつな》——。

狂四郎は、柄《つか》をはなすがはやいか、脇差《わきざし》を鞘《さや》から滑らせて、陳孫の咽喉《いんこう》めがけて、びゅっと投げた。

並の手ぎわで投げられたのであったら、陳孫は、苦もなく躱《かわ》したに相違ない。

眠狂四郎が、必殺の気合とともに、狙ったのである。躱すいとまはなかった。

陳孫は、反射的に、刃をはさんで合掌していた片手で、これを、発止《はっし》と搏《う》った。脇差は、中ほどから、二つに折れ飛んだ。

狂四郎は、間髪《かんはつ》を容《い》れず、無想正宗が地に落ちる前に、その柄を摑《つか》んで、ぴたっと、腰に納めた。

皮肉な微笑をうかべて、

「奪れなかったな、十三代」とあびせた。

意外にも、陳孫は、率直であった。その場に神妙に端座して、いかなる命令でも申しつけられい、と云ったのである。

狂四郎は、さしあたり、命令することは、何もなかった。

「後日、お主《ぬし》を思い出す時もあろう」

と、云うと、陳孫は、黙って、頷《うなず》いた。

陳孫が、命令を受ける日を、毎月朔日《ついたち》ときめてもらいたいこと、そしてその場所は、自分の方に指定させて欲しい、と手紙で伝えて来たのは、狂四郎が、江戸へかえって来てから、程なくであった。

狂四郎は、その場所を、日本堤の袖摺稲荷に指定し、紅色のむすび文に記すように、返辞しておいたのであった。

爾来《じらい》、三年間、この約束はまもられつづけた。狂四郎は、一度も、命令を下さず、したがって、陳孫には再会していなかった。陳孫は、市井に姿を現すことを、極度にきらう性格の持主のようであった。

三

梅屋敷と称する清香庵の庭の南隅《すみ》に、その臥竜梅は、その屈曲の状をはびこらせていた。

梢《こずえ》はさまで高くなく、枝ごとになかば地中に入り、地中から出ては、枝茎を生じているので、一瞥《いちべつ》しただけでは、いずれが幹とも見分けがたい奇観であった。

薫香《くんこう》は、冷たい空間に満ちていた。

ふところ手で、ゆっくりと歩み寄った狂四郎は、竜幹のうねったあわいに、花見石に腰かけている人影を、見出した。

しかし、それは、いかにも田舎くさい、風采のあがらぬ老爺《ろうや》であった。

宗匠頭巾《ずきん》をかぶり、もこもことした綿入れに、背中をまるめて、無精鬚《ぶしようひげ》の皺面《しわづら》を、胸からじかに出しているあんばいに、突いた杖に、両手をすがらせている。

渠《かれ》の頭上には、幾枚かの短冊《たんざく》が、枝にむすびつけてあった。かたえに、短冊と矢立てが置いてあるところをみれば、渠が、記して、吊《つ》ったものであろう。

狂四郎は、地くぐりの幹をひとまたぎして、近よると、短冊の句を読んだ。

　我春も上々吉よ梅の花
　こう活《い》きて居るも不思議ぞ花の蔭《かげ》
　梅が香やどなたが来ても欠茶椀《かけぢやわん》

——冴えている。

狂四郎は、老爺を見た。

老爺も、狂四郎を見上げて、微笑した。

「花も香も美しい御世の春でございまするな。さ、どうぞ——」

と、短冊と矢立てを膝《ひざ》に移して、わきを空《あ》けた。

狂四郎は、腰を下すと、

「わたしは、風流には不案内な男で、おはずかしいが、どなたであろうか？」

と、問うた。

「小林一茶《いっさ》と申す、奥信濃《おくしなの》の老いぼれでございまする。小僧の頃から、どこへ奉公しても一年とつづかず、西にうろたえ、東に流離《さすら》い、いつ白波のよるべを知らぬままに——月花や六十五年のむだ歩き。ははは、人生は短いものでございますな」

——一茶？　きいたことがある。

狂四郎が黙っていると、老いたる俳人は、問わず語りに、喋《しゃべ》り出した。

「五十になって、故郷へ帰りましてな、心得ちがいに女房をもらって、子供も二人三人つくってみましたが、所詮は、一所不住の漂泊者《さすらいもの》に、阿弥陀《あみだ》様が、お慈悲をくれる筈《はず》もありませぬ。浮世のすべてを一椀の茶に放下《ほうげ》して、一茶と名のったからには、やはり独身《ひとり》がよかろうと、女房も子供も、あの世へ召されてしまわれましたわい。やむなく、また、故郷をすてて、出府して参りましたが、老いぼれ果てては、もう句作りの才も乏しゅうなって、むかし作った句を書きならべて、こうやって、梅の香になぶらせている次第でございまする」

「お手前の生涯を、しかし、うらやましい、と思う者も、ここに、居る」

狂四郎は、ひくい声音《こわね》で、云った。

「お手前には、こうして、かずかずの秀句が、のこって居る。後世、幾万の数寄者《すきしゃ》をよろこばせるか知れぬ。……わたしなどのような、同じ浮世の埒外《らちがい》へはみ出して居っても、ただ、無頼にすごして居る者は、愚にかえって花を愛《め》でる老いの無心さえにも、めぐまれぬだろう」

「盲亀《もうき》が、浮木《ふぼく》に逢《あ》うよろこびは、本卦還《ほんけがえ》りの春を迎えねば、おわかりになりますまい。貴方様は、まだ、お若い」

老爺は、そう云ってから、短冊を把《と》り、矢立ての筆をしめらせてから、さらさらと、一句したためた。

　露の世は露の世ながらさりながら
狂四郎は、それを受けとって、梅の枝につるしてやろうと、立ち上った。

とたんに。

狂四郎の腰から、無想正宗が鞘毎《さやごと》、するりと抜けて、老爺の手に移っていた。

はっ、と――狂四郎は、老爺を、視た。

その皺の下から、みるみる若々しく、逞《たくま》しい表情が、浮かび上って来た。

「お主か――」

狂四郎は、苦笑した。

「みごとに、化けたな」

唐人陳孫は、にやりとすると、無想正宗を狂四郎に返して、

「一茶と申す老俳匠は、いま、信濃の故郷で、中風をわずらって、寝ついて居り申す。……お主に隙を生じせしめるためには、最も恰好《かっこう》の人物と思い、なりすまして、みましたが……、孤単放浪の風流人には、お主は、やはり弱いようでござる」

三年間、ただの一度も、眼前に姿を現さなかったこの拳法者《けんぽうしゃ》が、いつの間にか、狂四郎の弱点を看破し、そこを衝《つ》くことを研究していたのである。

「お主に、生命をすててもらい度《た》くて、来た」

狂四郎は、しずかな口調で、云った。

「かしこまった。では、まず、用件をうけたまわる前に、貴殿を尾《つ》けて参った者を、片づける」

——おれを、尾けて来た？

気づかなかったことである。

吉原から、此処《ここ》まで歩いて来るあいだに、一度も、こちらの神経にふれて来るものはなかった。

これは、尾行者が、よほど秀《すぐ》れた忍びの熟練者であった証左である。

贋《にせ》一茶は、いかにも中風病みらしい、のろのろした、ぶざまな動作で、立ち上ると、別れを告げるように、狂四郎へ、頭を下げておいて、杖にすがって歩き出した。

臥竜梅をはなれると、五六十坪の平庭になり、梅林は別にひろがっていた。

贋一茶が、その平庭を横切ろうとしたおり、同じく杖を手にした宗匠体《てい》の男が、梅林からあらわれて、こちらへ向って来た。

五六歩へだてて、両者は、すれちがおうとした――刹那《せつな》。

突如、贋一茶が、地を蹴《け》って、宙を跳んだ。

対手《あいて》には、よもやそれが、狂四郎の仲間とは気づかず、臥竜梅の蔭の狂四郎をのみ意識していた不覚があった。

尤《もっと》も、機に臨み変に応じて、間髪の防ぎと攻めを発揮するのが、忍者であった。

男は、宙に在る贋一茶にむかって、仕込杖《しこみづえ》から、白刃を一閃《せん》させた。

常人の目には、いずれを迅《はや》かった、とはみとめられるべくもない。

贋一茶は、二間のむこうに降り立ち、男は、それにむかって、一撃したなりの、白刃をまっすぐにさしのべた構えで、静止していた。

贋一茶が、つと歩き出した時、男は、徐々に姿勢を崩して、にぶい音たてて、地上へ仆《たお》れた。

狂四郎は、贋一茶が、ひきかえして来ると、云《い》った。

「わたしは、ひょんな行きがかりで、あのように修業を積んだ忍者たちを、敵にまわした。たのみというのは、お主に、一人一人片づけてもらいたいことだ。但《ただ》し、渠らは、それぞれ一流を誇って、独行していると思われる。たぶん、徒党を組んでは居《お》るまいが、それも目下のところ、明白であるわけではない。はっきりしているのは、一人一人が、べらぼうに強い、ということだけだ」

唐人陳孫は、それに対して、再び老爺の口調にかえって、呟いてみせた。

「ともかくもあなた任せぞおらが春」

遊女の子

一

「さっても、その日の戦いは……」

講釈師・立川談亭は、木戸を開けたばかりの両国広小路《ひろこうじ》の高座で、まだばらばらにしか入っていない客を見下し乍ら、ぴしりっ、と読み台を、張扇《はりおうぎ》で叩いた。

「雲か霞《かすみ》か、かすみか雲か、目がかすむやら、しょぼつくやら、恰度《ちょうど》今年で満五十、無常の鬼が身を責むる、とは拙《せつ》のことでげしてな——、五十六十洟《はな》たれ小僧、東照権現《ごんげん》家康公におかせられては、七十にして朝立ちの、むらむら、むらっとむらがり立つ軍勢実に二百万、京街道は申すに及ばず、十三街道、奈良街道、高野《こうや》街道、八尾《やお》街道、河内《かわち》大和《やまと》をうめつくしてぞ、押し出されける。……時しも、頃《ころ》は元和《げんな》元年五月と六日。寄手《よせて》の先鋒《せんぽう》はと、見てあれば、これぞ誰あろう、徳川譜代にその人ありときこえたる、井伊掃部頭直孝《かもんのかみなおたか》公、率いるは三千二百の彦根兵——赤い兜《かぶと》に赤具足、赤槍《あかやり》、赤母衣《あかほろ》、赤《あか》っ面《つら》。赤旗出したら、汽車さえ止まる、なぜに泊まらぬ主《ぬし》さんえ、明日《あした》来るとも今宵《こよい》のうちに、こがれ死んだらどうなさる、てなこといっぺん云われてみたい」

「へへん、こがれ死して迷うて出ても、主にゃびっくりさせはせぬ、っておれの情婦《いろ》は、実《じつ》があるぞ、実が——」

と、入れられた半畳《はんじょう》を受けて、

「じつはじつでも、こちらは、戦術。かけひき、たてひき、岡っ引——なら十手《じって》だが、色の道なら四十と八手、はってわるいは親爺《おやじ》のあたま、はっていいのが障子紙。映る島田の影法師、誰やらが姿に似たり春の宵、もしやそうかと忍び足——てな光景は、どなた様も、一度はおぼえがある筈《はず》じゃ。おっと、横道へそれた。掃部頭直孝公には、燃ゆるがごとき鳥毛丸《とりげまる》をおっ立てられ、緋縅《ひおどしよろい》鎧に、奇怪なる火焔《かえん》形の兜を猪首《いくび》に着こなし、紅梅月毛の太く逞《たくま》しきに赤鞍《あかくら》置いて、紅の鞦《しりがい》の燃え立つばかりなるを、陽《ひ》に輝やかしてぞ乗ったりける。小脇《こわき》にしたるは赤貝打ったる三間柄《づか》、大身の槍も颯爽《さっそう》と、いでや者ども、耳かっぽじって、よっくきけ！　目指すは大坂城の天守閣、あれにそびえし金の鯱《しゃち》、つかみ取ったるその時は、うろこ一枚千両一分、妻子の土産《みやげ》に分け呉《く》れん、進めや、進め、いざ進め」

談亭は、羽織をぬいで、蔭《かげ》へすべらせておいて、

「……高野街道ひた押しに、どうどう、どうっと押し出せば、こちらは、大坂城の花の武者、十九の春も盛りなる木村長門守重成《ながとのかみしげなり》公、いざござんなれ、赤っ面なる彦根鬼、そ

の角《つの》をばおっぺ折《しょ》り、悋気《りんき》封じをなしくれんと、忽《たちま》ち備える鶴翼陣《かくよくじん》。……重成その日のいでたちは、金銀一枚まじりの小札《こざね》の鎧に、鍬形《くわがた》打ったる星兜、月より白き母衣《ほろ》かけて、持ったる槍は三間柄、乗ったる馬は連銭葦毛《れんぜんあしげ》、器量骨柄凜然《こつがらりんぜん》と、ぶるぶる、ぶんと武者《むしゃ》顫《ぶる》い――とたんにかおる薫香《くんこう》は、兜のかげのばさら髪、妻が別れに梳《す》きあげて、焚《た》いてこめたる伽羅《きゃら》なるぞ」

談亭は、金八が入って来るのを視乍《みなが》ら、

「折しもあれやしののめの、あかつき告ぐる明鴉《あけがらす》、ないてすがった袖袂《そでたもと》、払うつらさとやるせなさ、蟬《せみ》と蛍《ほたる》を秤《はかり》にかけて、ないて別りょか、こがれて退《の》こか、昔思えば見ず知らず――恩も恨みもない仲乍ら、殺し合うのも宿世《すくせ》のさだめ、いでもの見せてくれんずと、馬上ゆたかに長門守、下知《げじ》一声も高らかに、彦根勢めがけてまっしぐら、末代までの語り草、今日を一期《いちご》の働きは、ちょうど時間と相成れば、また明晩の前講にて、いざまず、これまで――」

と、読み台へ両手をついて、頭を下げておいて、楽屋へ降りた。

金八が、つづいて入って来て、談亭の前に坐ると、つっけんどんな口調で、

「こう――師匠」

「ほ、斜《しゃ》に構えたの。去年の顔見世《かおみせ》に、半四郎が、白井権八《ごんぱち》で、斜に構え――人ひと盛り花一時、明日《あす》は白井が身の果ても、思案の外の罪科《つみとが》は、引かれくるわへ通い路

の……」

「うるせえ！」

「機嫌《きげん》までななめだの。なにも、そう、親の敵《かたき》にめぐり会ったような形相にならんでもよかろう」

「おう――師匠とあっしのつきあいは、何年になるんだ？」

「そうさの、おめえが、雷門《かみなりもん》の下に捨てられて、わあわあ泣いていた餓鬼《がき》の時分からのつきあいだからの。あの時、おめえは、目から泪《なみだ》、鼻から水っ洟《ぱな》、口からよだれ、股《また》ぐらから小便、尻から臭いのと――穴という穴から……」

まわりの者が、くすくすと笑った。

金八は、まっ赤になって、

「やいやいっ、余計なことをほざくねえ。いいか、師匠、それほどの、昨日今日のつきあいじゃねえ、この金八に、あんまり水くせえ真似《まね》をしやがるねえ」

「水くさい？　はて――おめえがいつも酒くさい、わしが無妻で、五十歳――ということは、神様もお見通しのところだが……」

「そこだ、その無妻だ――こん畜生！　てめえ、おれに黙って、二階に、若けえ玉をひきずり込みやがって、年甲斐《としがい》もなく、いちゃいちゃ、乳くりあってやがるだろう。どうだ、ぐう、とでも云ってみろ」

「ぐう――」

「なにっ！」

「金八、控え居《お》ろう！　頭《ず》が高い」

「なんだと！」

「今こそ、汝《なんじ》に打明けてつかわす。立川談亭とは、世をしのぶ仮の名、実は、先の関白太政《だじよう》大臣近衛《このえ》朝臣《あそん》清麿《きよまろ》とは、わがことじゃ。このたび、禁廷におかせられては、竹の園生《そのう》におん育ちましました赫夜姫《かぐやひめ》を、月の世界にかえさんとおぼし召され――それには、八月十五夜の月は、江戸高輪《たかなわ》辺が、ちょうど頃合《ころあい》であろうと、わざわざ、麿にお命じになり……」

　でたらめを喋《しやべ》り乍ら、談亭は、荷物を携《さ》げて、さっさと楽屋を出た。

　往還を歩き出すや、談亭は、

「金八、豆腐の角へ、頭をぶちつけて、そそっかしさを直せ」

　と、叱《しか》りつけた。

「なんでえ！　二階の玉は、吉原田《た》ン圃《ぼ》からひろって来たこんこんちきだ、とでも云やがるのか」

「しっ！　いいかな、金八！　公方様《くぼうさま》のお子をはらんでいたと、騙《かた》っていた中臈《ちゆうろう》を、眠狂四郎が、かっぱらって来て、この談亭に、かくまわせた。という筋書をきいたら、どうだ、ぐう、とでも云うか」

「ぐう——るり、とまわって、出直さあ、師匠」

金八は、われとわが頭を、ど突《づ》くと、背中を向けた。

二

両国河岸《がし》の並び茶屋に灯がともり、広小路の見世物小屋から打出しの太鼓が、せわしく鳴り出した頃あい——。

眠狂四郎は、雑沓《ざっとう》する両国橋を渡ろうとしていた。

中ほどまで来た時、ふいに、

「眠狂四郎殿に、申入れつかまつる」

という声が、耳に入って来た。

忍びの術を極《きわ》めた者の、独特な肚声《はらごえ》であった。

しかも、背後からではなく、前からであった。

狂四郎のすぐ前を歩いて行くのは、紺看板に梵天帯《ぼんてんおび》、腰に木刀をさした中間《ちゅうげん》であった。五尺に足らぬ小柄で、肩もとがり、脚《あし》も枯木のように細った、見るからに見すぼらしい一季半季の渡り者体《てい》であった。

ひょこひょことした歩きかたも、ぶざまであった。

　しかし、狂四郎の目に映るその後姿は、みじんの隙もないものだった。

「……それがしは、先日、お手前様が、戸越嘉門殿の屋敷で、斬り仆《きたお》された忍士・波多野小十郎にやとわれていた下忍《げにん》でござる。捨丸と申します」

「………？」

「お手前様は、お強い！」

「………」

「まことに、お強い。されぱと申して、お手前様が、これから敵にまわそうと――いや、すでに、まわして居られる忍士たちが、謀計をもって、襲って参ったら、お手前様に、万に一も、勝味はござらぬ。手をお引きなさるがよい」

「戸越嘉門の女房を斬ったのは、貴様か？」

　狂四郎は――狂四郎もまた、対手《あいて》にだけきこえるひくい声音《こわね》で、問うた。

「その儀でござる。それがしは、ただ、主人の屍骸《しがい》を持ち去っただけでござる。戸越殿の御家内を殺《あや》めたのは、別人でござる」

「貴様の主人の仲間には、まちがいあるまい」

「いや、それも、しかとは、判り申さぬ」

「貴様は、何者かに命じられてわたしに忠告するのか？」

「そうではありませぬ。それがしは、お手前様の風姿、振舞に、剣の業《わざ》すべてに、なんとなく魅せられた者でござる。……それがしは、お手前様が斬り仆された忍士の家来ではござらぬ。ただ、いくばくの給金にてやとわれていただけのこと。主人が亡《な》くなれば、自由の身でござる」

「わたしは、いったん乗りかかった船には、乗れば生命が無いと判っていても、乗ってみる男だ。せっかくの忠告は、無駄であった」

「……それがしを、おやといなさらぬか？」

捨丸という下忍が、そう云ったのは、橋を渡りきってからであった。

「おやとい下さらぬと、それがしも、食わんがためには、お手前様の敵にやとわれなければなりませぬ」

「やとわれると、よかろう」

「そのお返辞をきくと、ますます、お手前様に、やとわれたくなります」

「ことわる！」

狂四郎は、辻《つじ》を、つと左へ折れた。

捨丸は、立ちどまって、頭をまわした。ひどくおでこの、鼻のひくい、愛敬《あいきよう》のある風貌であった。もうかなりの年配であろう。

灯のひとつもない、暗い通りをえらんで、入って行く狂四郎を見送り乍ら、かぶりをふった。

「わしを、やとえば、なんぼか、役立つものを……」

その独語のおわらぬうちに、夕闇《ゆうやみ》を截《き》って一本の矢が、襲って来た。

捨丸は、予期してでもいたごとく、ひょいと、首をすくめて、頭上を掠《かす》めさせた。

廻船問屋の巨《おお》きな倉庫がならんでいる河岸通りで、倉庫の前には無数の空樽《あきだる》が積んであった。

矢は、その空樽の蔭から、射放たれたのである。

「捨丸！」

人影は現れず、声だけが、かかった。

「裏切る所存か？」

「わしは、目下、遊び下忍じゃ」

捨丸の口調は、いっそのんびりとしたひびきさえ持っていた。

「眠狂四郎に奉公しようとするのは、許せぬ」

「ことわられたわい」

「もう、おそい。死ね！」

「なかなか――」

かぶりをふった捨丸めがけて、第二矢が、飛んで来た。

苦もなく躱した捨丸は、

「されば、この捨丸を殺すひまがあったら、眠狂四郎を、さっさと討ち果すがよいではないか」

「彼奴《あやつ》は、わざと、泳がせて居るのだ」

「なぜだな？」

その返辞のかわりに、第三矢が、来た。

捨丸は、ひらっと、ひと跳びするがはやいか、奔《はし》り出した。

雲を霞《かすみ》と——という形容がふさわしい遁走《とんそう》ぶりであった。

三

将軍家のお手付《てつき》中﨟・千佐は、立川談亭の侘住《わびずま》いの二階の一間に、ひっそりと坐《すわ》っていた。

闇が忍び入って来て、破れ障子だけが、仄白《ほのじろ》く昏《く》れのこっていたが、千佐は、行燈《あんどん》に火を入れることも忘れたように、動かなかった。

眠狂四郎という奇妙な仮名を使っている浪人者に、この深川三間町の家へともなわれて、もう十日が経っている。

あるじの講釈師は、面白い人物で、千佐の沈んだ気分を変えようと、いろいろこまかい心づかいをしてくれていたし、やといの老婢《ろうひ》も好人物で、かくまわれる身としては、これ以上の家はないようであった。

ただ、どんなに親切に扱われようとも、千佐自身に、無心に笑える一瞬は、おとずれていなかった。

憂悶《ゆうもん》の底に沈んでいる理由は、いくつかあった。

——じぶんの生命は、ほどなく、あの世へ送られるであろう。

その恐怖も、大きかったのである。

いつまで、こうして、かくれていられることではなかった。昨日まで味方であった人々のうちで、誰がじぶんをたすけてやろう、と考えてくれるであろう。おそらく、一人もいない筈《はず》であった。

おのが意志によって振舞ったおぼえが一度さえもない不幸な娘であった。

物心ついた頃から、上の者の命令に順《したが》って来ただけであった。そうすることを疑う余地も与えられぬきびしい環境で育ったのである。

このたびのことも、千佐は、人形のように動かされただけであった。

昨春、千佐は、若年寄・林肥後守《ひごのかみ》に、ひそかに招かれて、

「懐妊したことにいたす」

と、一方的に、云《い》いふくめられたのであった。

千佐は、そのような欺瞞《ぎまん》が為《な》し得るものか、どうか、懼《おそ》れたが、大奥に於《おい》て、疑惑を

口にする者は、一人もいなかった。

　懐妊したお手付中﨟は、出産までは、お褥《しとね》おことわりをして、長局《ながつぼね》の奥に特別に設けられた建物でくらさなければならなかった。皮肉にも、千佐にとって、その期間が、生れてはじめて、孤独のよろこびを知るくらしとなった。

　行末にどのようなおそろしい運命が待っているか、という不安は、あったにせよ、日々は安らいだものだったのである。

「あ！」

　闇の中で、千佐は、思わず、小さな叫び声を発した。

　階段に跫音《あしおと》も、きかなかったのに、不意に、唐紙《からかみ》が、開いたのである。

　じぶんを、ここに拉致《らち》して来て以来、はじめて、眠狂四郎が、姿をみせたのであった。

「灯をつけて頂こう」

　座に就《つ》くと、冷たい声音で、云った。

　千佐は、いそいで、燧石を打った。

　狂四郎は、腕を組み、千佐から視線をはずしたまま、

「そなたに、たずねたいことが、二つ三つ、ある。こたえたくなければ、しいて口を割らせようとは思わぬ」

　と、云った。

千佐は、膝《ひざ》に両手を組んで、俯向《うつむ》いた。

「まず、問いたいことは、大奥の人々は、そなたのにせ懐妊を、みとめていたか、どうかだ」

「わかりませぬ」

千佐は、ひくい声音で、こたえた。

「将軍家は、どうだ？」

「…………」

狂四郎は、視線を、千佐の血の気のない白い貌《かお》へ送った。

「よい。では、次の問いだが……、すでに、生れる子供は、用意してあったかどうか、そなたは知らされていたか？」

「存じませぬ」

「ふむ――」

――かくそうとしているのではないな。

狂四郎は、看《み》てとった。

「それでは、もうひとつ、訊こう。……わたしが、にせ懐妊をあばいた時、そなたは、おそれもうろたえも、くやしささえも、顔には出さなかったが、なぜだ？」

千佐は、それをきくや、はじめて、顔を擡《もた》げて、狂四郎を視《み》た。

狂四郎の眼眸《まなざし》は、冷たかった。

しかし、千佐は、その眸子《ひとみ》の中へ、ふっと惹《ひ》き込まれそうになった。

「いつわっていることが、心苦しかったのでございます」

「あばかれて、ほっとした、と云うのか？」

「はい——」

千佐は、目を伏せて、うなずいた。

狂四郎は、しばらく沈黙をまもったが、突然、云った。

「そなた、不幸な育ちかたをしたのではないのか？」

「え——？」

千佐は、はっとなって、狂四郎を視かえした。

狂四郎は、無表情のままで、

「やはり、そうか。……わたしには、不幸な育ちかたをした者のみが持っている翳《かげ》が、わかるのだ。わたし自身のひねくれた根性が、この識別に、役に立つ」

「…………」

急に、千佐の胸に、熱いものが湧《わ》いた。

触れれば凍るような冷血の所有者だとばかり思っていた人物が、思いがけず、いたわりと受けとれる言葉をかけてくれたのである。

狂四郎は、あいてがあきらかな反応を示したのをみとめるや、宙に視線をもどして、

「そなたの家に、言伝《ことづ》てがあれば、とり次いでもよい」

と、云った。

「いえ――」

千佐は、かぶりを振った。

「かたちだけの養い親でございます。二十日と住んだ家ではありませぬ」

「そなたは、孤児《みなしご》か？」

「いいえ。母が、佐渡に、住んで居ります」

「佐渡に？」

「はい。……母は、相川と申す町で、遊女屋をいとなんで居ります。母も、遊女だった由《よし》にございます」

「…………」

「母は……」

「もうよい」

狂四郎から、とどめられて、千佐は、はっと、われにかえった。千佐は、狂四郎の横顔を一心に瞶《みつ》め乍《なが》ら、われ知らず、慙《は》ずべき素姓を口にしたのであった。

千佐のおもてが、羞恥《しゅうち》の色に染まった。

重い沈黙が、また、部屋を占めた。

やがて、それを破ったのは、千佐の方であった。

「……お願いがございます」

「………？」

「わたくしは、いずれ、近いうちに、どなたかの手にかかって、果てるさだめと存じます」

「………」

「同じ果てるなら、貴方《あなた》様の手にかかりとう存じます。お願い申します」

「ことわる！」

「え？」

「わたしは、これまで、多くの女を、自分の罪業《ざいごう》ゆえに、あの世へ送った。なろうことなら、そなたを果てさせる役目は、御免を蒙《こうむ》りたい」

「………」

千佐は、両手で、顔を掩《おお》うた。

指のあいだから、嗚咽《おえつ》がもれはじめるや、狂四郎は、立ち上った。

出て行こうとして、なにげなく、女の繊《ほそ》い白い項《うなじ》へ、視線を落した。

瞬間——狂四郎の脳裡《のうり》に、霊感に似た直感が閃《ひらめ》いた。

——もしや？

狂四郎は、つかつかと千佐の前にひきかえすと、顔を掩うた両手をはなさせた。

「そなたは、まだ、処女《むく》ではないのか？」

「…………」

千佐は、泪《なみだ》で濡《ぬ》れた眸子をまばたきもさせずに、狂四郎のつよい凝視を受けとめた。

「そうだな？」

「はい——」

千佐は、うなずいた。

狂四郎は武部老人から、将軍家がここ二年ばかりのうちに、急速に、心身ともに衰えた、ときいたおぼえがあったのである。

「将軍家に、そなたを伽《とぎ》させたが、不能者であった。そうだな？」

「…………」

千佐は、うなだれた。全身が、こまかにわなないた。

ただ一夜だけであったが、一糸まとわぬ裸身を、老いた将軍家の、軽い中風の顫《ふる》え手で撫《な》でまわされた光景が、よみがえったのである。

狂四郎の方は、それだけたしかめると、立ち上って、部屋を出た。

階段を降り乍ら、

──おのれが犯しもせぬ娘が、懐妊したことにされているのも、気がつかぬほど、将軍家は、痴愚になり終《おお》せている。本丸老中一派が、専横の限りをつくすのも、しかたがあるまい。

と、呟《つぶや》いていた。

すなわち、狂四郎は、本丸老中と西丸老中との暗闘が、愈々《いよいよ》苛烈《かれつ》になることを、考えたのである。

虚無僧寺《こむそうでら》

一

深い水底から、もがき乍ら、浮きあがるようにして、千佐は、目をさました。

闇は濃く、寂寞《せきばく》は深かった。夜明けまでには、まだかなりの時刻があるようであった。

千佐は、何も視《み》えぬ世界へ目をあけて、じっと動かなかった。

眠狂四郎の異相が、暗黒の中に泛《うか》んでいた。

ただ一度、飄然《ひょうぜん》として、この二階へ出現して、ふしぎな戦慄《せんりつ》を、千佐に与えて、去ったまま、もう十日以上が過ぎている。

去りがけに、千佐が、季女《しょじょ》であることを、ずばりと云いあてたことだった。

あの人物の冷たい眸子《ひとみ》からは、なにひとつ、隠せぬように思われる。

千佐が、見知らぬ他人から、「そなたは不幸な育ちかたをしたのではないか」と、訊《たず》ねられたのは、はじめてであった。

「わたしには、不幸な育ちかたをした者のみが持っている翳《かげ》が、わかるのだ。わたし自身のひねくれた根性が、この識別に、役に立つ」

狂四郎が口にしたその言葉を、千佐は、この十日間、いくど、くりかえしてみたことだろう。

不幸の翳――それは、物心ついた頃に、自分に落ちたのである。

右足くびに刻まれている刀創《かたなきず》が消えぬかぎり、自分の姿から不幸の翳も消えぬであろう。

四歳の時であった。

千佐は、階段下の板敷きで、手鞠《てまり》をもって、無心に遊んでいた。

二階には、客があって、母が接待していた。

急に、母の凄《すさま》じい叫び声と、何かを投げつける物音が起ったので、千佐は、びっくりして、手鞠を抱いて、階段を見上げた。

客が足早に降りて来た。客は、時折りやって来るおさむらいであった。千佐には笑顔をみせて、頭を撫《な》でたりしてくれる、優しい小父《おじ》様であった。

母は、追って来て、踊り場に立った。

その狂おしい形相《ぎょうそう》は、いまでも、千佐の脳裡《のうり》に、ありありとよみがえる。

何か、口ぎたない罵詈《ばり》を、ほとばしらせた瞬間、母は、その右手から、白い光るものを閃《ひらめ》かせた。

短刀は、さむらいの肩を掠《かす》めて、千佐の右足くびに、ぐさと突き刺さったのである。

千佐が、無心に笑わない娘になったのは、その時からであった。

そしてまた、母は、わが子《こ》に衝撃を与えたことを悔いて、良い親になろうと努力する女ではなかった。

陽気に笑い声をたてているかと思うと、次の瞬間には、手のとどく場所にある物を、見さかいなく、つかんで、たたきつける、といった凄じい疳性《かんしょう》ぶりを発揮していたのである。

酔い痴《し》れて、千佐の前であろうが、かまうことなく、男に抱きつき、口に吸いついている母であった。

哭《な》き喚《わめ》いて、階段からころげ落ちて、悶絶《もんぜつ》したあさましい姿に、千佐は、目を掩《おお》うたこともある。

——あの母の血が、自分のからだにも、流れている。

いまは、それを、おそれている千佐であった。

千佐は、闇にひらいた双眸《そうぼう》を、まばたきもせずに、

——あの方も、不幸な育ちかたをなされたのであろうか？

と、想った。

千佐は、なんとなく、狂四郎に宛《あ》てて、自分の不幸な生い立ちを書いておきたい心が

動いた。いわば、遺書のつもりであった。

千佐は、そっと、起き上ると、手さぐりで、行燈《あんどん》に寄った。

ぼうっと、赤い仄《ほの》明りが、闇をすみずみへ押しやった時、千佐の視線は、畳のある個所へ、釘《くぎ》づけになった。

影法師が匍《は》って、灯《ひ》のまたたきとともに、ゆれたのである。

頭をまわした千佐は、そこに、虚無僧の装《なり》をした男が、立っているのを、見出した。

一眼はむざんにつぶれ、隻眼《せきがん》だけが、大きく鋭く光っていた。

「御中藹《ごちゆうろう》千佐どのだな？」

たしかめておいて、一歩迫った。

千佐は、自分の最期が来たのを感じた。

男の腰から、白刃が鞘走《さやばし》って来るであろう予感で、目蓋《まぶた》を閉じた。ふしぎに、恐怖はなかった。

衝撃は、しかし、白刃ではなく、拳《こぶし》によって、千佐を襲った。

男は、当て落した千佐のからだを、かるがると小脇《こわき》に抱きかかえると、出窓の雨戸を繰って、廂《ひさし》に出て、ひら、とひと跳びした。

深夜の路上には、青毛の馬が待っていた。

奔駆しはじめた馬は、蹄《ひづめ》の音を殆《ほとん》どたてなかった。蹄を包んでいるためでもあったが、乗手の乗尻技《のりじりわざ》が見事であったことである。
四つ辻《つじ》の角の自身番で、拍子木を打ちに出ようとした番太が、
――おや？
と、目を向けた瞬間には、通り魔の迅《はや》さで、駆けぬけていて、あっという間に、月下の闇の中へ没し去っていた。

二

両国橋を渡り、大川沿いにとばして、金杉《かなすぎ》から高輪《たかなわ》へ一気に駆け抜け、袖《そで》ヶ浦《うら》から右折して、白金《しろかね》猿町に出た騎馬は、四半刻《とき》の後には、目黒へ下る行人坂を掠《かす》め過ぎていた。騎馬が吸い込まれるように、駆け入ったのは、目黒不動堂門前大路の西にある虚無僧寺であった。

普化宗《ふけしゆう》金洗派で、東昌寺と号している。本寺ではなく、扣番所《ひかえばんしよ》と称していたが、いつの頃からか、一般の庶民を一歩も山門内に入れぬようになり、周囲に住む人々からも、薄気味わるい存在にみなされるようになっていた。

いったい、虚無空寂を宗《むね》とする虚無僧そのものが、あまり、親しみやすい存在ではなかった。常に、風を喰《くら》い、露に宿り、険難を厭《いと》わず、諸方を経歴して、いたるところで筵《むしろ》薦《ごも》に座すという修業方法が、いつか、梵論字《ぼろんじ》の精神とは別の目的に利用されるよう

になり、仇討とか隠密《おんみつ》の変装にはふさわしいものになってみれば、ますます、庶民とは次元を異にする世界に住む者と考えられるようになるのは、当然であったろう。

死んだような千佐をかかえた隻眼の男は、本堂にも、庫裡《くり》にも足を向けず、裏手にまわって、古びた小さな堂宇の中に入った。虚無僧の開祖風穴道人をまつる尺八堂であった。風穴道人が示寂《じじやく》の日、虚無僧全員が集って、りょうりょうと、尺八を合奏するほかは、堂の扉は常にかたく閉じられている。

燭台《しよくだい》に灯を入れた男は、板敷きに横たえた千佐の白羽二重《しろはぶたえ》の寝召《ねめし》すがたを、しばらく、凝《じ》っと見戍《みまも》った。

裾《すそ》が乱れて、緋縮緬《ひぢりめん》の二布《こしまき》の蔭《かげ》に、ふっくらとした柔脛《やわはぎ》が、のぞいていた。

男の隻眼は、それに食い入るように、吸いつけられていた。

ややあって、猿臂《えんぴ》をのばすと、寝召と二布を、残忍に、脛に上げ、触手をするりと、股内《またうち》へ滑《すべ》らせた。

千佐は、喪神《そうしん》の裡《うち》にも、この恥辱に堪《た》えられぬように、ひくく呻《うめ》いて、俯伏《うつぶ》した。

男は、はっと、手を引くと、ひくく、

「……禁慾《きんよく》の掟《おきて》を破れば、羅切《らせつ》か——くそ！」

と、呟きすてた。

庫裡には、六人の男がいた。

いずれも、三十歳前後の壮年で、一瞥《いちべつ》なんの特徴もない、平凡な風貌だが、仲間の座に、作りものの無表情は無用ゆえ、それぞれが、おのが表情を露《あら》わにしていた。

先程から、ひとしきり論争があった様子で、そのあとに来たしらじらしい沈黙がつづいていた。

不意に——。

床柱に凭《よ》りかかっていた者が、口をひらいた。

「孫子《そんし》曰《いわ》く、間《かん》を用いるに五つ有り、郷間あり、内間あり、反間あり、死間あり、生間あり、か——」

論争にとどめをさすように、孫子用間を云われると空気はさらにしらじらしくなったようで、誰も、何も云わなかった。

間とは、間諜《かんちょう》の間である。敵国の住人を利によって引き入れて用いるのを郷間。敵の内部にあって、間諜を勤めるのを内間。敵の間諜を逆用するのを反間。わが間諜をして、敵に虚報を放たしめるが、同時にこの者もまた敵のために殺されるのを死間。われより敵に送り込んで、情報を無事に携えて帰って、報告するのを生間。

隠密にとって、この五間がすべてである。

六人の隠密たちは、つまりは、この五間について、論争していたのである。

さらにまた、沈黙が来た。

と——、一人が、この沈黙がやりきれなくなったように、

「五間使いの達人は、毛利元就《もとなり》であったようだな。陶晴賢《すえはるかた》を破ったのは、反間を利用して居《お》る」

と、隣りの者に云いかけた。

「折敷畑《おしきばた》で一敗地にまみれた陶晴賢は、毛利の陣営を内部崩壊せんと、腹心の矢野右衛門入道慶庵《けいあん》を、間者として入り込ませたんだ。ところが、元就は、慶庵が間者であることを看破すると、これを逆に利用することを考えた。第一工作として、毛利は厳島《いつくしま》を非常に重大視しているようにみせかけた。慶庵は、直ちに、このことを、晴賢に報告した。元就は、第二工作として、厳島に、宮尾城を築いて、精兵三百を送って、守備させた。慶庵は、得たりとばかり、報告した。……頃合よしとみてとった元就は、晴賢の元輩下であった桜尾城主・桂《かつら》元澄の偽書をつくって、晴賢に送ったのだ。偽書には、もし陶の軍勢が、宮尾城を襲わば、元就は必ずや、急遽《きゆうきよ》これを援《たす》けて、手勢をくり出すに相違ない、その隙に乗じて、わが桜尾城は、毛利打倒の兵を挙げるであろう、されば、秋《とき》いたれりとばかり、面従腹背の諸将は、風を望んで、陶家に内応するであろう、元就の首級を刎《は》ねるは易々《いい》たるのみ……と記してあった。血判まであるその偽書に、晴賢は、まんまとだまされた。まさに、反間だったのだな」

隻眼の男が、のっそりと入って来たのは、この時であった。

六人は、一斉に隻眼の男へ、視線を集めた。

隻眼の男が坐るのを待って、一人が、

「将軍家お手付きの、しかも、絶世の美女を斬《き》ると、流石《さすが》のお主も、平静ではいられぬようだな」

と、云った。

隻眼の男は、投げ出すように、

「御中﨟は、ここへつれて来た」

「なに？」

六人のまなこが、同じく鋭く光った。

「いま、尺八堂に寝かせてある」

隻眼の男は、そう告げてから、仲間の顔を、ひとつひとつ、視まわした。

「なぜ、斬らずに、つれて来た、と咎《とが》めるのか、お主ら？……正直に云《い》おう。美しすぎて、斬れなんだのだ。掟を破るのを承知の上で、つれて来た。……ことわっておく。わしは、まだ、犯しては居らぬ。犯そうとして、止《や》めて、ここへ来た。お主らに、計るためだ」

「なにを計る？　生かせ、と云うのか？　もし生かせば、われわれ七名が、罪を問われるぞ」

「生かせ、とはたのまぬ。ただ、禁慾の掟を破ろうではないか、と計るのだ」

六人は、隻眼の男の意外な言葉に、唖然《あぜん》となった。

隻眼の男は、語を継いだ。

「わしたちは、いったい、何者だ？　将軍家直属の士には相違ない。しかし、直参《じきさん》ではない。家門もなければ、知行ももらっては居らぬ。いや、おのが姓名さえも、世間から抹殺《まっさつ》されて居る。御用屋敷の庭番衆なら、妻を貰《もら》うが、わしたちは、それさえも許されては居らぬ。人間ではない。犬だ。いや、犬以下だ」

「おい！　今更、何を云う！　役目辞退ができるものなら、一人のこらず、そうして居る。できぬとわかっているからには、愚痴はおろかだぞ！」

「わしは、旗本として、屋敷や妻子が欲しいと、申しているのではない。たまには、人間に還元したい、と望んでいるのだ。……いま、われわれの前に、美しい女性《にょしょう》が横たわっている。われわれにも、男子としての本能がある。そのことを、申しているのだ。今夜のことは、われわれ七名だけしか、知らぬことだ。誓って、口を緘《つぐ》んで居れば、判らぬのだ。……どうだ？」

誰一人、こたえる者はなかった。

隻眼の男は、懐中から、七本の観世縒《かんぜより》をとり出すと、ひと束にねじって、さし出した。

「引いてもらおう。順番が記してある」

千佐を襲って斬る役目も、七人は、籤引《くじび》きで、きめて、隻眼の男が当ったのであった。だから、千佐を犯す順番も、籤を引こう、というわけであった。

隻眼の男は、まず、正面の者へ、

「お主から——」

と、促した。

渠《かれ》は、逡巡《ためら》って、左右を視《み》やったが、どの顔にも拒否の色が刷《は》かれていないのをみとめると、黙って、一本を抜いた。

隻眼の男の手から、観世縒は減ってゆき、ついに、一本だけ残った。

「……わしが、一番だ」

床柱に凭りかかっていた者が、云った。

「よし。では、行ってもらおう」

隻眼の男は、云った。

さっと立って、出て行く動作は、風に似た迅《はや》さであった。

あとには、しわぶきひとつせぬ沈黙が来た。しかし、それは、つい先程までのしらじらしい沈黙とは、全く異質のものであった。にわかに、それぞれの呼吸が、人間くさくなり、淫靡《いんび》な重苦しい空気を澱《よど》ませはじめたのである。

だが、その沈黙は、すぐに打破られることになった。

急ぎの跫音《あしおと》がひびいて、人々は、はっとなった。

がらっと板戸を開いたのは、険しい表情をむき出した一番手の幸運をあてた者であった。

「尺八堂にのこっているのは、女の匂いだけだぞ！」

そう云って、隻眼の男を睨《にら》みつけた。

「逃げた？　そんな筈《はず》はない。麻酔の薬もかがせてある！」

愕然《がくぜん》となった隻眼の男が、奔《はし》り出て行き、六人もそれにつづいた。

三

七人の隠密たちは、目前に置いてあった獲物《えもの》を失って狂い立った餓狼《がろう》と化していたので、尺八堂へ殺到し乍《なが》ら、その屋根に、黒い影が、うずくまっているのに、すこしも気がつかなかった。

一番手の幸運者は、堂の扉を開いて、覗《のぞ》き込んだだけで、千佐のかげもかたちもないのに憤然となって、すぐ引返したので、気づかなかったことだが、扉の内側に、墨くろぐろと、次の言葉が、記しのこしてあった。

『孫子曰《いわ》く、反間はその敵に因《よ》りて之《これ》を用う。当虚無僧寺《こむそうでら》が、貴下らの巣窟《そうくつ》とつきとめたり。他日、参上して、雌雄を決せん。無名氏』

隻眼《せきがん》の男は、一読して、「おのれっ！」と歯がみした。何者かが、自分が千佐を拉致《らち》するにまかせて、尾行して来たのだ。あれだけの速力で馬をとばして来たにも拘《かかわ》らず、まんまと、ここをつきとめられたのは、容易ならぬ強敵であるとみとめなければならぬ。

「女をかかえて居る。追えば、追いつける可能性はある！」

七人は、一斉に、堂から、とび出した。

その時、屋根から、声があった。

「無駄でござろうな、おのおの方」

隻眼を含む十三の眸子《ひとみ》を吸いつかせて、屋根の黒影は、やおら、身を起した。

「おっ！　捨丸！」

一人が、呻《うめ》いた。

「左様——。遊び下忍《げにん》の退屈しのぎに、当寺に参上して、始終を見とどけ申した」

「貴様が手引きしたのであろう」

「血迷われるな。わしは、ただ、高処《たかみ》の見物をしただけ、と申したではござらぬか」

「中﨟《ちゆうろう》をさらったのは、何者だ？」

「土くさい老爺《ろうや》でござったわい」

「なに？」

「勿論、化けて居るに相違ないことはその動作の敏捷《びんしょう》さで判明いたしたが、見た限りでは、老爺以外の何者でもなかった、とおつたえつかまつる」

「貴様、その正体を知って居ろう！」

「さあ、とんと一向に――」

かぶりをふったとたん、地上から、三本の手裏剣《しゅりけん》が、襲って来た。

身を沈めて、苦もなくこれらを後方に掠《かす》めさせた捨丸は、

「これから、当分のあいだ、高処の見物をさせて頂くことに相成る。虚々実々の争いは、いよいよ、興味しんしんじゃ」

あざけるように云いのこして、堂の裏手にそびえる皂莢《さいかち》の喬木《きょうぼく》の枝葉の蔭へ、ひと跳びに、姿をかくしてしまった。


朝陽がさしそめた頃あい、眠狂四郎は、荒川沿いの林の中にある廃屋で、目をさました。富士浅間祠《せんげんほこら》の裏手にあたり、平常は絶えて人のふみ込まぬ場所であった。

この廃屋は、疫病《えきびょう》が蔓延《まんえん》して、府内だけで二万人が斃《たお》れた数年前に、公儀《こうぎ》が建てた隔離病舎のひとつであった。

狂四郎は、自分が昼夜つけ狙《ねら》われはじめたのに気づいて、しばらく、身をひそめてみることにしたのであった。

雨戸に小石のようなものが当るのをきいて、狂四郎は、起きた。

雨戸を一枚繰ると、林の中に、一人の老爺が、佇《たたず》んでいた。

贋《にせ》一茶——すなわち、唐人陳孫であった。

人目がある筈《はず》もないのに、杖で身をささえる、いかにも、よぼよぼした歩きかたで、近づいて来ると、

「中﨟殿の身柄を、いかがなされる？」

と、訊ねた。

「敵が、千佐を襲って来たのか？」

「昨夜、さらって行ったので、さらい返しました。目黒の虚無僧寺が、渠《かれ》ら一味のすみかでござった」

「三田寺町の忍者廓《くるわ》の中ではなかったのか」

「忍者廓も一応さぐってみましたが、どの家も、無人のようにひそまりかえって、一夜や二夜、忍び込んでみたところで、なんの得るところはありませんな」

狂四郎は、その報告に、眉宇《びう》をひそめた。

水野越前守《えちぜんのかみ》忠邦は、忍者廓から、十人をえらんで、誓紙をとって、佐渡へ遣《つかわ》したのであった。しかし、渠らは一人も、帰還していない。本丸老中側が、これら十人を襲撃させた隠密《おんみつ》たちもまた、忍者廓からえらび出した忍者たちであろう、と狂四郎は、看《み》て

とったのである。

同じ公儀から隠し知行をもらっている同士が、生命を狙いあい、凄惨《せいさん》な暗闘を演じた、と考えられるのである。白刃を詰めた時、互いにそれが隣家の主《ぬし》であった、と知った場面もあったに相違ない。

しかし、いま、贋一茶の報告をきけば、自分をつけ狙う隠密たちは、目黒の虚無僧寺を巣窟にしている、という。

もとより、渠《かれ》らは一部であろうが、それらの隠密が、忍者廓の各流忍者たちとは、考えられぬことだった。一流を誇る忍者が、他流の者と党を組むことは、あり得なかった。

すると――。

本丸老中側では、ほかにも、秀《すぐ》れた隠密の集団をつくっているのであろうか。

外桜田の馬場で斬った六人の刺客も庭番衆ではなかったと考えられる。もしそうだとすれば、こちらは、二派の隠密を敵にまわしたことになる。

――それも、やむを得ぬ。

いつ、どこへ、屍《かばね》をさらしても、悔いぬように、虚無という支《ささ》えが、身の裡《うち》にはある男であった。

「中﨟殿の身柄を、いかがなされる？」

贋一茶は、かさねて問うた。

「お主が、預ってくれるわけにはいかぬのか？」

「美しすぎる」

贋一茶は、独語するように、こたえた。

「やむを得ぬ。ここへ、つれて来てもらおう」

狂四郎は、云った。

「かしこまった」

贋一茶は、踵《きびす》をまわした。

その後姿を見送り乍ら、狂四郎は、ふっと不吉な予感をおぼえた。

――おれは、また不幸な女性《にょしょう》を、あの世へ送ることになるのではないか？

忍び尼

一

餞春《せんしゅん》――。

うららかな陽《ひ》ざしの下で、街には、「花ィ、花ィ――」と呼び乍ら、花鋏《はなばさみ》の音を鳴らして行く、のびやかな風景が、あった。

珍しく、宗十郎頭巾《ずきん》で、顔をつつんで、ふところ手で、歩いて行く眠狂四郎の、すぐ前を、桜草を荷《にな》い売りする植木屋の姿があった。

桜草は、戸田河原辺に生繁《おいしげ》って咲く野生であったが、大久保辺では、その種をえらび、根を吟味して作っていた。もとより、名花大輪ではなく、土焼きの小鉢《こばち》に植えつけた小さな、薄紅の花であった。そのすがたがいかにもやさしく、十代の娘たちに愛《め》でられて、よく買いもとめられていた。

桃、桜、山吹などを荷籠《にかご》に盛って、呼び売る声と、桜草を荷い売る声とは、おのずからちがって、後者のなんとなく鄙《ひな》めいたところが、かえって、府内の春に、趣きを添えていた。

狂四郎は、なんとなく、その声にきき惚《ほ》れ乍ら、道をひろって、三田寺町の汐見坂《しおみざか》にさしかかった。

はっ、となったのは、植木屋が、急に声を止めた次の刹那《せつな》に示した敏捷《びんしょう》な動作であった。

荷籠を、路上に置きすてるや、左に沿うた寺院の土塀《どべい》を、助走もなくして、六尺の高さを跳《と》んで、越えてみせたのである。

春昼の、ものうい静寂の占めている地域であった。

植木屋に化けたその者が、そのような飛躍をえらばなければならぬ気配など、狂四郎は、すこしも感じてはいなかった。いや、うかつにも、ほんものの桜草売りとばかり思っていたのである。

立ちどまった狂四郎は、あたりへ、冷たい視線をまわした。

なんの変ったものも見当らぬ。

——おれが尾《つ》けて来ていると、錯覚して、遁《のが》れたのか？

そう考えるよりほかはなかった。

狂四郎は、歩き出した。

ものの十歩と行かぬうちに、

「眠狂四郎殿、引きかえされい」

その忠告が、土塀の内側から、かかった。

——どういうのだ?

狂四郎は、わざと足を停めずに、次の言葉を待った。

「くどくは申し上げぬ。あと三歩も進まれてはならぬ」

そう云われて、狂四郎は、路面へ視線を匐《は》わせてみた。ただの往還である。朝のうちに、すこし雨があって、しめった土の色をみせているが、べつだん怪しむべき箇処を、そこあたりに隠してある、とは思われない。

狂四郎は、視線を土塀へ、移した。

土塀には、いくつかの、いたずら書きの痕《あと》があった。

しかし、狂四郎の鋭い眼光は、左右の土塀に、小さな朱の矢じるしがつけられているのを、看《み》のがさなかった。いたずら書きのひとつとみせかけているが、左側の矢じるしは、下を向いて居《お》り、右側のは、上を向いているのが、狂四郎に、直感を生ましめた。左側の矢じるしから辿って、右側のそれに至れば、路面に、目に見えぬ一線を引くことが、できる。

狂四郎は、つと、二歩出た。

瞬間——無声裡に、凄《すさま》じい気合もろとも、無想正宗を鞘走《さやばし》らせて、その目に見えぬ一線を、薙《な》いだ。

すなわち、道の土を三尺あまり横に、両断したのである。

土を斬《き》る手ごたえの代りに、無想正宗の刃さきからつたわって来たのは、なんとも名状し難い、不快な触感であった。

そして、鼻孔を襲って来たのは、腐爛《ふらん》した屍体《したい》の臭気であった。

狂四郎は、路面につけられた刃線を、凝視して、

——死骸《しがい》を埋めてあるとは！

と、訝《いぶか》った。

土塀の内側から、それに応《こた》える桜草売りの声がひびいた。

「お手前は、われら忍士の墓地を、発見された。発見してはならぬものを、発見された。……おそらく、その道には、九人の忍士の屍《かばね》が、葬《ほうむ》ってある筈《はず》。お手前は、発見されたからには、お手前自身も、いずれ、そのようにして、葬られ、世人の足にふみつけられ申そう」

そう云われて、狂四郎は、無想正宗を携《さ》げたまま、死骸の上に引いた刃線をまたぎ越して、二三歩進み、第二の朱の矢じるしが、土塀につけられているのを、見つけた。

——なんのために、このような無慚《むざん》な葬りかたをするのか？

しかし、狂四郎は、その理由を問う代りに、

「お尋ねするが、この九人は、水野越前守が佐渡へ送った隠密たちであろうか？」

「左様――」

「たった一人、生き残った、と考えられる戸越嘉門という御仁《ごじん》は、お主か！」

「………」

返辞はなかった。

「もはや、かくすには、およぶまい。生き残って、この江戸へ帰って来て居り乍ら、西丸老中邸へも、わが家へも、姿を現さずにいるのは、それだけの理由があってのことであろう。打明けたくなければ、しいて、きかぬ。……わたしを、眠狂四郎と知って、忠告してくれるところをみると、裏切って、敵方に就《つ》いて居るのではない証左とみた。こちらは、それが、判れば、よい。……わたしは、お主の屋敷をたずねようとしていたところだった。お主が生きていることを、お主の母上と子息に報《しら》せておこう」

「止《や》めて頂きたい。……それがしは、いまは、たしかに、生き残って居る。しかし、この生命は、ほんのしばしのものにすぎ申さぬ。いずれ、近いうちに、妻のあとを追うことになろう」

これをきいたとたんに、狂四郎は、はっとなった。

「お主！」

狂四郎は、土塀のむこうに立つ者へ、眼光を透すように、双眸《そうぼう》を据えて、

「あの夜、わたしが、庭で、お主の妻女をぬすんだ男と立合っているすきに、妻女を斬ったのは、お主自身であったのだな！」

「…………」

沈黙が、肯定を意味した。

「お主は、江戸へ帰って来た時、おのが妻が、敵がたの隠密にぬすまれているのを知った。知って知らぬふりをしていたのは、復讐《ふくしゅう》の権化《ごんげ》となったからであろう」

「それがしが、討たねばならなんだ波多野小十郎を、お手前は、勝手に、斬り仆《たお》してしまわれた」

その声音《こわね》には、悲痛なうらみを含んでいた。

「……だが、波多野小十郎は、それがしの妻が欲しくて、だましたのではござらぬ。指令によって、密通したまでのこと。それがしは、指令した者を、討たねばなり申さぬ。それは、越前守様の御命令を遂行することにも相成り申す」

二

狂四郎は、土塀のむこうから、戸越嘉門の気配が消え去ったのを知ってから、歩き出した。まさしく、左右の土塀には、九つの朱の矢じるしがつけられていた。

狂四郎は、九個の死骸をまたいで、汐見坂をのぼり、やがて、忍者廓《くるわ》の木戸につきあたった。

木戸は、かたく閉じられていた。

狂四郎は、飛び越えて、不気味な静寂を保つ廓内に入った。

どの家も、手入れがゆきとどき、門前は、塵《ちり》ひとつとどめずに、白砂に箒目《ほうきめ》がきれいにつけられていた。

おもしろいことは、その箒目が、それぞれの家紋を大きく門前一杯に描いていることであった。そして、どの砂紋も、人の足に踏まれた形跡をつけていなかった。

ゆっくりと、歩いて行き乍ら、狂四郎は、二軒ばかり、砂紋を描いていない家を、見とどけた。

木戸側からかぞえて七軒目の家——すなわち、戸越嘉門の家の前に立ちどまった狂四郎は、そこにも、砂紋がなく、扉《と》に、「忌中」という貼紙《はりがみ》がしてあるのをみとめた。

——砂紋がないのは、主人を喪《うしな》ったことを意味するのか？

潜《くぐ》りは、開いていた。

当然、自分がこの家に入るのを、物蔭《ものかげ》から窺《うかが》い視《み》ている眸子《ひとみ》があることを、意識し乍ら、狂四郎は、一歩入ってみて、そこから玄関口までが、城郭で謂《い》う虎《とら》ノ口の馬出《うまだし》の構造になっているのを、知っていた。玄関に立って、案内を乞《こ》うたが、屋内は、しいんとして、人の動く気配は、さらになかった。

　——あの気丈夫な老婆《ろうば》と、勇気のある少年は、どうしたであろう？

　こちらを敵と思いちがえて、斬りつけてきた両名を、狂四郎は、むしろ、なつかしいものにおぼえて、おとずれてみたのである。狂四郎は、線香の匂う座敷にむかって、足を進めた。

　そして、そこの障子を開いてみて、

「………」

　眉宇《びう》をひそめた。

　白木の位牌《いはい》を据え、灯火を点じ、香花食膳《こうげしょくぜん》を供えた仏壇にむかって、端座しているのは、白絹で頭を包んだ尼僧《にそう》一人であった。今日は、初七日であった。

　普通の家ならば、知音が招かれて、この座に並んで、誦経《ずきょう》している筈であった。ただの家ではないので、親戚知己《しんせきちき》は現れないとしても、あの老婆と少年と召使いの者たちは、坐《すわ》っているべきであった。

　見知らぬ尼僧が、たった一人ひっそりと、ここに在るのは、どうしたわけか。

　尼僧は、やおら、頭をまわして、狂四郎を視た。まだ若い、眉目《びもく》の美しい尼僧であった。

「故人が、先夜、非業《ひごう》の最期をとげられた際、偶然に居合せた者。焼香をさせて頂きたい」

尼僧は、黙って、頭を下げた。

仏壇に対した狂四郎は、背中にあてられた尼僧の視線を、氷のように冷たいものに感じた。

焼香を終えて、膝《ひざ》をまわした狂四郎は、

「この家には、お年寄と御子息が、のこって居られた筈だが、いかがされた？」

「昨日、わたくしが、戻って参りました時には、もう引払って居りました」

「貴女《あなた》は――？」

「故人の妹でありまする」

狂四郎は、一揖《いちゆう》しておいて、立とうとした。

すると、尼僧が、ひややかな声音で、

「お待ちなされませ」と、とどめた。

狂四郎が、視線を向けると、尼僧は、強い光をもった双眸《そうぼう》で受けとめて、

「貴方様は七人目の焼香をなされる御仁《おひと》でありまする。さだめによって、遺髪を高野山《こうやさん》に御持参頂かねばなりませぬ」

「そのようなさだめがあることは、きいて居らぬ」

初七日に、遺歯または遺髪を、高野山に送って、山上の納骨堂に納め、死後の冥福《めいふく》を祈り、大師と値遇《ちぐう》の縁を倶《とも》にする、という風習は、ひろく行われていた。遠隔の地で、

それが容易でない場合は、祠堂金《しどうきん》を寄進して、日牌《にっぱい》月牌を供えることも行われていた。真宗の門徒は、これを、京大谷の骨塔に納めていた。

しかし、初七日に来た七番目の焼香客が、この役目をおしつけられるなどとは、初耳であった。

「これは、能登《のと》のわが故郷のならわしでありまする。故人は、初七日に参られた七番目の御仁を、冥途《めいど》の道連れにする、と古来の申しつたえがあり、二三十年前までは、老いてこの世にもう未練を持たぬ者や、病いの重い者や、あるいは、悲嘆にかきくれた家来などが、わざと七番目を願い出て、あと追いをいたして居りました。近時これがあらためられて、遺髪を、高野山に納める役目にかわりました」

「拒めば、どうなる？」

「拒むことは、許されませぬ」

「それを、敢《あ》えて拒んだならば？」

「近親者一同、刀槍《とうそう》を把《と》って、討ち果し、故人のあとを追わせまする」

「あいにく、この座には、貴女一人しか居らぬ」

「わたくしは、戸越家一門の者ゆえ、このさだめに、したがいまする」

「わたしを、討ち果す、と云われるのか？」

「はい」

「わたしの方が、腕が立ちまさっているといると判っていても、討つことをひるまぬのですな？」

「左様です」

尼僧は、きっぱりと、こたえた。

狂四郎の微笑の中に、残忍な翳《かげ》が刷《は》かれた。

「こちらは、そのような迷妄《めいもう》のならわしは、みとめぬ男だ。敢えて討つと、云われるならば、こちらも条件を出しておくが、いかがだ？」

「うかがいまする」

「貴女を、復飾《ふくしょく》させる」

「………」

「復飾させるにも、いろいろな手段がある。わたしは、ごらんの通りの、無頼の素浪人だ。無頼の素浪人らしい手段で、復飾させる故《ゆえ》、左様覚悟しておいて頂こう」

三

狂四郎は、あらためて、仏壇に向って、端座した。尼僧は、これを背後から不意に討つのがならわしだ、と云って、狂四郎に、座に就《つ》かせたのである。

尼僧は、長押《なげし》にかけてあった薙刀《なぎなた》を把《と》っていた。

忍法無影流の宗家・戸越嘉門の義妹にあたる尼僧が、相当の修業を積んでいるであろうことは、想像に難くない。坐っている姿が、みじんの隙もみせぬものであったのから推して、凡手ではない筈であった。

その手練者《てだれ》に対して、背中を空《あ》けるのは、尋常の度胸ではできぬことだった。無数の死地をくぐって来た狂四郎でなければ、能《よ》くなし得ない振舞いであった。

不意に、背後から、斬りつけられた経験は、すくなくない。

しかし、このように、端座させられたのは、はじめてのことである。躱《かわ》すいとまは、与えられぬ。

襲って来る刃風に合せて、こちらの刀を抜きはなつ迅業《はやわざ》は持っているものの、右から薙《な》いで来るか、左から薙いで来るか、それとも、頭上から振り下して来るか、予測できぬ以上、抜きざまに払いかえすことは、不可能のようである。

では、どう遁《のが》れるか？

この男の、虚無主義者らしい見栄《みえ》で、ただ遁れるだけでは、能がないという気持があった。

遁れると同時に、対手《あいて》をその場に釘《くぎ》づけにし、立ち竦《すく》ませる鮮やかな技を発揮したかったのである。

遁れた一瞬には、おのれをすでに、絶対有利の立場に置いている——それでなければならなかった。

対手が、稀有《けう》の腕前の剣客ででもあるならば、いざ知らず、いかに手練者とはいえ、たかが若い女性《にょしょう》である。

「参りますぞ！」

尼僧が、澄んだ一言を、投げて来た。

狂四郎の心気が、冴《さ》えた。

一秒……二秒……三秒……ときざまれる秒刻が、静寂の空気の中で、音もなく、高鳴った。

尼僧は、薙刀を前面に直立させる、所謂《いわゆる》逆手持ち天の構えをとっていた。体を左半身にし、左手を逆手にして、肘《ひじ》をほぼ直角に屈《ま》げて、小手《こて》を出し、肩の高さのあたりの柄《つか》を握る、陰の構えの変形であった。つと――尼僧は、その構えに、動きを生んだ。

逆手を徐々に挙げて、刃を後方に、石突きを前方へ、頭上に水平になるまでに延べた。

そこで、なお、数秒の間《ま》を置いた。

狂四郎は、石像と化したように、微動もせぬ。

「えいっ！」

刃音は、帛《きぬ》を裂く懸声《かけごえ》とともに、殺気のはりつめた空間に唸《うな》って、狂四郎を襲った。

瞬間――狂四郎の上半身は、うしろへ倒れた。

尼僧の目に、おのが逆手袈裟《けさ》がけの一撃が、狂四郎を仆《たお》したか、と映ったとしても、ふしぎではないくらい、薙刀の白い閃光《せんこう》をあびて仰のけに畳へ落ちた狂四郎の動きは、自然であった。事実、尼僧は、なんの手ごたえもない虚《むな》しさに、脳裡《のうり》に、不審を奔《はし》らせたくらいであった。

次の瞬間。尼僧は、おのが身が受けている意外な侮辱に、立ち竦《すく》んだ。

いつ鞘走らせたか、仰臥《ぎょうが》した狂四郎の右手には、白刃があり、それは、尼僧の法衣を、前から後へつらぬき、股間《こかん》の秘処へ刃をふれさせていたのである。

尼僧は、わずかな身じろぎさえ許されぬ立往生を余儀なくされた事態に、思わず、頬へ羞恥《しゅうち》の血をのぼせた。

女として、秘処を斬《き》られることに、本能的な怯《おび》えを生じた。

完敗であった。

いっそ全裸であれば、宙に躍《おど》りあがって、遁れることもできようが、法衣と腰巻を白刃で縫われてしまっては、どうにも遁れるすべはなかった。

尼僧は、薙刀を、すてた。

宵闇《よいやみ》が来て、狂四郎は、忍者廓を、影のごとくに、抜け出していた。

無頼の所行をなしたあとの、うつろな味けなさが、胸中に、澱《おり》のように淀《よど》んでいた。

孤独な虚無の業念《ごうねん》が、またひとつ、罪を重ねたのである。

「おれは、目を開いている間は、いつも、おのれを欺《あざむ》いている」

人に、そう語ったことがある。

残忍酷薄な振舞いは、その自意識の中から生れるのであったろう。

狂四郎は、尼僧に向って、

「勝負は、わたしの勝だ。約束通り、復飾して頂こう」

と、要求した時、心の一隅では、女が、容子《ようす》にあわれさ哀しさを滲《にじ》ませるのを、ひそかに期待していたのである。もし、女が、それを示せば、黙って立去るつもりであった。

尼僧は、険しく睨《にら》みかえして、

「どうせよ、と申される？」

と、問うたのである。

「その法衣を脱ぎすてて、褥《しとね》へ横たわることだ」

尼僧は、その要求に対して、狼狽《ろうばい》も憤怒《ふんぬ》も返さなかった。

ただ、大きく双眸《そうぼう》を瞠《みひら》いて、微かに唇をわななかせただけであった。

尼僧が、すっと立って、奥に入ってから、かなりの時間を置いて、狂四郎は、寝室へふみ込んでみた。

褥の上には、意外にも、燃える鹿《か》の子の緋縮緬《ひぢりめん》の対丈襦袢《ながじゆばん》をまとうて、彼女は、仰臥《ぎようが》していたのである。顔をつつんでいた白絹も払って、かたちのいい青あたまを、有明《ありあけ》のゆらめく灯になぶらせて、妖《あや》しく浮きあがらせていた。

狂四郎は、これまで、おのが意志や感情を押し伏せ、覚悟をきめて、手折られるのを待つ娘の寝姿に、いくたびか接している。それは、常に、こちらが冷酷なけだものと化すのをためらわせる儚《はか》ない花の美しさを湛《たた》えていたものであった。

この尼僧だけは、ちがっていた。

双眸を大きく瞠いて、じっと天井を仰ぐ表情はぞっとするほど冷たく冴《さ》えかえっていたのである。

——どういうのであったろう？

犯し去ったいま、狂四郎の方に、微かな困惑があった。

尼僧は、ついに目蓋《まぶた》を閉じなかったのである。

すでに、男を知っていたのであれば、納得もゆく。尼僧は、処女だったのである。

伊皿子《いさらご》へ出て、九つの屍骸《しがい》の横たわる汐見坂へさしかかった時、狂四郎は、われにかえった。

何者かが、後を尾《つ》けて来たのに気がついたのである。

すると、こちらが気づくのを、待っていたように、尾行者は、跫音《あしおと》を起して、近づいて来ると、

「下忍、捨丸でござる。貴方様に奉公の儀、重ねてお願いつかまつる」

「ことわる」

「奉公が叶わねば、それがしに、何かできることをお命じ下さるまいか」

狂四郎は、屍骸を踏まぬようにし、土塀の片側に沿うて、ゆっくりと坂を下った。

坂を下りきったところで、

「では、ひとつ、たのもうか」

「お命じ下さるか？」

捨丸の語気がはずんだ。

「この坂に、九人の隠密《おんみつ》のなきがらが、埋めてある。掘り出して、茶毘《だび》にふし、それぞれの遺族に渡してもらおう。たのみは、それだけだ」

捨丸は、足を停めて、闇の中へ遠ざかる狂四郎を見送っていたが、溜息《ためいき》をひとつもらして、自分をののしった。

「下忍には下忍の仕事しか与えられぬのか、間抜け者めが――」

通り魔の腕

一

陽《ひ》が傾いて、馬喰町《ばくろちょう》の旅籠《はたご》のならんだ通りは、雑多な人かげで、閙《さわ》がしくなった。江戸見物の爺《じい》さん婆《ばあ》さんが、饅頭笠《まんじゆうがさ》や手拭《てぬぐ》いに、ほこりをつもらせて、竹の杖に、つかれた身をすがらせ乍《なが》ら、ぞろぞろと戻って来る。打包《けさござ》を背負い、如意《によい》をはさんだ雲水の列も帰って来た。

大きな荷をかついだ近江《おうみ》商人や富山の薬売りは、歩き馴《な》れた足どりである。医者、女衒《ぜげん》、兇状持《きようじようも》ちらしい無職人《ぶしよくにん》、渡り職人、門《かど》づけなど——当時、その職業が一瞥《いちべつ》して判るさまざまの行装を、この旅籠町の夕ぐれ刻《どき》は、一時に集めるのであった。

前幅のせまい唐桟留《とうざんとめ》を素肌《すはだ》につけ、博多帯を腰骨の上で、横っちょにむすび、音のせぬ麻裏草履《ぞうり》をつッかけて、すいすいと、人波を縫って行くのは、云《い》わずと知れた巾着切《きんちやくきり》であった。

やゝ、やぞうをきめて、首をふり乍ら、

「ままよ、こん畜生ッ、蛙《かえる》のきんたま、きな粉がふんばりゃ、提灯《ちょうちん》まる髷《まげ》、夜中の踏み台、大すり小木《こぎ》で、達磨《だるま》をけとばしゃ、小僧が寝しょんべん、女中は大いびき、奥では、女房が亭主を乗っけて、おべちょ、くちょねちょ、やっちょね、みっちょね、天井で鼠《ねずみ》が、ちょんちょん、ちょちょねで、おちょねさいさい……」

と、出鱈目《でたらめ》を、大声で、唄《うた》って行く。

やがて、金八が、

「おうっ、ごめんよ」

と、入って行ったのは、「佐渡屋」という、このあたりでも、いちばん薄穢《うすぎたな》い旅籠であった。

ちょうど、階下の広間では、夕餉《ゆうげ》の膳《ぜん》が並んでいるところであった。

下女の大声で、客たちは、三階からどやどやと降りて来て、めいめい自由に、膳に就《つ》いて、箸《はし》を把《と》るのであった。下女が給仕をするわけではなく、汁や飯を、自分で何杯お代りしようと、勝手次第であった。

しかし、やたらに舌を鳴らしたり、箸の音をたてたりしないならわしが、貧しい庶民のあいだにもゆきわたっていて、二三十人が並び乍らも、意外に、広間は、もの静かであった。

金八は、その光景を、ずいと見渡して、

「野郎、二階に色狂いの後家《ごけ》をひっぱり込みゃがって、一杯くらってやがるか」

舌打ちして、たたた……と階段を駆け上った。

「吉っ！　どこだ？」

呶鳴《どな》ると、すぐ、むこうの破れ唐紙《からかみ》が開けられて、

「ここだよ、兄哥《あにい》――」

と、ひどい反っ歯《そっぱ》の顔がのぞいた。

金八は、ふみ込むやいなや、その頬桁《ほおげた》へ、平手打ちをくらわせた。

「な、なにをしやがる！」

吉は、反っ歯を、歯ぐきまで剝《む》いた。

「くせえ！　面《つら》を洗って来い、ももんがあめ！」

金八は、胡座《あぐら》をかくと、凄《すご》い目つきで、吉の隣に、怯《おび》えて、肩をすくませている女を、じろっと睨《にら》んだ。小店《こだな》の後家にまぎれもない。

吉は、あまりの凄《すさま》じい金八の権幕に、急に観念した様子で、膝《ひざ》をそろえると、

「すまねえ、兄哥――」

と、頭を下げた。

「すまねえですむか！　仇討掏摸《あだうちすり》は、やっちゃならねえという申し合せを、てめえ、百も承知で、やりゃがったんだぞ！　その右の手くびを、へし折ってやるから、さあ、出

せ！」

金八は、猿臂《えんぴ》をのばした。吉は、あわてて、右手を、うしろにかくした。

仇討掏摸というのは——。

浅草寺《せんそうじ》境内とか、両国垢離場《こりば》とかの盛り場で、突然、仇討さわぎを起しておいて、そのどさくさに、気をとられた蝟集《いしゅう》の人々の懐中やら頭やら腰やらから、物品を掠《かす》め奪《と》る方法であった。

敵役《かたきやく》は赤っ面の年配の、立派な拵《こしらえ》の武士で、討手は二十歳に満たぬ、品のいい顔立ちというのが相場で、問答に時間をかけて、見物人を、じりじりさせるのがコツであった。勿論、刀を抜き合せては、芝居であることが露見するおそれがあるので、明日、何の刻どこそこの馬場で、と約束して、左右に別れるのが、常套《じょうとう》であった。

噂《うわさ》はたちまち四方にひろがり、翌日、その馬場は、人の山になる。しかし、待てどくらせど、敵討などついに行われず、ようやく欺《だま》されたことを知って、散ろうとした時には、たいていの者が、何か一品ずつ掏《す》られている、という結果を招いているのであった。

しかし、この手段は、

「どうも、江戸っ子らしくねえ。掏摸は、あくまで、芸のうちだ。欺して、集めて、上《うわ》の空になっているところを、やるなんざ、芸にならねえ」

という声が、仲間うちから出て、去年から、やらない申し合せができていたのである。

その申し合せを、弟分の吉が破った、というので、金八は、憤怒《ふんぬ》しているのであった。

「吉っ！　てめえは、この御府内でも、五本の指に折られる、通り魔の吉と云えば上方《かみがた》まで名の通った着《ちゃ》っ切《きり》なんだぞ。その看板に、てめえで、泥をぬりたくりゃがって、こン畜生、やいっ——こんな薄っ皮のすべたに血迷って、なんてえざまだい！　吉原《なか》のお職《しょく》に惚《ほ》れて、春夏秋冬、買いきりてえから、金が要《い》るというのなら、まだ話がわからあ。鼠の糞《くそ》と樟脳《しょうのう》くせえ質屋の後家に、入れあげやがるたあ、着っ切の風上《かざかみ》に置けねえ。一流の着っ切はな、どんな物《ぶつ》だろうと、金輪際《こんりんざい》質屋の倉には入れねえ、という心意気を忘れやがったか。掏った簪《かんざし》は惚れた女に呉《く》れてやるのよ。切りとった印籠《いんろう》は、上物《もの》なら通人に大威張りで売りつけるんだ。下物《げもの》は、隅田川《すみだがわ》へ抛《ほう》って、西の海へさらりだあ。……さあ、右手を出しゃがれ。どんな音がするか、ぽきっとおっぺ折《しょ》ってやる！」

二

この時、隣室では、こんな下級の旅籠に泊るのはふさわしくない貫禄《かんろく》をもった、五十年配の町人が、按摩《あんま》を呼んで、肩をもませていた。

「按摩さん、お前さんは、どうやら、以前は立派な職をもっていた仁《ひと》のように見えるがね」

「貧乏儒者のなれの果てでございますよ」

六十過ぎとみえる按摩は、ぼそぼそとした口調で、こたえた。

「そうか、学者かい。これア、いい気持でもませるのはもったいないね」

「とんでもない。唐土では、貧につまって、自分のからだを、五ひきの羊に売りかえた学者もあったとか。自分の十指を五十文で売ることができるのは、まだしも幸せと申すものでございます」

「唐土には、按摩は、なかったものかね？」

「ありましたよ。荘子刻意篇に、導引之士、養形之人、と出て居《お》ります。導引とは、血気をみちびいて、体内をやわらかにすることで、按摩のことでございます。また、孟子《もうし》の梁恵王章《りようけいおう》に、長者のために枝《し》を折る、とございます。枝とは、手足の意味でございます。くだって、隋《ずい》の時代には、按摩博士なる名目もできて居ります。元来、按摩は、医術のうちで、尊ばれて居ったのでございますが、日本では、どうしたわけか卑《いや》しいものにされてしまいました」

「なるほど、お前さんは、大層な学をお持ちだ」

そんな問答を交《かわ》しているうちに、客は、ふっと、黙り込んだ。

隣室の、金八の吸鳴り声が、つつぬけにきこえはじめたからであった。

按摩が去った頃あい、隣室からも金八が、さんざん吉をしぼりあげておいて、出て行った様子であった。

客は、やおら、立ち上ると、唐紙越しに、

「ちょっと、御免なさいよ」

と、声をかけておいて、入って行った。

「だしぬけに、顔を出して、失礼ですが、……お前さんを見込んで、お願い申したいことがあります」

にこにこし乍ら、吉を眺めた。

「へえ。……お前様は、どちらさんで？」

「私は、加賀の古着屋の番頭で、五兵衛と云います」

「………」

「耳があるものだから、つい、按摩にかかり乍ら、こちらの部屋のいきさつを、きいてしまいました。……お前さんは、この御府内で、五本の指に折られる巾着切《きんちやくきり》の親分さんだそうですね」

「親分は、止《よ》してくんねえ。あっしなんざ、まだ、駆け出しだあ」

「通り魔、と称《よ》ばれていなさるところをみれば、名人に相違ありますまい」

巾着切は、盗賊と区別されて、職人芸とみなされていた時代であった。それだけに、数も多く、また、「今日はひまだから、掏摸の見物でもしようか」と、盛り場の茶店に腰かけて、待ち受ける人々さえいたくらいで、岡っ引たちも、べつに、目を光らせて、捕えようとはしなかったのである。

当人たちも、自分が巾着切であることを、卑下もせず、かくしもしなかった。

「お前さんの腕前を、一日、お借りしたいが、どうだろうね？」

五兵衛という商人は、たのんだ。

「面倒な仕事ですかい？」

「いや、お前さんなら、朝飯前と思いますよ。……二十両の手間でどうでしょうな？」

「二十両！　わるくねえ！」

吉は、鼻翼をひくつかせた。

五兵衛が、質屋の後家へ、瞥《ちら》と横目をくれるのを視《み》た吉は、

「おめえ、戻っていな」

と、頤《あご》をしゃくった。

質屋の後家が去ると、吉は、かしこまって、

「仕事ってえのを、うけたまわりやしょう」

「明日、私は、大奥へ上ります」

五兵衛は、意外なことを口にした。

吉は、目を丸くした。

「大奥って……、公方《くぼう》様の、あの大奥でござんすかい？」

「そうですよ」

五兵衛は、にこにこし乍ら、頷《うなず》いた。

「お前様が、大奥の御用達《ごようたし》というんですかい？」

そんな大町人が、こんな薄穢い旅籠に泊っている疑惑を、吉は顔色にみせた。

「ま——ついて来てもらえば、わかる。……お前さんは、私の供をして来た手代ということになる。いいですね？」

「へえ、それで、あっしの仕事は？」

「公方様は、近頃、お加減がわるうて、大奥でずうっとおやすみなされて居る、ときいて居ります。したがって、毎日、御典医が、お脈を拝見に、上っている。たしか、粕谷《かすや》宗庵《そうあん》様と申される。その腰に携《さ》げられている印籠を、こちらの印籠と、掏りかえる——それを、お前さんにおたのみ申したい」

吉は、ごくっと生唾《なまつば》を嚥《の》んでみせてから、

「場所によりけりでさあ」

「それは、心配ない。また、先様《さき》の印籠とこちらの印籠は、そっくり同じものだから、掏りかえても、すぐに露見するおそれもない」

「やりやしょう。ひとつ、その印籠を、見せておくんなさい。すべり具合と、重さの加減を、この掌《て》が知っておきてえ」

五兵衛は、懐中から、とり出してみせた。立派な蒔絵《まきえ》で、葵《あおい》の紋が入っていた。

「これは、梶川《かじかわ》蒔絵と云って、公方様が、御老中、若年寄、御側《おそば》御用取次、大目付、高家の要職に在られる方々に賜わるお品でな、ほかには、御典医として最高の法印の位をもつ医師だけが、特別に賜わる」

「つまり、こいつは、その贋《にせ》もので、お前様は、好事《こうず》のあまり、本物と掏りかえてえ、というわけでござんすかい」

「そう、そう、その通りですわい」

「こいつは、巾着切として、一生一代の晴れ仕事だあ。今夜、あっしの臍《へそ》の緒《お》をお供えしてある明神さんで、水垢離《みずごり》をとって、ふんどしを締め直して来まさあ」

三

翌朝――坂下御門が開かれるとすぐに、紋服袴《はかま》の五兵衛は、唐桟《とうざん》を尻端折《しりはしょ》りにしてちくさの股引《ももひき》をはき大荷を背負った手代姿の吉をつれて、しずしずと、くぐった。大荷の風呂敷《ふろしき》には、大きく、丸の中に銭、という一字を白く染めぬいてあった。

御裏御門から、御切手御門に達し、そこから下御広敷《しもおひろしき》の関門である七つ口に至る。

五兵衛が、門番に示す門札は、なんの不審も受けなかった。

御用達町人は、七つ口の脇《わき》の勾欄《てすり》に来て、部屋部屋の買物の注文を受けるならわしであった。

ところが、この五兵衛だけは、現れた女中から、「お局《つぼね》様がお待ちかねでありました」と、すぐに、長局の方へ、いざなわれたのであった。ただの御用達ではなかったのである。

五兵衛は、吉から、大荷を受けとると、女中に順《したが》って行った。行きがけに、吉にだけわかる目くばせをのこした。

吉は、ものの半刻《とき》も、勾欄下に、神妙に、うずくまっていた。

「御典医粕谷宗庵殿、お入り――」

その声が、遠くからひびいて来て、

――御匙《おさじ》め、来やがった！

と、吉は、緊張した。

跫音《あしおと》が近づき、御広敷添番を先に立てて、総髪に、法印を示す腰羽織をまとった御典医が、薬函《くすりばこ》を手にして、進んで来た。

いつの間にか引戸ぎわに進んで、頭を下げていた吉は、御典医のたしなみである衣服にたきこめた香の匂いが、つんと鼻孔を衝《つ》いたとたんに、ひょいと、顔をあげて、

「あ――ごみが」

と、口走って、指さした。

粕谷宗庵は、その声で、ふりかえった。吉の人差指は、宗庵の羽織のうしろを、示していた。

「御無礼、おゆるし下さいまし」

吉は、勾欄をひょいと越えて、するすると進むと、いかにも、羽織にくっついたごみを取ってやるしぐさを示した。

そして、そのごみを、自分の袂《たもと》に入れた。とみせたが、実は、神技というべき指の働きで、宗庵の腰の印籠《いんろう》を掏《す》り換えて、掏った方を袂に入れたのである。

締戸番の役人たちの目に、吉の働きは映る筈《はず》もなく、宗庵は、木戸を通って、奥の廊下へ入って行った。

五兵衛が、姿を現したのは、それから四半刻《とき》後であった。吉が受けとった大荷は、空《から》の軽さになっていた。

馬喰町の旅籠《はたご》に戻って来ると、五兵衛は、吉から、印籠を受けとって、

「ふむ。やったね」

と、満足げに、頷《うなず》いた。

贋《にせ》ものの方には、五兵衛にだけわかる小さな疵《きず》をつけておいたのであるが、この印籠には、それがなかった。掏り換えた証拠である。

「さ、二十両、お礼だ」

五兵衛は、吉に渡すと、
「口外は、無用だよ、吉つぁん――」
と、一瞬、眼光を鋭く冴《さ》えさせて、吉の顔を刺した。
「ご安心なせえやし。これで、口はかたい方でさ。……じゃ、御免なすって」
旅籠をとび出した時、吉は、もとの巾着切の装《なり》にかえっていた。
奴凧《やっこだこ》のように、両袖《そで》をひろげて、ひらひらさせ乍《なが》ら、
　人をだますにゃ、智慧《ちえ》がいる
　油揚げ買《こ》うて、ひと走り
　むこう横丁のお稲荷《いなり》さんへ
　柏手《かしわで》打ったら、ホイしもうた
　とんびに、油揚げさらわれた
　ささ、しょんがえなあ、と来た

四

吉が、やがて、駆け込んだのは、両国広小路《ひろこうじ》の並び茶屋のひとつ「東屋《あずまや》」であった。

そこには、金八が、待っていた。

「兄哥《あにい》、ほめてもらいてえや」

吉がさし出したのは、五兵衛に渡したのと寸分ちがわぬ印籠であった。
金八は、にこりともせずに受けとると、
「大奥を拝ませてやったのを、有難えと思え、吉――」
「あれだ。おれア、御殿女中が五万と揃《そろ》うた景色を眺められると、愉《たの》しみにしていたんだが、なんのことはねえやな。七つ口てえ場所で、小役人と半刻も睨めっこしてただけよ」
「女護ヶ島に入りてえなら、役者に生れかわりな。長持へ忍んで、お通りだ。あとで、ばれて、打首になってな。
ひイ、ふウ、みイ、よウ
五つとせ、いま鳴る鐘は、六つの鐘
七つ口から、化けて出て
八つ、柳はないかいな
九つ、焦《こ》がれて、会いに来た
十《とお》いあの世っから、会いに来た」
と、唄《うた》い乍ら、金八は、出て行ってしまった。
金八が、あの旅籠にとび込んで、仇討掏摸うんぬんで、吉をしぼりあげたのは、隣室の客の五兵衛を釣るための芝居であった。五兵衛は、まんまと、食いついて来たのであった。

この芝居をさせたのは、眠狂四郎であった。

狂四郎は、数日前、水野越前守の側頭役《そばがしらやく》武部仙十郎に呼ばれて、馬喰町の旅籠に泊って居る。

「加賀の銭屋五兵衛が、小商人《こあきんど》をよそおって、出府して参り、馬喰町の旅籠に泊って居る。銭屋は、目下途方もない大がかりな抜荷買《ぬけにが》いをやって居るが、これを、公儀は黙許いたして居る。当然、銭屋と加賀宰相と本丸老中とのあいだには、何やら臭いものがかくされているようじゃ。銭屋が、なぜ、小商人に化けて、出府して来たか、ひとつさぐってみてくれぬか」

と、たのまれたのであった。

はたして――。

銭屋五兵衛は、大奥へ、御用達として入るついでに、巾着切をやとって、御典医の腰の印籠を掏る計画をたてた。

吉は、それを引受けるや、昨夜、金八の許《もと》へすっとんで行って、報《しら》せた。金八は、直ちに、眠狂四郎に、告げた。狂四郎は、さらに、武部仙十郎に報告して、水野越前守が将軍家から拝領した印籠を借りて来て、吉の懐中にしのばせておいたのである。

吉は、見事に、御典医粕谷宗庵の印籠と、五兵衛から渡された印籠を掏り換えたが、掏った印籠を、五兵衛には渡さなかった。

五兵衛に渡したのは、狂四郎の方から与えられた印籠であった。

かくて、吉が御典医から掏った印籠は、金八によって、狂四郎の許へもたらされた。

銭屋五兵衛は、子供が一番好物の菓子をあとの愉《たの》しみにとって置くように、夕餉をすませるまで、その印籠の中を調べようとしなかった。

早寝の客のいびきが、隣室からきこえて来た頃あい、五兵衛は、行燈《あんどん》のわきで、印籠の蓋《ふた》をはずした。

とたんに、五兵衛の眉宇《びう》が、ひそめられた。中は、空《から》だったのである。

隣室のいびきが止《や》み、唐紙《からかみ》が、さらりと開かれた。

五兵衛は、そこにうっそりと立った異相の浪人者を視《み》て、はっと息をのんだ。

「銭屋五兵衛だな？」

「貴方様《あなた》は？」

「眠狂四郎という素浪人だ」

端座して、腕を組んだ狂四郎は、

「通り魔の吉が、粕谷宗庵から掏った印籠は、おれの方がもらった」

「なんと仰言《おつしや》る？」

「あの印籠には、西洋製の麻薬が詰めてあった。お主《ぬし》が、御側御用人の水野美濃守にたのまれて渡した品だろう。将軍家の頭脳を、痴呆《ちほう》にするためにだ。……お主は、麻薬が、はたして、御典医によって、将軍家に服用させられているか、どうか――それを、たしかめるために、巾着切に、印籠を掏らせてみた。そうではないか。たしかに、宗庵の印籠には、麻薬は詰めてあった。おれの目が、たしかめたゆえ、安心するがいい」

「手前を、お斬りなさるために、おみえになりましたか、眠様？」

「お主を斬って、何になる。斬らねばならぬのは、本丸老中とその下の権臣たちだが、これを片づけるのは、おれの任ではない」

「手前をどうなさろうと、仰言る？」

「お主は、小商人《こあきんど》に化けて、ここにひそんでいて、あとから抜荷の珍宝がとどくのを、待っているのだろう」

「………」

「そいつを、本丸へ送り込むのを止めてもらって、こちらへ頂戴《ちょうだい》する――という取引は、どうだろうな」

「さあ、いかがなものでございましょう」

「なに、こっそり、闇取引《やみとりひき》をしてくれと申すのではない。手練者《てだれ》が幾人、守っていてくれてもかまわぬ。おれの方は、堂々と、頂戴する。お主が、その場所を指定してくれればよいのだ」そう云って、狂四郎は、にやりとしてみせた。

「おもしろい御仁《おひと》だ」五兵衛も、にんまりとした。「よろしゅうございます。奪《と》って頂きましょう」

それから五日後の早朝——。
甲州街道の布田《ふだ》五ヶ宿はずれの、春の野花が咲きみだれた草原に、七人の武士が、朱《あけ》にそまって仆《たお》れているのを、付近の百姓が発見した。検視の役人は、いずれも、ただ一太刀で斬られているのを、認めるとともに、その所持品によって、渠《かれ》らが、加賀前田藩の藩士らであることをたしかめた。

手裏剣船《しゆりけんぶね》

一

上野、飛鳥山《あすかやま》、道灌山《どうかんやま》、そして隅田《すみだ》堤の桜花が散った頃になると、江戸の市中には、急に、大名行列の往《ゆ》き来が、しげくなる。

諸侯の参覲《さんきん》交替が、はじまったのである。

封建の世のいちばん大きな行事は、諸侯に課せられた参覲交替であった。その年期は、旧武鑑に誌《しる》されてある。在府年限が満ちた諸侯は、公儀より暇をたまわって、国許《くにもと》へ帰城する。これは、春季中の道中と、きめられていた。駅路には、道中師という道中請負業の親分がいて、伝馬宿次《てんましゆくつぎ》のさしくり万端を滞らせないようにする。

こうした時期には、大奥をはじめ諸藩邸に奉公に上っている女子たちも、宿下りを賜って、長いのは十日、短いのは五日間くらい、実家へ帰って来る。尤《もつと》も、御殿女中の宿下りは、手土産《てみやげ》がたいへんで、その費用はすくなくなかった。両親が、世間への外聞から、見栄《みえ》をはって、宿下りをさせたのである。そのために、多大の借財を背負う例も珍しくはなかった。

終身奉公の御殿女中たちはまた、宿下りすると、早速《さっそく》に、御殿の髪かたちを解いて、丸髷《まるまげ》に結いなおし、衣裳《いしょう》も模様を縫ったのをすてて、縞《しま》の小袖《こそで》の下方《したかた》風に変えて、浅草猿若町《さるわかちょう》の中村座、市村座、森田座へ、芝居見物に出かけるのを、愉《たの》しみにしていた。

庶民もまた、花見気分がひきつづいて、しぜんに外出を好み、どの往還も、賑《にぎわ》う。

市中の大名行列は、制止の声をかけず、庶民の通行の足を停めなかったので、いわば、野次馬の見物にまかされて——春の景物のひとつなのであった。

庶民は、家紋を視《み》て、それがいずれの大名か、すぐに知って、行粧《こうしょう》の品さだめなどやるのであった。

「おう、おう——今日は、北へ帰《けえ》るお行列が、いやにつづいてやがる。朝のうちは、長岡の牧野備前守《びぜんのかみ》、村松の堀左京亮《さきょうのすけ》、新発田《しばた》の溝口伯耆守《みぞぐちほうきのかみ》と、つづいて行っちまった。こんどは、あれア、何様だ？」

隅田川へ流れ入る八本の引入溝《ひきいれぼり》のうち、四番溝と五番溝のあいだにある河岸《かし》に、水面へ、みどりの影をうかべた古松があった。これを首尾の松という。その名の由来は、あきらかでないが、柳橋から猪牙《ちょき》に乗って、浅草川を溯《さかのぼ》って山谷堀《さんやぼり》に入り、吉原へくり込む遊客たちが、上り下りに、この松に纜《つな》をつないで、莫迦《ばか》さわぎをするならわしが、いつの間にか、できていた。

今日も、この松の下に、三四艘《そう》の猪牙が、とめられて、女を交えた町人たちが、河岸道をしずしずと行く大名行列を、見物していた。

「あれア、八重山吹みてえだな。八重山吹はどこの大名だい？」

「これこれ、無学なことを申すでない」

隣りの猪牙から、声がかかった。

立川談亭が、笑い乍《なが》ら、

「八重山吹と源氏車《げんじぐるま》をまちがえてはいかん。あれは、十二本骨源氏車紋と云《い》ってな、またの名を、榊原《さかきばら》車と称す。源氏車は、御所車とも云ってな、天子様がお乗りになったものだ。その車を牛で曳《ひ》かせる侍従が、式部大輔《しきぶたゆう》で、榊原——と来れば、云わずと知れた高田藩主と相成るの」

「そうよ、知ってらあい、源氏車は榊原式部大輔で、かく申すこの八五郎の紋も源氏くるわってんだ」

「源氏くるわたアなんだ！」

「おれのお袋は、吉原で一、二と売れた花魁《おいらん》で、源氏名を持っていたからの、蛤《はまぐり》を九つ書いて、まん中に城を傾けた図柄だあな。苦界《くがい》の傾城《けいせい》としゃれたもんだ。おれは、逆児《さかご》で生れたから、さかさ腹子宮大夫《だゆう》——」

「置きゃがれ。大工のてめえが、紋を持ってる筈《はず》があるけえ」

「お袋がおれを生む時に、蛤が割れて、もん絶したきりだ。目下、おれのもんは、熱あつだあ」

「なんてぬかしゃがったい？」

「嬶《かかあ》をもらったばかりだあ。夜毎《ごと》の閨《ねや》の睦言《むつごと》に、交《かわ》してるんだ。おれのもんはお前のもん、お前のもんはおれのもん、ってな」

「べらんめえ。それを、本当のお門《かど》ちがい、ってんだ」

この時、談亭が、首をのばして、

「しっ、一同、声が高いぞ」

と、たしなめた。

「なんでえ師匠？」

「うしろを見な、うしろを——」

皆は、首をまわした。

一艘の屋形船が、ゆっくりと、下って来ていたが、その屋形の障子に、大きく十二本骨の源氏車紋が、描かれていたのである。

「御隠居の榊原四品《しほん》遠江守《とおとうみのかみ》源《みなもと》政令《まさのり》様が、御当主の御帰国を、水の上からお見送りだ。……お前らは、知るまいが、これには、いわれがある」

二

榊原氏の始祖式部大輔康政《やすまさ》は、徳川家康の股肱《ここう》として、抜群の智将《ちしょう》であった。

慶長四年閏《うるう》三月、家康は、伏見城に入って、天下にはばかるところなく、おのが威権を示した。元来、伏見城は、秀吉の遺言書によって、前田利家《としいえ》が守ることがきまっていた。家康は、利家が逝去《せいきょ》するのを見すまして、直ちに、占領したのである。

石田三成《みつなり》は、ここにおいて、故太閤《たいこう》の遺令を違背した家康の罪状を十三項目に挙げて、その討伐を公《おおやけ》にし、伏見城を攻撃する謀計を成した。

この謀計を、いちはやく、さとったのは、徳川方では、榊原康政ただ一人であった。康政が大坂城へはなっていた間者《かんじゃ》が、馳《は》せ戻って、報告したのである。

其夜《その》——。

康政は、突如、闇にまぎれて、手勢千騎をひきいて、伏見街道を疾駆して行き、東海道東山道の入口に、「旅人通行を許さず」という高札を建てて、鎗《やり》の鞘《さや》をはずし、鉄砲に火縄《ひなわ》をつけた守備陣を敷いてしまった。

大坂において、戦《いく》さがあるかも知れぬ、という風説がさかんにとんでいた折柄なので、旅人の頭数は夥《おびただ》しかった。たちまち、勢多、野路、草津、大角《おおつの》、赤山、野洲《やす》、土山、石部《いしべ》、水口《みなくち》などに、宿泊する者が、幾万人にものぼり、神社仏閣のほかに、巨樹の下や檐《のき》の下までも、人があふれた。

康政は、三日間、人止めしておいて、四日目の未《ひつじ》の下刻、関《せき》をひらいて、一時に、通行を許した。

いつ解けるかと待ちかまえていた旅人たちは、われ勝ちにあらそって、かゝんてんゝを突き出したように、どっと押し出した。醍醐《だいご》、山科《やましな》、狼谷《おおかみだに》あるいは大津、蹴上《けあ》げへの道という道に、人があふれた。

さもなくても、京、伏見、大坂は、人心恟々《きようきよう》としている折なので、この騒然たる有様は、たちまち、尾鰭《おひれ》をつけた噂《うわさ》を生んだ。

徳川勢が、三万以上も、関東から上って来たに相違ない、という想像が、口から口へ伝えられて行くうちに、この目で見とどけて来た、とまことしやかに語る者まで現れるほどに、確定的な噂にふくれあがったのであった。しかも、その伝播《でんぱ》は、おそろしいまでに早かった。

それを裏書きするように、先駆ともみえる千騎が、鎗の身をひらめかし、三つ葉葵《あおい》の紋を二つ重ねにした馬印《うまじるし》をかざして、街道を疾駆して行った。先頭に立って、猩々《しようじよう》緋《ひ》の陣羽織をひるがえしていたのは勿論、榊原康政であった。

伏見城に戻った康政は、すぐに、御蔵奉行に語らって、銭数千貫を受けとると、家中の者たちへ、分け持たせて、城下へ散らばせた。家中の者たちは、下人と見れば、だれ

彼の差別なしに、鳥目《ちょうもく》を呉《く》れて、

「その方《ほう》らは、これから、淀《よど》、京へ奔《はし》って、食物店へ、片はしから入って行き、手あたり次第に、買いだめをするがよい。店の者が、不審をただしたら、こうこたえよ。内府様は御人数が六万あまりも関東から上って参られ、御屋敷のみでは、兵粮《ひょうろう》の手当もとどかぬので、やむを得ず、買いだめるのじゃ、とな。……買いだめた食物は、その方らに呉れてつかわす」

下人たちは、大悦《おおよろこ》びで、伏見を手はじめに、淀へ、京へ、駆けて、見つけ次第、手あたり次第、赤飯やら饅頭《まんじゆう》やら鮓《すし》やら餅《もち》やら酒やらを、買いあさった。どの店も、品切れになった頃、すでに、大坂には、

「関東勢が十万余も到着した証拠に、京洛《きょうらく》内外の品物は、買上げられて、売り切れてしまった」

という報がもたらされていた。

石田三成は、間者を使っていたので、それが榊原康政の策略であることを看破したが、大坂方へ加担した多くの大名は、関東勢が十万余も神速に馳《は》せ上って来たときくと、急に、力ぬけして、戦意を喪失してしまった。

康政の策略は、三成をして、「いま、内府を討つ秋《とき》にあらず」と思いかえさせる効果があった。

それから半年後、家康は、重陽《ちょうよう》の賀儀を、秀頼に申し述べるべく、大坂城へおもむいたが、この時、康政は、乞《こ》うて、その行列の乗物には、影武者を乗せ、家康を、目立たぬ小船で、送ったのであった。

この逸事が、後世、榊原家の当主の帰国にあたり、隠居あるいは世子《せいし》をして、隅田川に浮かべた屋形船から、ひそかに、見送らせるならわしを生んだのであった。

「どうだな。同じ首尾の松で、送りましょうか、送られましょうか、という趣向でも榊原とさかさ腹では、月を仰ぐのと、すっぽんを見下すぐらいの相違があるの」

「師匠、かつぐんじゃねえだろうな。もしかしたら、あの屋形船の中には、御隠居様のかわりに、色っぽいのが、後朝《きぬぎぬ》の別れを惜しんで、殿様を、泪《なみだ》で見送っているんじゃねえのか」

「下種《げす》のかんぐりというやつだの。嘘だと思うなら、この猪牙《ちょき》をこぎ寄せてみな」

「へへ——。

すだれおろした船のうち、か
顔は見えねど羽織の紋は、
たしか覚えの御所車
呼んで違わば、どうしょうぞ
あととさきとに心が迷う

ええ、もう、じれったい
　船のうち
なんだか、こう、むずむずして来やがった。これから、吉原《なか》へくりこむか」

三

榊原式部大輔政養《まさきよ》の帰国行列は、しずしずと、大川端の河岸道を、通り過ぎて行った。

そのあと、いっとき、往還は人影がまばらになり、水の上の方が、かえって賑った。

大山詣《もう》での講中が、幾艘《そう》かをつらねていたのである。船中に、ぼんてんを高くかかげ、山伏《やまぶし》が、船首で、びょうびょうと法螺貝《ほらがい》を吹き、それに合せて、人々は、さんげさんげ六根清浄《しょうじょう》、と、神文を声をはりあげて、斉唱しているのであった。

そのわきを、源氏車紋の屋形船は、ゆっくりと抜いて行こうとしていた。

屋形の中で対座していたのは、まぎれもなく、今年還暦を迎えた榊原遠江守政令《とおとうみのかみまさのり》と、江戸家老佐古屋喜内であった。

「喜内、御当主は、どうかな?」

遠江守は、何気ない口ぶりで、いま見送ったわが子政養について、問うた。

「されば……」

喜内は、俯向《うつむ》いて、こたえかけて、ためらった。

「ははは……、よい、こたえんでもよい」

遠江守は、笑って、二三度頷《うなず》いてみせた。

喜内が、返答をためらったのは、政養の性情が、なお直っていない証左であった。生来疳症《かんしょう》で、挙措《きょそ》放縦《ほうしょう》な政養は、父遠江守にあまりに見劣りがしていた。

遠江守政令は、中興の名君として、あまりにも評判が高かったのである。体軀矮小《たいくわいしょう》で、一眼が眇《すがめ》で甚《はなは》だ風采《ふうさい》は上らなかったが気宇濶達《かったつ》で、経綸《けいりん》の才は卓抜していた。

榊原家は、寛保《かんぽう》元年、播州《ばんしゅう》姫路から、越後国頸城郡《えちごのくにくびきごおり》高田へ国替えを命じられていたが、姫路と高田では同じ十五万石でも雲泥《うんでい》の差があったし、当時、家督を継いだ政永《まさなが》は、わずか八歳であったので、一挙に内証窮迫してしまった。

政永から政敦《まさあつ》、そして政令が家を襲《つ》ぐまで藩政の疲弊は、ひきつづいていた。上下は、困憊《こんぱい》の極に陥っていた、と云ってもよかった。

政令は、自ら質素を旨《むね》とし、政務を改革し、才幹を挙げて、文武を奨励するとともに、殖産興利に意を注ぎ、義倉儲穀《ちょこく》の法を設けて、領民の安堵《あんど》を図り、藩主となって十年足らずのうちに、借財をことごとく返済したのである。

一昨年、致仕して、嫡子《ちゃくし》政養《まさきよ》に家督をゆずり、上屋敷を出て、池《いけ》の端《はた》の下邸《しもやしき》へしりぞいたが、藩政を後見する目はなおふさいではいなかった。

「喜内、どうやら、わしは、八十九十までも生きのびねばなるまいの」

遠江守は笑い乍《なが》ら、云った。

「お願い申上げます」

喜内が、心からそう祈って、両手をつかえた時、船は、吾妻橋《あづまばし》の下へ入ろうとしていた。

「仇討だっ！」

その叫びが不意に降って来たので遠江守は、

「ほう——、喜内、障子を開けてみよ」

と命じた。


橋のまんなかごろで、二本の白刃から迫られていたのは、眠狂四郎であった。

狂四郎の正面で小刀を青眼につけているのは十歳あまりの少年であり、背後をふさいで、太刀を上段にふりかぶっているのは、六十四五歳になる老婆であった。

討たれようとしているのが、異相の、黒の着流し姿に、不気味な虚無の翳《かげ》を示す浪人者であった。

当然、群衆の同情は、老婆と少年に集められた。

「おうっ！　婆様、しっかりやれ！　おれがついているぞっ！」

「熊《くま》、てめえ、昨日は、五十以上の女は、毛虫よりきれえだ、とぬかしていたが、宗旨がえしやがったのか」

「べらんめえ。その婆様は、そんじょそこいらの巾着婆アとは、ちがってら。女丈夫と云ってな、女よりも男の味方になってくれるたのもしい婆様だあ。女郎買いは男の甲斐性《かいしょう》、酒の飲めねえ野郎は男の風上《かざかみ》に置けぬぞよ、ささ、これで買って来や、と鏡の裏にかくしているへそくりをとり出して、渡してくれるに相違ねえ。……婆様っ！　負けるなっ！」

「おらア、坊っちゃまの方に、ひと肌ぬぐか。おうい、坊っちゃま、この仙八が後楯《うしろだて》だあ。その痩浪人《やせろうにん》めを、唐竹割《からたけわ》りにしてくんねえ」

「坊っちゃま、坊っちゃまって、てめえ、婆様の家で中間《ちゅうげん》でもやってやがったか」

「本懐とげたら、中間を志願するんだ。国許《くにもと》へ、塩漬《しおづ》けの首をかついで行くのは、おれの役目だ」

「肌ぬぎしたついでに、助太刀したらどうだ。毎日、嬶《かかあ》と派手に立廻りの稽古《けいこ》をしてやがったから、すこしは、役立つだろうぜ」

「助太刀してえのは山やまだが、坊っちゃまと婆様に討たせてこそ、この仇討はねうちがあらあ。五百石の加増は、まちげえねえところよ。腕がむずむずするのを、じっと怺《こら》えている、このつらさを察しろい」

「肌ぬぎしやがったので、昨夜《ゆうべ》、嬶に嚙《か》みつかれた歯型が、お天道さんにさらされて、とんだお笑いだ。なにが助太刀だ、とんちきめ！」

騒然たる中で、狂四郎は、当惑のまま、ふところ手の立姿を、微動もさせぬ。

「小弥太《こやた》！　ばばの気合とともに撃ち込むのじゃ、よいか！」

忍法無影流戸越家の老婆は、意気凄《すさま》じく、叫んだ。

小弥太は、少年とも思われぬ鋭い眼光に、火のような闘志を燃えたたせ、青眼の小刀には修業で教えられた力強い剣気をあおらせて、足袋跣《たびはだし》を、じりっじりっと、一寸刻みに、詰めて行く。

——まずい！

狂四郎が、咄嗟《とつさ》にそう感じたのは、老婆と少年を当て落して、逃げる際の面倒ではなかった。

群衆の中に、目下自分の生命を狙っている強敵の目がいくつかあるのを、さとったからである。

——助太刀に名をかりて、出て来るな。

その予感がした。

出て来れば、当然、こちらも必死の働きになる。そうなれば、老婆と少年の白刃をあしらう余裕はなくなる。強敵たちは、老婆と少年を、こちらに斬らせるようにしむける攻撃手段をえらぶに相違ない。老婆と少年を斬るまい、とすれば、おのずと隙も生じ、敏捷《びんしよう》自在の動きもにぶる。

狂四郎は、強敵たちの術策に陥りたくはなかった。

ふところから両手をぬき出した狂四郎は、ゆっくりと、欄干《らんかん》ぎわへ身を移した。

はたして、東側から二人、西側から三人、ごく目立たぬ風貌《ふうぼう》と服装の武士が、群衆の垣《かき》を割って、現れた。

「えいっ！」

老婆の口から、枯れ身のどこにたくわえられていたかとおどろく、凄じい気合が、ほとばしった。

同時に、小弥太は、橋板を蹴って、

「とおっ！」

と、鋭く澄んだ懸声《かけごえ》に合せて、小刀を矢のごとく突きかけて来た。

瞬間——狂四郎の黒い痩身《そうしん》は、翔《か》け鳥が影を掠《かす》めるに似た迅《はや》さで、そこから、飛び去って、欄干外へ消えていた。

「あっ！」

「おっ！」

老婆と少年が、欄干際《ぎわ》から身をのり出した時には、狂四郎の姿は、どこにも見当らなかった。水音もきいてはいなかった。

「お、おのれ！　そ、その屋形船に、も、もぐり居《お》った」

老婆は、狂気したように、指さした。

四

榊原遠江守は、風のごとく侵入して来て、障子を閉めて、ぴたりと正座した見知らぬ浪人者へ、すこしもさわがぬ、冷やかな眼眸《まなざし》を呉《く》れた。

「年寄と子供から、敵《かたき》と呼ばれる者を、かくまうほど、この隠居は寛容ではないが……」

そう云った。

「かくまって頂きたくて、とび降りた次第ではありませぬ。恰度《ちょうど》、よい折に、橋下へ船を寄せられたのをお見受けいたし、無断にて面晤《めんご》を願う者。眠狂四郎と申す者です」

頭を下げる狂四郎へ、遠江守は、微かな愕《おどろ》きの色をみせて、「そちが、眠狂四郎か。名はきいて居る」

と、云った。

遠江守は、隠居してから、西丸《にしのまる》に住む右大将家慶《いえよし》の茶話対手《あいて》として、月に二三度、登城していた。当然、西丸老中水野越前守とも、膝《ひざ》をまじえる時間を持っていた。座談のあいだに、狂四郎の名も出たに相違ない。

「折入って、お願い申上げたき儀があります。おききとどけ下さいますよう——」

狂四郎が願うと、遠江守は、うしろの老臣をふりかえって、

「喜内、何人《なんびと》が舟を近づけても、入れるな」

と、命じた。

喜内は、出て行った。

「きこうか」

遠江守は、狂四郎を正視した。

「本丸御老中と西丸御老中との暗闘の事、すでに桃塢《とうう》（政令《まさのり》の号）様には、ご承知と存じます」

遠江守は、頷いた。

「それがしは、目下、その暗闘の渦の中に在ります。したがって、公儀《こうぎ》の方がたもいまだ気づかぬことを、さぐって、知り得て居ります。たとえば、将軍家には、旧臘《きゅうろう》より、御不快のため臥牀《がしょう》されているが、これは、幕閣内の一人の陰謀によって、西洋製の麻薬が、さし上げられている、とか……」

「それは、まことかな？」

「信ずべき確証を、手中にして居ります。……申すもはばかること乍ら、将軍家には、身体《からだ》の衰弱もさること乍ら、もはや、頭脳はむしばまれて、正常の知能に還《かえ》るのは、おぼつかぬと存じますれば、あるいは、これは、知って知らぬふりをして、御他界を待つ

方が、政道のためかと存じます」

　残酷な言葉を冷然として吐く狂四郎を、遠江守は、凝《じっ》と見据えて、何とも応《こた》えなかった。

「しかし、西丸の大納言《だいなごん》様（家慶のこと）は、次代の将軍家となられるお方ゆえ、その御身辺は、守らねばなりますまい。そのお生命《いのち》を狙う者があれば、早急に、除かねばなりませぬ。……お願いと申すのは、大納言様の近くに在る者のうち、誰人が、お生命を狙う者か、看破して頂きたく――、その者を討ちとる役目を、この眠狂四郎に申しつけられますよう……。お断りして置きますが、それがしは、徳川家に対して一片の忠義心も抱《いだ》く者ではなく、ただ、乗りかかった船ゆえ、乗ってみるまでのこと。いわば、もののはずみで、無頼の素浪人が、公儀の騒動を鎮《しず》めてやろう、と大それた仕事に、足をふみ込ませた次第であります」

　そこまで語った時、不意に、障子をつらぬいて、手裏剣が、つづけざまに、三本、撃ち込まれた。その一本は、遠江守の片袖《かたそで》を縫った。

　狂四郎も、遠江守も、顔色も変えず、動きもしなかった。

　狂四郎は、微笑した。

「好むと好まざるとに拘《かかわ》らず、それがしの願いを聴聞《ちょうもん》された御隠居様は、こうして、敵の狙う一人に、おなりになった、ということです」

影法師

一

高田藩主、榊原式部大輔政養《さかきばらしきぶたゆうまさきよ》の父遠江守政令《とおとうみのかみまさのり》は、隅田川《すみだがわ》にうかべた屋形船で、帰国する政養の行列を見送ったのち、池の端《いけはた》の隠居所へ、帰って来た。灯《ひ》が入る頃まで、居室にこもって、コトリとも物音をたてなかった。

やがて、呼び鈴が鳴らされた。

江戸家老佐古屋喜内は、屋形船から、こちらへ供をして来て、とどまっていた。なにか、相談があるのではないか、と考えていたのである。

喜内は、用人《ようにん》が立とうとするのを抑《おさ》えて、

「わしが参る」

と、腰を上げた。

遠江守は、喜内が入って来るのを、ちゃんと予期した表情で、

「喜内、榊原家も、政養で十三代になるの」

何気ない口調で、云った。

「御意《ぎょい》――」

喜内は、俯向《うつむ》いてこたえた。

「始祖康政様は、主家のおん為《ため》に、文字通り水火もいとわず、生涯を尽忠の二字でつらぬかれた」

「まことに！」

「以来、榊原家では、主家のおん為に、これという、目に見えた忠義は、つくして居《お》らぬ」

「………」

「いや、それどころか、播磨守《はりまのかみ》様などは、公儀に多大の迷惑をおかけあそばされ、榊原家の名をけがすお振舞いであった」

播磨守というのは、遠江守の曾祖父《そうそふ》にあたる政岑《まさみね》のことであった。

播磨守政岑の不行跡のために、榊原家は、播州《ばんしゅう》姫路から越後《えちご》高田へ国替えを命じられたのであった。

播磨守政岑は、分家の榊原勝直《かつなお》の四男で、本家へ養子に入った人物であった。大層な幸運児で、それ以前は、大須賀頼母《たのも》と名のり、本家に居候《いそうろう》して、わずか三百石の捨扶《すてぶ》持《ち》をもらっていたにすぎなかったのである。

政岑は、一躍して、姫路十五万石の城主になるや、まず、思いきって、人事の大異動をやってのけたのであった。先代の側近は、大目付、大番頭《おおばんがしら》、寄合は云うに及ばず、番頭、用人にいたるまで、遠ざけられ、居候当時に親しかった者どもが、近づけられた。大目付や大番頭には、分家の重臣が迎えられた。その他、政岑の好き嫌いにしたがって、新知、加増、役替え、罷免《ひめん》が行われた。

それよりも、政岑の最も勝手な仕置きは、番頭とか用人とかに、連歌俳諧師《れんがはいかいし》だとか能役者だとか狂言作者などを登せたことであった。なかには、品川本宿の遊女屋の伜《せがれ》まで、加えられていた。

これらの異動は、居候時代の用人格であった押原右内という人物によって、とりしきられた。押原右内は、越後藩のお家騒動で、留守居役をやめて、豊後節《ぶんごぶし》の三味線《しゃみせん》弾《ひ》きになり下った浪人者であった。

右内は、お糸という美貌《びぼう》の、才気ある娘を、どこからかさがし出して来て、政岑の側《そば》妾《め》にさし出した功で、大目付役をせしめたのであった。

このあまりな役替え、罷免、登用に、三河《みかわ》以来の譜代の家臣は、憤怒《ふんぬ》して、つぎつぎと、致仕《ちし》し、あるいは暇乞《いとまご》いして行ったものであった。

政岑は、暗愚ではなかったが、我欲の強い狭量な性格の持主であった。粗暴ではなかったが、短気で、口ににがい良薬は好まず、媚《こ》びへつらいに対して弱かった。いわば、一国を治める城主としては、最も不適格な人物であった。

居候で、冷飯をくらっていた身が、突如として、十五万石の上に据えられると、こうした性格の常で、為《な》す行状は、きまっていた。

政岑は、家督相続した翌年には、もう、吉原へ出かけて、底ぬけの莫迦《ばか》遊びをはじめていた。その年は、大飢饉《だいききん》で、江戸府内でも米一揆《こめいっき》が起ったくらい悲惨な年であったので、政岑の行状は、たちまち、市中もっぱらの取沙汰《とりざた》になった。

大名が遊里に入ることは、五代将軍綱吉《つなよし》によって、禁じられていたので、吉原に大名が姿をあらわしたのは、数十年ぶりであった。政岑は、わざと、行列が目立つように、新たにとりたてた番頭、用人、小姓らに、華美な扮装《ふんそう》をさせていた。

やがて、政岑は、吉原の廓《くるわ》内だけで、遊興にふけるのが、物足らなくなり、おのが屋敷内でも、途方もない趣向を企てた。

ある年の正月、政岑は、下屋敷に、尾張中納言宗春《おわりちゅうなごんむねはる》、酒井日向守《ひゅうがのかみ》、酒井大学、松平摂津守《せっつのかみ》ら、頃日《けいじつ》懇意にしている大名衆を招いて、恒例の具足祝いをした。

いずれも、酔眼になった頃あいを見はからって、政岑は、

「それ出せい」

と、下知《げじ》した。

とたんに、襖《ふすま》がバタバタと倒されて、次の間から、天井にもとどかんばかりの蓬莱山《ほうらいさん》

の大島台が、二十数人によって、かつぎ出された。

政岑が、手を拍《う》つや、蓬莱山は、さっと左右へま二つに割れ、中から、天冠に狩衣《かりぎぬ》をつけ大口《おおくち》をはいた踊子が十余人も、おどり出て、幸若《こうわか》を舞いはじめた。

踊子は、いずれも、吉原の芸妓《げいぎ》であった、という。

年を追う毎《ごと》に、政岑の放埒《ほうらつ》の所業は増し、まるで、武家法度《はっと》に片はしから反抗しているけしきとさえ、推し測《はか》られた。

家中、心ある士たちは元兇《げんきょう》押原右内がのさばる限り、たとえ榊原家が譜代中の譜代でも、遠からず、改易《かいえき》の憂目《うきめ》に遭《あ》うのではあるまいか、とはらはらした。しかし、押原右内を斬《き》ろうと企てる者は、容易にあらわれず、三年ばかりが過ぎた。

二

「喜内、あの時、榊原家を救った忠臣は、鈴木主水《もんど》という男であったな？」

遠江守は、訊《たず》ねた。

「左様でございます。上杉征伐に功のあった鈴木伝助の末裔《まつえい》にて、代々物頭《ものがしら》列《なみ》を勤めていた家の息子《むすこ》に生れ、剣も達人の域にあり、槍《やり》もよく使った、とききおよびまする」

「美男であったそうではないか」

「ざれ歌にまで、名をとどめて居りまする」

「鈴木主水が、奸妾《かんしょう》お糸を、播磨守様の側《そば》から、どうやってひきずりおろしたか、また押原右内を斬りすてるまでのいきさつを、そちは、きいて居るか？」

「さ——そのことは、あいにくと」

喜内は、こたえ乍《なが》ら、不審の眼眸《まなざし》を、老主君に向けた。

現当主式部大輔政養《まさきよ》は、生来疳症《かんしょう》で、挙止放縦ではあるが、奸臣《かんしん》や毒婦らしい妾《めかけ》などに取巻かれてはいない筈《はず》であった。

「代々の定府《じょうふ》家老であるそちが、きいて居らぬとすると、鈴木主水の苦心のわざは、誰の耳にも、伝えのこされては居らぬの」

遠江守は、失望の色を泛《うか》べた。

鈴木主水に関して、今日まで、伝えられているのは、主君の側妾お糸をもらい受けて、浪人し、お糸を吉原へ売りとばしたこと、そして、奸臣押原右内を斬りすてた後に、白糸という源氏名をつけられた遊女お糸と心中していること——それだけであった。

喜内は、ふと、思いついて、

「殿、しばらくお待ち下さいますよう——。このお下屋敷《しもやしき》の文庫蔵に、あるいは、当時柳営《りゅうえい》へさし上げたる歎願書《たんがんしょ》の写しが、のこされて居るかもわかりませぬ」

と云った。

播磨守政岑《まさみね》は、元文《げんぶん》元年秋に、

式部大輔儀常々不行跡に付、隠居被仰付《おほせつけられ》候急度《きっと》相慎《あいつつしみ》可罷在《まかりあるべく》候、且《かつ》、大手先屋敷被召上《めしあげられ》、池之端下屋敷居住可仕《つかまつるべく》候

という御達しを受けた。

しかし、何分、井伊直政、本多忠勝とともに、三侍従の一人として、徳川創業の際、家康が股肱《ここう》となり、鬼神の働きをした榊原康政を始祖とする高い門地なので、公儀でも、そうかんたんに、改易にするわけにもいかず、半地減封《げんぽう》にするか、それとも、二万石程度まで下げるか、老中たちの意見はまちまちであった。

参酌の余地ありと看た榊原家では、親類、老臣が協議して、政岑かならずしも暗君ではない、という歎願書を提出したのであった。その内容中に、鈴木主水という忠臣のことも、くわしくふれられた、という。

その結果、榊原家は、「家筋を思召《おぼしめ》され」家督は嫡子《ちゃくし》小平太（当時八歳、のちの政永）へ下し置かれる旨《むね》、月番老中本多中務大輔《なかつかさたゆう》から、申し渡しがあって、越後高田へ、同じ十五万石で、国替えを命じられただけで、事なきを得たのであった。

四半刻《とき》ばかり経《た》って――。

喜内は、ひと綴《つづ》りの帖《ちょう》を持って、戻って来た。

「ございました。ごらん下さいまするよう――」

「どれ……」

遠江守は、受けとると、すぐに披《ひら》いて、黙読しはじめた。

喜内は、やがて、老主君が、目を通し乍ら、にやりと満足げに微笑するのを眺めて、捜し甲斐《がい》があった、と吻《ほっ》とした。

遠江守は、帖を膝《ひざ》の前へ置くと、

「喜内、ここいらで、榊原家も、天下のために、滅びることにいたそうかの」

「なんと仰せられます?」

「ははは……、おどろかしてすまぬが、万が一の場合を覚悟する、という意味じゃ。……喜内、これを、これから、眠狂四郎と申す浪人者の許《もと》へ届けてくれぬか」

喜内は、そう命じられて、はっとなった。

吾妻橋の橋上から、屋形船へ飛び降りて来た眠狂四郎という浪人者が、老主君に依頼した内容を、喜内は、きいていた。

眠狂四郎は、次の将軍職を継ぐ西丸の大納言家慶《だいなごんいえよし》の側に、家慶の生命を狙っている者がある、と明言し、その者を自分が除きたいが、協力して頂けまいか、と願ったのである。

「喜内、鈴木主水の役を、眠狂四郎にやらせてみようと思うのじゃ。もし、万が一、失敗すれば、面倒なことになろう。榊原家も、安泰ではあり得まい。……さわらぬ神にたたり無し、と申すが、もののはずみで、一髪千鈞《せんきん》を引いてみることに相成る。天下のためとあればの」

「殿！」

喜内は、困惑を、どう口にしてよいか判らなかった。

「ははは……、喜内、孟子《もうし》にも、その道を尽して死するは正命なり、とあるぞ。止めるな」

「は、はい……」

喜内は、俯向いた。

三

宵に来た雨が、あがって、月が出た。

眠狂四郎は、濡《ぬ》れた道に落ちたおのれの影法師をふんで、荒川沿いをひろっていた。

からだに、かなりの酒が入っていたが、脳裡《のうり》の芯《しん》は冴《さ》えていた。

さきほど、両国広小路《ひろこうじ》の並び茶屋で、隣りあわせた老人のことが、心にのこっていた。

どことい って目立たぬ、十徳《じっとく》に宗匠頭巾《ずきん》をかぶった、一見、大店《おおだな》の隠居風であったが、町人にしては、風貌《ふうぼう》に品格がそなわっていた。

杖をついて鹿革《しかがわ》の賽銭袋《さいせんぶくろ》を、手くびから携《さ》げていた。

「失礼だが……」

話しかけられたのを、自分とは思わなかったのは、腰かけている床几《しょうぎ》もちがっていたし、年寄は、視線を往還へ向けていたからである。

気づいて、

「わたしか？」

と、こたえると、年寄は、うなずいて、

「剣を、おやりなさる？」

と、云《い》いあてた。

狂四郎は、その横顔を視《み》て、かくす必要もない、と思い、

「無頼の所行を重ねて居るために、敵もふえ、しぜんに、刀を抜く機会が多くなった、と思って頂こうか」

「剣というものには、五術があり申すが、お手前は、そのいずれの術をえらんで居られるとも思われぬ」

過陽、才覚、術行、至静、至達——この五術を、兵法者にあてはめることができる。過陽とは、巌《いわ》をも砕く勇猛心を揮《ふる》って、敵に立向うことである。才覚とは、敵を謀《はか》って撃つこと。術行とは、師伝の術とおのが工夫の術を合せて、勝ちを主とすること。至静とは、敵の隙を看《み》て、撃つこと。至達とは、不動心の妙理をもって勝ちをとること。

およそ、兵法者は、過陽から出発して、至達の境に立つのを、神妙の道と心得えてい

る。

年寄は、狂四郎を観《み》て、そういう五術を踏んで行く人々とは、全く異質の世界にいる、と直感したのであった。慧眼《けいがん》というべきであった。

左様——。

狂四郎は、剣に生きんがために、剣の修業をしたのではなかった。そして、編んだ円月殺法は、邪剣であった。

剣の道は、流派の如何《いかん》を問わず、必ず「それ兵形は水に法《かたど》る」という意味の教義をたてる。心形《しんぎょう》一致の水の妙形をもって「流」の極意とするところに、何々流「法形」が成る。この法形の秘奥《ひおう》を悟った兵法者の眼光は、仏語的に云えば、所観の理に能観の知を対照会通《えつう》して、微塵《みじん》のくもりがない。鏡のように、全く澄みきって、対手《あいて》の心を写しとる。

上段の形《かまえ》、中段、下段、その他流派によって、さまざまのかまえがあるとはいえ、形とは、様《かたち》にあるのではなく、心に在るのである。したがって、心気が澄みわたった秘奥極意の名人から観れば、敵の形の強弱は、鏡に写るように、判るのである。

名人の勝ちは、そのように、あきらかなものであった。

狂四郎は、ちがっていた。戦闘の一瞬に於《お》いて、おのれの心気を冴《さ》えさせるのは、敵の形《かまえ》を看透《みとお》すためではなかった。全身全霊をあますところなく働かせるべき力は、虚無の業念《ごうねん》の中から生むからである。

その業念を、化生《けしょう》の妖気《ようき》のようにそそぐ円月殺法を使って、敵を完全な虚脱状態に陥らしめて、斬《き》る。

敵は、斬られる前に、恐怖からも苦痛からもまぬがれて、いわば傀儡《かいらい》にひとしくなっている。それが、せめてもの、狂四郎が、憎悪《ぞうお》も怨恨《えんこん》もない敵を斬る場合の、自慰といえたろう。

それにしても、孔子が曰《い》う「それ心は水の如《ごと》し、水なる哉《かな》」という理智《りち》の妙諦《みょうてい》の会《え》得《とく》には程遠い狂四郎の剣は、たしかに、達人名人の世界とは、次元を異にしている。

この年寄とすれば、一瞥《いちべつ》しただけで、異様なまでの手練《てだれ》者と判る浪人者が、なぜに、兵法要訓とは全くうらはらな、不気味な虚無の翳《かげ》につつまれているのか、解《げ》せなかったのである。

「お手前には、何か欠けているものがある。それは、なんであろう」

「栄誉というものと無縁に生きている——それであろうか、と存ずる。但《ただ》し、栄誉に無縁というのは、節義を守っていることではなく、ただ、明日のために今日を生きて居《お》らぬ、という意味に受けとって頂いてよい」

狂四郎は、そう云いすてて、茶屋を出たのであったが……。

数歩、遠ざかって、一瞬、総身に冷水をあびせられるような戦慄《せんりつ》が来て、足を停め、頭をまわした。

年寄は、折から雲間を割って、さした月かげを透して、じっと、狂四郎を、正視していた。

狂四郎があびたのは、殺気ではなかった。

——老人は、おれに、何の術をかけて来たのであったか？

狂四郎は、それを考えていた。判らなかった。

——おれを顫《ふる》えあがらせる術があったのか？

四

富士浅間祠《せんげんほこら》裏手の、元隔離病舎の古家では、千佐が、夕餉《ゆうげ》の膳《ぜん》をととのえて、ひっそりと待っていた。

千佐が、贋《にせ》一茶——唐人陳孫《ちんそん》にともなわれて来てから、もう五日あまりが、経《た》っていた。

狂四郎が、千佐と夜を倶《とも》にしたのは、千佐が来た夜だけであった。

破れ唐紙《からかみ》をへだてて、やすんだが……、千佐は、幸せであった。

翌日の午《ひる》、狂四郎は、何処《どこ》へ出かけるとも告げずに、ふらりと出て行ったきり、夜に入っても、朝が来ても帰って来なかった。

海底のような寂寞《せきばく》の罩《こ》める三晩をすごした千佐は、しかし、不幸な孤独に育った者のみが持つ強さで、殻の中にじっととじこもって、ひとり思いを抱《いだ》きつづけるすべを知っていた。

狂四郎が、いつ戻って来てもさしつかえないように、朝も昼も晩も、食膳をととのえることが、千佐の仕事であった。

林の中を近づいて来る跫音《あしおと》に、千佐は、ぱっと顔をかがやかした。

「あ——お帰りになった！」

いそいそと、立って行き、胸をはずませて、格子戸《こうしど》の開くのを待った。

しかし、どうしたのか、格子戸は、開かなかった。

「あの……どなたでありましょうか？」

「唐人でござる」

「お入りなさいませ」

「いや、他出されているのならば、いずれ……」

跫音は、遠ざかった。

唐人陳孫は、日に一度、必ずおとずれて来ていた。しかし、格子戸の外で、狂四郎がいるかいないか、敏感に、さとると、そのまま、姿も見せずに、立去った。千佐には、なぜ、顔をのぞけないのか、判らなかった。

千佐は、部屋へもどって、ふたたび、ひっそりと坐《すわ》った。

――今夜も、たぶん、おもどりにはなるまい。

そう思った。

しかし、そのあきらめは、幸いに、裏切られた。

狂四郎が、帰って来たのは、それから四半刻も経っていなかった。

千佐ともう長い間ここにくらしているような、こだわりのない態度で入って来た狂四郎は、膳の前に坐って、

「馳走《ちそう》だな」

と云って、箸《はし》をとりあげた。

「ご酒《しゅ》を召し上りましょうか？」

千佐が、問うた。

狂四郎は、千佐を視《み》て、微笑した。

「世話女房のまねごとか」

「はい――」

千佐は、はじらいの血が頬にのぼるのをかくして、台所に立った。

台所には、この五日間に、千佐の手で、さまざまの品が、ととのえられていた。

銚子《ちょうし》に酒を容《い》れ乍《なが》ら、千佐は、ふっと、胸が熱くなり、まぶたが濡《ぬ》れて来た。

五日間抑《おさ》えていた淋《さび》しさから、解き放たれた悦《よろこ》びが、不意に、とめどのない泪《なみだ》になって、あふれたのである。

狂四郎は、千佐の顔に泣いたあとを視たが、何も云わずに、盃《さかずき》を把《と》った。

その時——突如として、林の中に、けだものじみた絶鳴が、あがった。

千佐は、はっとなって、狂四郎を見戍《みまも》った。

狂四郎は、黙って、盃を口にはこんだ。

気合を発する声につづいて、雨に冷えた空気に唸《うな》る刃音が、きえーっ、きえーっ、とひびいた。

断末魔の叫びも、つづけさまに起った。それから、立木が倒れる音も——。

しかし、その闘いは、ほんの短い時間で終った。

——四人、いや、五人を仆《たお》したな。

狂四郎は、かぞえた。

唐人陳孫の拳法《けんぽう》は、信頼すべき冴えを発揮したのである。

——そうか。判った。

狂四郎は、率然《そつぜん》として、おのれに頷《うなず》いた。

あの茶屋から立去ろうとした時、不意に、総身に冷水をあびせられるような戦慄を覚えたのは、老人から何かの術をしかけられたためではなかった。

こちらが、勝手に、老人が、気合をかけて来るであろうと、意識下に期待していて、一瞬、「来た!」と錯覚したのであった。いわば、狂四郎は、おのれ自身の錯覚に、戦慄したにすぎなかったのである。

老人は、ただ、静かに見送っていただけである。

——おのが影法師に怯《おび》えた、というやつだった。

狂四郎は、自嘲《じちょう》した。

榊原家の江戸家老佐古屋喜内が、おとずれたのは、それから程なくであった。

銭屋五兵衛

一

——まだ、尾《つ》けて来ているな？

浅草藪之内《やぶのうち》の通りを抜け乍《なが》ら、眠狂四郎は、しつこい、と感じていた。

尾行者があると気づいたのは、浅草寺《せんそうじ》の随身門《ずいじんもん》の前を過ぎようとした折であった。

べつだん、頭をまわして、視《み》もしなかったが、この男独特の直感力であった。

馬道から寺院の土塀《どべい》のつらなる淋《さび》しい道へ、わざと入ってみせたのは、襲わせてみるつもりになったからである。

どうしたのか、反対に、尾行者の気配が、消えたのである。

それが、この藪之内にさしかかってから、また現れた。

刺客が斬《き》りかかって来るには、ふさわしい陰鬱《いんうつ》な日和《ひより》であった。

まだ午《ひる》をすぎたばかりだというのに、雨雲が、屋根を押えつけるばかりに低く垂《た》れて来ていて、日昏《ひぐ》れの暗さであった。

狂四郎は、もう一度、試すつもりになって、真乳山《まつちやま》の森の中を、通ることにした。

真乳山は、聖天宮《しょうてんぐう》の堂宇《どうう》をかこんで、老樹が繁茂する浅草区内唯一の丘陵である。晴れた日には、東に隅田川《すみだがわ》をのぞみ、遠く上野の山、品川の海などを見渡せる。寛永頃までは、隅田川の河口が渺茫《びょうぼう》として、入って来る船は、この山の木立を目当てにしたという。

真乳山の下が、山谷堀《さんやぼり》になる。

狂四郎が、木立の中へ足をふみ入れた時、森の上にかぶさって来たのを、靄《もや》と見たのが、雨であった。

人影もなく、静かであった。茶店も閉じられ、縁台が積みかさねてあった。

——おあつらえ向きだ。

ゆっくりと歩み乍ら、狂四郎は、薄ら笑った。

樹枝から落ちる滴《しずく》の音が、尾行者の気配を消してくれているようだが、狂四郎の鋭く冴えた神経は、その存在をとらえている。

この男ぐらいになると、どのあたりで襲って来るか、地震を予知するけもののように、察知力を本能に近いものにしている。

果して——。

跫音《あしおと》を消した尾行者が、ひたひたと、距離を縮めて来た。

狂四郎は、まず斬りかからせてやろうと、背中を空《あ》けたまま、ふところ手の姿勢をすこしも変えずに、足をはこんでいた。

一瞬。

――来るな！

と、直感した。

その刹那《せつな》、来たのは、意外にも、前方からであった。

それも、刀ではなく、雨の薄闇《うすやみ》を截《き》った黒い珠《たま》様のものであった。

背後の殺気に全神経をそなえていなければ、当然、こんなものは、難なく躱《かわ》した筈《はず》であった。

狂四郎は、咄嗟《とっさ》に、背後から襲って来るであろう必殺の白刃に対するためにも、居合の抜きつけで、この黒い珠を、両断した。

凄《すさま》じい炸裂音《さくれつおん》とともに、濛《もう》っと黄煙が舞った。

――しまった！

敵の策に乗せられた、とさとったが、憤怒《ふんぬ》するかわりに、おのが不覚を嗤《わら》った。

両眼に、無数の針を撃ち込まれたような疼痛《とうつう》が起ったのである。

しかし、自嘲《じちょう》は一瞬裡《り》のことで、絶対不利の状況を、たちまち、逆に利用する働きをなすのも、この男の特質であった。

狂四郎の黒衣の痩身《そうしん》が、ゆれなびく白い煙幕の中から、飛鳥の迅《はや》さで、躍《おど》り出た。

猛毒の珠を投じた者が、樹蔭《こかげ》から現れて、そこに立っていたが、刀を抜くいとまも与えられずに、顔面をま二つに割られて、のけぞった。

盲目《めしい》にされた狂四郎が、しばしその場に佇立《ちょりつ》して動かぬもの、と考えていたのが誤算であった。もとより、敵としては、自ら目を痛めるために、白煙の中へ進み入るわけもなかった。

白煙が散りはてるのを待って、充分のゆとりを持って、狂四郎を討ちとる手筈《てはず》だったのである。

狂四郎は、無想正宗《まさむね》を地摺《じず》りにとった構えを、やおら、白煙のむこうへ向けた。

「どうする？　来るか？」

ひくく、おさえた口調で、問うた。

尾行者は、青眼《せいがん》にとって、じっと、狂四郎を瞶《みつ》めていたが、一言も応《こた》えず、音もなく、身をしりぞけて行った。

盲目が、狂四郎の剣技を、いささかも狂わせせぬ、と看《み》てとったのであろう。

二

山谷堀は、田町《たまち》二丁目、髪洗橋より、今戸橋さきで、大川に合する。長さ三百五十間、幅六間余。小さな川だが、その名は、江戸っ子で知らぬ者はない。むかし、山谷には、吉原移転の際、しばらく仮宅を置いたことがあって、山谷通いと云えば、いまの吉原通いという意味があったのである。

仮宅時代の匂いは、山谷堀に並ぶ船宿にのこっている。四手駕籠《かご》で日本堤をとばして吉原へ通うのと、隅田川から猪牙で、山谷堀に入って船宿へ上る——このふたつが、当時の粋人通客の最も好むところであった。

船宿のうちでも、今戸橋の袂《たもと》にある有明楼が、名高かった。

その有明楼の二階で、加賀の豪商・銭屋五兵衛が、山岡頭巾《ずきん》で顔をかくした立派な武士と、対座していた。

「やむを得なかった、では済まされぬぞ、五兵衛」

大目付曾田織部《そだおりべ》というのが、この人物であった。

銭屋五兵衛が、前田藩の腕きき七士にまもらせて、ひそかに江戸へ運んで来ていた抜荷《ぬけに》の珍宝が、甲州街道の布田《ふだ》五ヶ宿はずれで、何者かに掠奪《りやくだつ》された——そのことを云っているのであった。

公儀《こうぎ》御用の札をたてて、それを証明する加賀宰相直筆捺印《なついん》の送状を持参していたのである。

荷は、世間の目にさらされては、公儀として困惑する外国製品ばかりであった。羅紗《らしや》、毛氈《もうせん》、毛織物、獣皮、硝子《ガラス》器物、機械品、時計類、装飾品、家具類、薬品など、いずれも、国禁を犯して、露国、米国、濠洲《ごうしゅう》などの船と交易して、入手した品々であった。

それらの外国製品は、大奥へはこび入れられ、将軍家の私生活を飾るためのものであった。

すなわち、将軍家自身が、国禁を犯していることになるのである。

銭屋五兵衛個人の失策、というだけでは済まされなくなるおそれがあった。

「いかがいたす、五兵衛？」

「いかがいたしましょうかな」

五兵衛の方が、かえって、大目付よりもおちつきはらっていた。

「下手人の見当は、ついているのか？」

「一向に――」

五兵衛は、空とぼけて、かぶりを振った。見当がつかぬどころか、眠狂四郎は、五兵衛に堂々と掠奪すると宣言して、奪ったのである。

「五兵衛、あるいは、その方が、品目を公儀にも秘して大奥へ献上しようとしていた、と罪を一人で背負うことに相成るかも知れぬが、それでもよいか？」

まことに、勝手な申《もう》し条《じょう》であったが、五兵衛は、平然として、

「やむを得ませぬ」

と、こたえた。

「密貿易は、主人及びその息子は磔刑《たっけい》、家財欠所、家名断絶、一族の多くが遠島——と相成るが、覚悟してくれるか」

「やむを得ませぬ」

五兵衛は、同じ返辞をくりかえした。

曾田織部も、ようやく、吻《ほっ》とした様子で、

「万が一の場合じゃ。まず、そのような事態は招かぬと思うが、覚悟だけしておいてもらわねばならぬ」

と、云いすてて、腰を上げた。

一人になると、五兵衛は、ふふ……と、冷やかなせせら笑いの声をもらした。

「公儀には、あの程度の小心者しか居《お》らぬ、とみえる」

いざとなれば、海原の上で危険を冒した者にだけ罪をかぶせておいて、おのれらは、甘い汁を吸った口をぬぐって、何食わぬ顔をしようとする。世の中が腐っている証拠である。政道を動かしている連中の方が、一般庶民よりも、腐敗の臭気がひどいのである。さらに、許し難いのは、お互いの悪徳の所行を隠蔽《いんぺい》しようとする邪念においては共通しているために、外部から、その腐敗をあばこうとする者が現れると、猛然と、力を合せて、これをたたきつぶすことに躍起となるのだ。

組織と権力を具備した連中が、それをやるのだ。正しい法を踏むべき司直の手で、おのれらに邪魔になったり、面倒な存在になった者は、平気で闇に葬《ほうむ》ってしまうのだ。それが、たった今まで、おのれらにとって役に立つ人間であっても、である。

一介の商人である銭屋五兵衛が、到底反抗することは不可能であろう。

「やりすぎたかな、わしは――」

五兵衛は、独語した。

三

まさしく、銭屋と云えば、日本全土に、その名はとどろいていた。

銭屋の本店は、加賀宮腰の味噌《みそ》屋《や》町に在り、五棟《むね》の土蔵をつらね、散在させた倉庫は、味噌蔵、木場蔵、笠《かさ》蔵、新蔵、鶴屋納屋《つるやなや》、木場納屋など、かぞえきれなかった。

青森、弘前《ひろさき》、松前《まつまえ》、函館《はこだて》、長崎、兵庫、大坂、堺《さかい》、江戸には、それぞれ大支店が設けてあり、その他の各地にも小支店がつくられていた。その総数は、五十七店と称せられていた。当然、それらの本支店に使傭《しよう》されている店員は、夥《おびただ》しい数にのぼっていた。

加越能《かえつのう》三国の店で働く者だけでも、二百人を越えていると云われる。五兵衛自身が、その数を知らなかった。

本業は、云うまでもなく海運業であった。したがって、その関係上、材木、生糸、海産物、米穀、笠などの問屋も兼ねていた。また、本店は、もともと質屋を開いていたので、その方もつづけられていたし、呉服店も隣りにひらいていた。

銭屋の擁《よう》する船舶は、おどろくべき数であった。二千五百石積み五艘《そう》、千五百石積み八艘、千石積み十二艘、八百石積み三艘、五百石積み十七艘、その他小舟三百余艘、という。

それらの船は、日本国内津々浦々に、その影を顕《あらわ》すとともに、あるいは北へ――千島カムチャツカへ、あるいは朝鮮へ、あるいは濠洲《ごうしゅう》へ、さらには、遠く、米国へまで、堂々と帆をあげて走っていたのである。

五兵衛自身、三年前に、二千五百石積み太平丸に、刀剣、書画骨董品《こっとうひん》、提燈《ちょうちん》、玩具《がんぐ》、傘《かさ》、竹杖《たけづえ》、赤合羽《あかがっぱ》、扇子《せんす》、団扇《うちわ》、酒を満載して、宮腰を出帆し、百二十日かかって、桑港《サンフランシスコ》の西方五里のブレイタンという港へ到着していた。三十人の水主《かこ》のうち、三分の一は死亡していたが、それは覚悟の上であった。

運んで行った日本の品々は、飛ぶように高値で売れた。五兵衛は、その金で、米国の製品を買い積んで、帰国するや、まず、加賀宰相へ、珍奇の品を献上し、加賀宰相を通じて、公儀へも、多くの珍宝を贈って、おのが密貿易を、公然の秘密として、黙認させたのであった。

その度胸も器量も、ただの商人ではなかった。

これは、その父からゆずられていた。

父弥吉郎《やきちろう》は、質屋であった。たまたま、漁師が入質した二百石積みの小舟が、期限切れで流れるや、これを修繕して、自家用にし、当時最も需要が盛んであった木材運輸に使った。これが、海運業をはじめる動機であった。

従来、加賀藩は、領内においては、松前産の干鯡《ほしにしん》を肥料とするのを許さぬ藩禁があった。ある年、飢饉《ききん》があって、この禁令が解かれた。弥吉郎は、十三歳の長男五兵衛と水主四人を、船に乗組ませて、松前へ航海し、積載した米穀を売りさばいて、昆布《こんぶ》、干鯡を多量に仕入れて、宮腰に帰港した。その航海は、弥吉郎に、莫大《ばくだい》な富をもたらした。

文化八年、弥吉郎が七十歳で病没した時、五兵衛は、三十八歳の壮年であった。爾来《じらい》、十余年間、五兵衛は、為《な》そうとして為さざるはなき豪商ぶりを発揮して来たのである。

二年前、五兵衛は、家業を、十七歳の長男喜太郎に譲っていたが、これは、長男が十七歳になれば相続させる家憲であるとともに、五兵衛は、自分の立場を自由にして置きたかったのである。

五兵衛の野心は、余人の測《はか》り知れないものがあった。もし、五兵衛が、それを口にすれば、小心者ならば、顫《ふる》え上るに相違ない。

五兵衛は、大目付曾田織部に、一家全滅を覚悟せよ、と云われただけで、妙な空虚の中へのめり込もうとしたおのれを、嗤《わら》った。

――この銭五の野望は、天下を取ることにあるのではないか。

五兵衛は、銚子《ちょうし》の酒を、湯呑《ゆの》みに注いで、ぐっと、一気に飲み干した。

障子戸が、しずかに、開けられたのは、その時であった。

四

五兵衛は、刀を杖にして、うっそりと立った眠狂四郎を眺めて、思わず、

「ふむ！」

と、ひくく唸《うな》るように歎声《たんせい》を洩《も》らした。

両眼を閉じた異端者の面貌《めんぼう》には、鬼気せまる凄愴《せいそう》の色があった。

「招きによって、罷《まか》りこした」

狂四郎は、そう云って、そろりと一足入った。

五兵衛の背すじを、おそろしい戦慄《せんりつ》が走りぬけた。

たしかに、五兵衛は、使いを遣《や》って、狂四郎を、この船宿へ招いた。しかし、現れるとは思っていなかったのである。

御側《おそば》御用人水野美濃守《みののかみ》から借りた、忍びの手練者《てだれ》二人に、その途中をおそわせて、狂四郎を討ちとる策をさずけ、それに絶対の確率があると、信じていたのである。

狂四郎は、討たれずに、ただ一時の盲目になっただけで、現れた。狂四郎が、さらに一歩進み入るや、五兵衛は、反射的に、懐中にひそませていた短銃をつかんだ。

狂四郎は、微かに眉宇《びう》をひそめた。

「銭屋。報復はおわった筈《はず》だぞ。わたしが生きのこったのは、わたしの方に運があった証左だ。……お主《ぬし》を斬《き》るために参ったのでもなければ、お主に射《う》たれに来たのでもない」

五兵衛は、短銃から手をはなすと、

「成程、貴方様《あなた》は、噂《うわさ》通りに、不死身の御仁《おひと》だ」

おのれの顔を蒼褪《あおざ》めさせたのは、この浪人者がはじめてであることを思い乍《なが》ら、大きく頷《うなず》いた。

狂四郎は、端座すると、

「にわか盲《めくら》が、いかに不自由なものか、よく判った」

と、呟《つぶや》いた。

「薬を持参して居ります。さし上げましょう」

五兵衛が、云った。

「商人《あきんど》らしく、万端の用意をととのえているとみえる。わたしが、死んでいたら、葬式のことも考えていてくれたのではないか」

「三千人も、人を使って居りますと、裏切った人間の身の振りかたまで、考えてやることになるのでございます」

五兵衛は、片隅の長火鉢《ながひばち》から鉄瓶《てつびん》を把《と》って、熱湯を、茶碗《ちゃわん》に注ぎ、それから、腰の印籠《いんろう》をはずして、白い散薬を落した。

手拭《てぬぐ》いを、それに添えて、狂四郎に、手渡し、

「目をお洗い下さいますよう――」

と、すすめた。

やがて、狂四郎の双眸《そうぼう》は、ひらかれた。

「完全に視力をとりもどすには、なお二三日かかりましょう」

五兵衛は、そう云《い》ってから、酒をすすめた。平和な、なんの不自然さもない対座であった。

「銭屋。お主にききたいことがある」

「何でございましょう？」

「お主は、それだけの豪商になって、なお、現在に不服か？」

「生きている限り、欲と申すものは、際限がありませぬな」

「将軍家に、麻薬を与えて、痴愚にしておいて、どうしようというのだ？」

「開国でございますよ」

「開国？」

「手前は、先頃、亜米利加《あめりか》へ渡航いたしました。二百年のあいだ、日本が国を鎖《とざ》しているあいだに、どれだけ、世界の文明におくれをとってしまったか、つぶさに見とどけて参りました。……国を開かなければなりませぬ。国を開くには——」

そこまで云った時、女中が、料理をはこんで来たので、五兵衛は、口をつぐんだ。

女中が去ると、五兵衛は、話題を転じ、

「手前が、目下、最も大きな交易をやって居るのは、英吉利《いぎりす》船とでございます。その交易の手続きが、面倒なことは申上げるまでもありませぬ。薩摩《さつま》の西南端に、坊津《ぼうのつ》と申す小港がございます。手前の船は、風待ちの名目で、そこへ入港いたします。二十日も一月も、辛抱強く待っていると、やがて、連絡の漁船が、南方三十海里の硫黄《いおう》島から、やって参ります。硫黄島からさらに二十海里彼方《かなた》に、口之永良部《くちのえらぶ》島という小島がございます。そこに、英吉利の商人の館《やかた》が在って、三月に一度、英吉利から船がやって参るわけでございます。船が入ったという連絡で、手前の船が坊津を出帆することになるわけでございます。……眠様、考えてみても下さいまし。こちらの国とむこうの国が、それぞれの産物を、交換いたすのでございますよ。天下になんら慙《は》じる行為ではありませぬ。それを、こそこそと、やらねばならぬ。莫迦莫迦《ばかばか》しいではありませぬか。徳川様が、天下をお取りになって、四海に波を立てないようにするためには、国を鎖すのも、必要だったかも知れませぬ。しかし、あれから二百年も経った今日、国を鎖すことが、いかに、まちがっていたか、手前が、この目で見とどけて居ります。国を開いて、なんの損もないのでございます。……見渡してごらんなさるとよい。日本全土のなかで、豊かな国がどこにございます？　空梅雨《からつゆ》が二年つづけば、十万人が餓死するしまつではありませぬか。海のむこうには、無尽蔵の食物があるにもかかわらず、でございますよ」

説くにつれて、五兵衛の相貌《そうぼう》は、熱気を帯びた。

視力の薄さに、眉宇《びう》をひそめて、見戍《みまも》る狂四郎は、腕を組んだなり、黙然として耳をかたむけている。

「手前は、慶長の頃は、東照権現《ごんげん》様（家康）は、決して、国を鎖すお考えはなかった、とうかがって居ります。海のむこうに亜米利加大陸があることを知られ、ウイリアム・アダムスと申す英吉利人に、大船を造らせて、太平洋を渡らせておいでになります。伊達政宗《だてまさむね》公も、支倉《はせくら》六右衛門の一行を、欧洲に派遣しておいでになります。あの当時には、万里の波濤《はとう》をこえて行った快男児が、次々と現れて居ります。呂宋《るそん》を脅《おびや》かした原田孫七郎、暹羅《しやむろ》に武勲をかがやかした山田長政、南島台湾に蘭人《らんじん》を駆逐した浜田弥兵衛《やへえ》、安南《あんなん》、交趾《こうち》、暹羅に至って商った角屋七郎兵衛、荒木宗太郎、印度へわたった天竺《てんじく》徳兵衛、呂宋で活躍した呂宋助左衛門――かぞえれば、まだまだ居りまする。ところが、島原乱以後、三代様の鎖国の御政策が、さらに、次々と海を渡るべき勇者の出現を、はばんでしまいました。……まことに、口惜《くや》しいことではありませぬか！　二百年目に政道の腐った世に、一人ぐらい、国を開いてやろうという、大それた夢想を起す男が、出て来たとしても、これは、ゆるされてよいことではありますまいか」

五兵衛が、口を緘《つぐ》むと、沈黙が来た。

その沈黙をかなり長いものにしてから、狂四郎が、口をひらいた。

「お主の野望は、よくわかった。わたしのような市井をうろついているだけの無頼の素浪人には、縁遠い話だが、その野望がとげられることは、期待したい。但《ただ》し――」

立ち上って、

「お主が、目下、本丸老中やその取巻きの連中の賄賂《まいない》政道を、陰険に利用している手段は、いかがなものか。こちらが、西丸老中の飼い犬の立場にある以上、お主のその手段に対して、歯むかうことは、やむを得ぬ仕儀だな」

と、云った。

五兵衛は、微笑して、

「貴方様は、敵にまわすには、まことに惜しい御仁でございますが、こん後とも、お生命《いのち》を狙《ねら》わせて頂きましょう」

「よかろう。いかなる方法で襲ってくれても、こちらに、異存はない。……馳走《ちそう》になった」

狂四郎は、出て行った。

五兵衛は、大目付曾田織部が出て行った時とはちがって、妙にさわやかな気分をおぼえていた。

「公儀の中に、あれだけの度胸を持ったさむらいが、一人でもいればだが……」

そう呟き乍ら、しずかに、盃《さかずき》を把《と》りあげていた。

浴仏異変

一

例によって、江戸の絵本「風俗往来」をかりるが……。

四月——桐花《とうか》たちまち放ち、棗杏《そうきょう》まさに新たなるの候である。年によって、雨が降りつづくことがある。これを迎梅雨《むかえづゆ》という。朔日《ついたち》は、更衣《ころもがえ》である。今日から、五月四日までは袷《あわせ》を着る。また、九月九日までは、足袋《たび》をはかない。この時代のしきたりは、こうして、きちんと、守られていたものである。

八日は、灌仏会《かんぶつえ》であった。

どこの寺院でも、(一向宗を除いて)ことごとく、灌仏会を行った。将軍家も、大奥で、この行事に従った。

灌仏堂というのは、大小の差が多いが、大殿は六尺四方、小殿は二尺四方ぐらいまで、彫刻の美を尽してある。その屋根の上に、牡丹《ぼたん》、芍薬《しやくやく》、百合《ゆり》、紫藤《しとう》、燕子花《かきつばた》を葺《ふ》いて、造り菓子のように美しく飾る。

御堂《みどう》の中に、唯我独尊《ゆいがどくそん》の鋳仏《ちゆうぶつ》を安置し、これに無数の善男善女が、甘茶を灌《そそ》いで、御利益《ごりやく》を願う。

この灌いだ甘茶をもらって帰り、墨をすって、五大力菩薩《ごだいりきぼさつ》と三行書き、衣類の櫃《ひつ》に入れて置くと、虫防《むしよ》けになる、という。

当日、灌仏式のある寺院の門前で、青竹で造った手桶《ておけ》を商うのは、甘茶をもらう器にするためであった。

夥《おびただ》しい群衆が、一時に、蝟集《いしゆう》して、甘茶をもらうのであるから、その騒ぎは大変なものであった。

いつの世も、子供たちは、こうした騒ぎをよろこぶ。

江戸中の子供たちが、早起きして灌仏会に行くのを愉《たの》しみに、夢路を辿っている前夜——。

豆しぼりで頬かぶりして、片裾《かたすそ》を端折《はしよ》って、やぞうをきめた金八が、手拭いの蔭《かげ》から目だけを鋭く光らせ乍《なが》ら、足どりはほろ酔いとみせかけて、大川端《おおかわばた》をひろっていた。

はてな？　さてな？　は色の道、と来た
お前百まで、わしゃ九十九まで
と云《い》うたは、花見時
あつい盛りは、つかの間で

どうやら、お前にゃ秋の風
ふられて、主はこぬか雨
しと、しと、しとの褥《しとね》では
肌の寒さよ、淋《さび》しさよ
窓を開ければ、銀世界
つもる思いも、憎らしや
嘘でかためた雪だるま
解けて、流れて、ステテコテ
猫、とんびに、河童《かっぱ》の屁《へ》

金八の前方を、一人の商人が、ゆっくりと辿っていた。銭屋五兵衛であった。

金八は、眠狂四郎の命令で、馬喰町の旅籠《はたご》に泊っている五兵衛を、ずうっと見張っていたのである。

三日ばかり、五兵衛は、旅籠から一歩も出ずに、金八を苛々《いらいら》させていたのであったが、今宵《こよい》、陽《ひ》が落ちてから姿を現して、まっすぐに本所回向院《えこういん》に行き、住職に会って、何やら相談したのである。

——水主《かこ》を何百人も死なせたので、灌仏会に、たんまり寄進しやがったかな。

金八は、境内の片隅に蹲《しゃが》んで、そんな想像をし乍ら、待っていたものである。

五兵衛は、回向院を出ると、馬喰町へは戻ろうとせずに、大川端を西へむかったのである。

どこへ行くのか、金八は、見当つかぬままに、尾行をつづけていた。

「お！」

金八は、五兵衛が、河岸縁《かしぶち》に立ちどまったので、反射的に、建物の蔭の闇に、身を沈めた。

五兵衛は、石段を降りて行った。

猪牙《ちょき》が、一艘《そう》そこに待っていたのである。

金八は、五兵衛を乗せた猪牙が、大川を、ゆっくりと下りはじめるや、あわてた。

まごまごしていたら、見失ってしまう。

まさか、五兵衛が、海へ出て行く、とは夢にも考えていなかったのである。

「こん畜生っ！　はてな、さてな、と云っちゃいられねえぞ。ほんとに、猫とんびに河童の屁になりやがった」

やっと、もやってある夜釣舟を発見して、金八が、夢中で漕《こ》ぎ出した時には、五兵衛を乗せた猪牙の影は、強い汐風《しおかぜ》の吹く大川の闇に、殆ど溶け込んでいた。

金八は、あまり、漕ぐのは得意ではなかった。まして、高い川波にさからって、進めるコツを知らなかった。

「へっ、川っ風めが、こう邪魔っけなしろものたァ思わなかったぜ。隅田の川風、浮気をつれて、宵の口説《くぜつ》のさめごころ、なんてえ乙な文句ばかりありゃがるんで、お優しいもんだと思っていたら、とんでもねえや。金八様のお通りだ、ちったァ遠慮しやがれ」

二

佃島《つくだじま》は、囚徒の人足寄場《にんそくよせば》のある石川島と土地つづきになって、大川の河口に孤立していた。

人足寄場は、海の側を占めていて、佃島の漁師町とは、掘割で仕切られていた。

近年になって、この掘割がひろげられ、漁船だけではなく、大きな荷船も、風を避けて碇泊《ていはく》できるようになっていた。

今宵、入っていたのは、三百石積み程度の、さして大きくはない船であった。

銭屋五兵衛を乗せた猪牙が、その船腹へ吸いつくように着くと、すぐに、竹と綱でつくられた梯子《はしご》が下ろされた。

船の男たちは、五兵衛が、上って行くと、いずれも、かしこまって、頭を下げた。

五兵衛が、入って行った船室は、はじめて入る者なら、茫然《ぼうぜん》となるほど、異国の珍しい調度で飾られていた。

壁には、ゴブランの壁掛けがひきまわしてあり、中央のマホガニイの卓子《テーブル》の上では、金銀細工の時計が、ゆっくりと、地球儀振子を廻転させていた。

片隅には、天蓋《てんがい》つきの純ヨーロッパ風の寝台が据えられてあったし、その脇《わき》の小卓の上には、銀製の鳥籠《とりかご》が置かれ、南方の島からつれて来られた鸚鵡《おうむ》が、しきりに、とまり木をかじっていた。

寝台と反対側には、まだ梱包《こんぽう》されたままの荷が積まれてあった。

横文字で品目が記されてあり、その下に、「廈門《アモイ》」の烙印《らくいん》がしてあった。

廈門は、広東《カントン》香山県の南海に突出した一大商港であった。明《みん》の嘉靖《かせい》年中（わが天文頃）ポルトガル人が、到来して、唐朝に請《こ》うて、この地を得て、城邑《じようゆう》を建てて、交易の大利を営んで以来、東洋一の繁盛殷富《はんじようぃんぷ》を誇っている。イギリス、イスパニヤ、ポルトガル、オランダ、アメリカが、この港に宏大《こうだい》な商館を構えていた。

銭屋五兵衛は、大規模な抜荷買いをやるために、この廈門にまで、船を走らせていたのである。

「銭五」の旗をひるがえした船が、廈門はおろか、濠洲《ごうしゅう》までも、なんのおそれもなく、渡航した記録は、立派にのこされている。

明治二十四年発行の梅原忠造編「帝国実業家立志編」に、次のような記録が掲載されている。

『この程、濠洲より帰朝せし人の話に拠《よ》れば、今を距《さ》ること六年前、我邦《くに》の軽業師《かるわざし》某、彼地《かのち》に在りし時、南部タスマニヤに至りしに、五個六個の碑石ありて、周囲は蒼苔《そうたい》深く鎖《とざ》して、文字の読み難きものを認めしかば、その苔《こけ》を剝《は》ぎ去りしに、下より、かしうぜにやごへいりょうち（加州銭屋五兵衛領地）という十三文字、あらわれたり。人々は面《かお》を見合せ、さては加賀の銭屋五兵衛の領地にて有りしか、とその強勢に愕《おどろ》きけるに、この事遂《つい》に英人の耳に入り、直ちに碑石は撤去せしめられし、という。この碑石の在る処《ところ》をもって境界とすれば、その領地は、殆《ほとん》どタスマニヤの三分の一に亘《わた》るべし』

おそらく、「銭五」の船は、遠くヨーロッパへまでも、船足をのばしたであろう。卓上の置時計は、ローマあたりで、あがなった珍品であろうか。

ところで――。

その室には、一人の女人が、朱塗りの曲彔《きょくろく》に腰かけていたのである。

お高祖頭巾《こそずきん》で顔を包み、下方風に縞《しま》の小袖《こそで》をまとっているが、おのずからなる気色《けしき》が、大奥の女性《にょしょう》と判別させる。

五兵衛は、入って来ると、いんぎんに一礼した。

「お待たせいたしました。いつも乍ら、御容子《ごようす》うるわしゅう拝しまする」

女人は、挨拶《あいさつ》をかえすと、澄んだ冷たい声音《こわね》で、

「わたくしの注文の品、すぐに拝見したいと思います」

と、云った。

「かしこまりました」

五兵衛が、手を拍《う》つと、逞《たくま》しく陽焼《ひや》けた中年の男が入って来た。船頭《ふながしら》とみえた。

「あれを……」

五兵衛が、命ずると、男は積荷のひとつを解いた。

黒い布で包んだ一尺ばかりの高さの品が、卓上に立てられると、五兵衛は、微笑し乍ら、ちょっと気を持たせて、

「お渡し申上げる前に、おうかがいしたいことがございまするが、よろしゅうございましょうかな？」

「どのような質問であろう？」

「お手付きの御中臈《ごちゅうろう》であらせられる貴女《あなた》様が、どうして、このような、天下の御法度《ごはっと》を犯されまするか？　かねてより、一度おうかがいしようと存じて居りました」

「………」

お手付き中臈——すなわち、将軍家側妾《そくしょう》の一人であるこの女人は、最も応えたくない質問を受けた様子を示した。

五兵衛は、平然として、こたえを待っている。

しばしの沈黙を置いてから、中臈は、口をひらいた。

「教えなければ、渡さぬと云われるか？」

「そのような野暮《やぼ》を申上げているわけではありませぬ。ただ、これは、手前ならずとも、不審といたす儀にございますな」

「………」

中藹は、また沈黙を置いた。

中藹は、五兵衛がいったん望んだことは、必ず遂げてみせるおそるべき強い我欲の持主であることを知っているようであった。五兵衛の穏やかな面貌《めんぼう》と語気は、その我欲とはなんの共通もないのである。

中藹は、切長《きれなが》の美しい眸子《ひとみ》を宙に据えていたが、やがて、独語するように、

「わたくしの母は、大奥に於《おい》て、世にもむごたらしゅう殺されました」

と、云った。

三

二十一年前のことである。

将軍家付きの御錠口《おじょうぐち》女中おりゅうが、突然、姿を消してしまう異変が起った。

前夜、おりゅうは、出番が朝五つ（午前八時）なので、七つ半（午前五時）に、起してくれるように、火番衆にたのんでおいた。

火番は、その刻限に、廊下で幾度も呼んだが、返辞がないので、部屋を覗《のぞ》いてみた。すると、臥牀《ふしど》は空《から》であった。

相役の御錠口が、晩になっても、おりゅうの姿がどこからも現れないので、役方《やくがた》へ願い出た。役人衆は、付添人夫を動員して、長局《ながつぼね》の二十五箇処の井戸をはじめ、床の下や物置をくまなく探したが、さらに行衛《ゆくえ》はなかった。それから、三日間、長局のすべての場所を調べつくして、どうしても、発見できなかった。

四日目にいたって、役人の一人が、ふと思いついて、乗物部屋の乗物を、ひとつひとつ改めることにした。

乗物は、すべて上箱に入れて、ゆたんに包んである。しかも、お下男《しもおとこ》が十二人がかりで担《かつ》いでも、なかなか重いのであった。

また、その数も大変であった。御台所《みだいどころ》の総蒔絵《まきえ》の駕籠《かご》をはじめ、年寄、若年寄、中臈《ちゅうろう》、客応《きゃくあしらい》、御鈴の間（お錠口）表使い、呉服頭《がしら》、御右筆頭《ごゆうひつがしら》などの網代《あじろ》乗物、さらに御次ぎ、呉服の間女中などの鋲《びょう》打ちにいたるまで、かぞえきれないほどあった。

それを、ひとつひとつ、上箱からとり出し、ゆたんを除いて、改めたのである。

無駄ではなかった。若年寄某の網代駕籠の中で、おりゅうは、血まみれになって、死んでいた。まだ生きている時に入れられたとみえて、苦悶《くもん》の十指を、天井の桟へひっかけていた。仰のけになり、裾《すそ》を乱して、太股《ふともも》を開け拡《ひろ》げ秘部まであらわにしていた。

覗いた人々は、たちまち、老狸《ろうり》のしわざと判断した。老狸は、化生《けしよう》となるために、人間の血を吸う、と信じられていた。吸われた箇処からは、血がとまらず、体内の血はことごとく流れ出る。

乗物の中に溜っている血の量を看《み》て、人々は、そう判断したわけである。

この怪死が、長局中に知れわたるや、夜に入って、誰一人、廊下へ出る者はなくなった。城内には、狐狸《こり》が多く棲《す》んでいて、とくに狸《たぬき》は、よく、御殿内へ侵入して来て、廊下などで、不寝番の女中とぶっつかって、悲鳴をあげさせていたのである。

古狸が、化生に昇格するために、女中を襲って、生血を吸う、となれば、これは、非常な恐怖を呼ぶ。

長局の中には、乗物部屋が五箇処あったが、それから当分の間、毎日錠前に封印して、役人が改めてまわった、という。

おりゅうは、古狸に生血を吸われたのではなかった。

お手付き中臈浦尾に殺されたのであった。

浦尾は、お手付きになったが、二年経っても、みごもるけはいはさらになかった。そこで、一計を案じて、部屋子《へやこ》のうちで、眉目《みめ》すぐれた娘をえらび、これを御手洗《おちょうず》付きにした。

将軍家、御台所が、便所に入るには、順序があった。すなわち、便所に入る前に、黒塗紋付の湯桶《ゆとう》、盥《たらい》を使うのである。

御用所は、上段の後の入側《いりがわ》にあり、この入側に手洗場が設けられ、次が三畳の間で、戸棚《とだな》があり、将軍家も御台所も世子《せいし》も姫君も、すべて、身につけたものをとりかえるのであった。戸棚の中には、下帯、二布《こしまき》、足袋《たび》などが用意してあった。

中﨟は、主人について、着換えの三畳に入って、世話をする。それればかりか、倶《とも》に、その奥の便所に入って、主人に手を汚させない。また、練香を絶やさぬように、心をくばる。尻拭《しりふ》きの供をつれて、便所に入らぬのは、月水時の御台所だけであった。姫君でも、月水時に、平気で、供に、そのしまつをさせたものであった。貴人の心理状態の異常さは、庶民の測り知れぬところであった。

中﨟浦尾は、将軍家が、便所から出て、再び元の衣服をつける時を利用して、お手洗付きの部屋子に、手をつけさせたのであった。その部屋子が、おりゅうであった。

浦尾は、おりゅうが、やがて、みごもったと知るや、お鈴の間女中に上《のぼ》せて、部屋を与えた。すなわち、お鈴の間女中が、最もひまで、心がければ、昼夜とも他の女中たちの目から離れていることができたのである。

浦尾は、おのれがみごもったと公表して、おりゅうが、ひそかに、出産するのを待った。

おりゅうは、浦尾の巧妙な警戒と擁護によって、誰にも気づかれずに、八月《やつき》になるまで大奥ですごして、病弱を理由に、半年間の宿下りを許された。

おりゅうが、大奥へ戻って来る時は、衣裳《いしょう》長持の中に、生れたばかりの赤子をかくして、はこび込む手筈であった。

ところが、おりゅうは、その約束を破って、おのが身ひとつで戻って来たのである。

赤子を、浦尾に渡して、大奥の人々を欺瞞《ぎまん》することに堪《た》えられなかったのである。

浦尾は、激怒した。

そして、おりゅうを殺したのである。

銭屋五兵衛は、そこまで話をきいて、流石《さすが》に、眉宇《びう》をひそめた。

「……そういたしますと、貴女様は、公方《くぼう》様の実のお姫《ひい》様ということに相成るわけでございますな」

「わたくしを育ててくれた養父母は、わたくしの父が何者か知らずに、大奥へ上げました。いえ、わたくし自身も、知りませんでした。皮肉にも、わたくしは、母と同じく、御中臈浦尾殿の部屋子になりました。いえ、あるいは、浦尾殿は、わたくしの出生の秘密を知っていて、手もとに置いたのでありましょう。三年後に、浦尾殿は、逝《ゆ》きましたが、その臨終に、わたくしには納得のいかぬ言葉を譫言《うわごと》のようにくりかえしました。

……その意味が判ったのは、浦尾殿の手文庫にかくされていた日誌を読んだ時でした」

中臈の眼眸《まなざし》に、冷たい虚無の色が浮いた。

「おそかったのです。……もう、その時は、わたくしは、お手付きになって、居《お》りました」

「成程――」

五兵衛は、大きく合点した。

おのれがあさましい畜生道に堕《お》とされていると知って、この中臈は、驚愕《きょうがく》し絶望し、死をも想《おも》うたに相違ない。苦悩の挙句に、すがったのが、左様、卓上に据えてあるこのものであったのだ。

五兵衛は、やおら、手をのばして、包んである黒い布を、はらった。

あらわれたのは、甘茶を灌《そそ》がれる天上天下唯我独尊《ゆいがどくそん》の立像であった。

五兵衛が、さらに、何をしようとするのか、無造作に、尊かるべきその鋳仏像を摑《つか》んで横倒しにしようとすると、中臈は、あわてて、

「よいのです。そのままに――」

と、とどめた。

五兵衛は、中臈を、じっと正視した。

「御中臈様、手前に、ひとつお願いがございます。手前は、先刻、回向院に参って、ご住持に、明日の灌仏会《かんぶつえ》には、見事な御尊像を灌仏堂に安置させて頂きます、と約束して

参りました」

中﨟は、大きく眸子《ひとみ》を瞠《みひら》いた。

「この御像を！」

五兵衛は、にやりとした。

「いかがでございます。いい趣向とお思いなさいませんかな？　幾万の善男善女が、あら有難やと、甘茶をかけて、ふし拝んでくれるのでございます。貴女様が、せっかく、はるばる海のむこうからお招きなさいました御尊像も、さぞ、ご満足なさるのではございますまいか」

四

灌仏会は、一向宗を除く、すべての寺院が行うことは、前述したが、中でも、その盛大を誇るのは——。

上野東叡山《とうえいざん》は、法華堂《ほっけどう》で修行する。

芝増上寺は、本堂で執行《しゅぎょう》し、山内は黒山の人となる。

浅草金竜山浅草寺《せんそうじ》は、僧侶《そうりょ》が総出仕《そうしゅつし》して、唄散華《はいさん》経《げきょう》段行道の作法がある。

本所回向院は、特に群集する。

大塚護国寺は、護持院庭中に山びらきの行事がある。

牛込榎町《えのきちょう》済松寺は、輪蔵を開いて廻す。

小石川伝通院《でんづういん》の花見堂は、特に美しい。

これらの寺院に集る善男善女は、およそ四十万人といわれていた。

江戸中の家で、富めるも貧しきも、新茶を煮て仏前へ供え、卯の花《うのはな》をささげ、足腰立たない年寄を留守番にのこしておいて、家族全員で、出かけることになるのであった。

本所回向院の山門から、花見堂まで、一町余は、まさしく、人の洪水であった。

その洪水を、金八は、威勢よく泳いで行く。

銭五船における大奥中﨟と五兵衛のやりとりの始終を、隣りの賄《まかない》部屋の板壁の隙間から覗《のぞ》き視《み》、偸《ぬす》み聴《き》いて、遁《に》げ戻った金八は、夜の明けぬうちに、眠狂四郎に会って、報告したものであった。

狂四郎は、尊像を回向院の花見堂に安置するという計画をきくと、その意味を読みとった冷やかな薄ら笑いをうかべて、

「人の一番出さかった午《ひる》すこしまえ頃に、ひとつ、面白いものを観《み》せてやろう。さきに、行って待っているがいい」

と、云ったことだった。

金八は、十重二十重《とえはたえ》の人垣《ひとがき》をかきわけて、花見堂に近づくや、

「おうっ、おうっ――。いい面《かお》だぜ、このおしゃか様は、甘茶でかっぽれを踊りそうじ

ゃねえか。かっぽれ、かっぽれ、岡っ惚《ぼ》れ、じれて待つ夜に障子を開けりゃ、舌を出すよな雲の月、って——そこの婆《ばあ》さん、知ってるかい。このおしゃか様が、いまに、舌を出してくれるぜ。見ていな」

声をかけられた婆さんは、もったいない、と合掌して、大声で念仏をとなえた。

その時、どっと悲鳴があがって、人垣が崩《くず》れた。

「おっ！　先生、やらかすか！」

金八が、はねあがった。

抜刀して、道をあけさせた眠狂四郎の痩身《そうしん》が、ゆっくりと、花見堂に迫って来た。気ちがいだ、とか、捕えろ、とか、罰《ばち》あたりとか——罵詈《ばり》をあび乍ら、その虚無の異相は、ひさしぶりに、冴え冴えと生気があるものになっていた。

甘茶に濡《ぬ》れた尊像へ、鋭い眼眸を当てたかとみるや、一瞬、無想正宗を、閃光《せんこう》と化さしめて、それへ送った。

尊像は、ま二つに割れて、左右に倒れた。群衆が、わあっ、とどよめいた。

意外にも——。

尊像の中から、あらわれたのは、幼い救世主キリストを抱いたサンタ・マリヤ像だったのである。

笑い人形

一

六月十六日――。

この日、江戸城においては、嘉祥之御祝《かしょうのおいわい》という行事がとりおこなわれる。

嘉祥祝賀の由来は、元亀《げんき》三年六月十六日にさかのぼる。

徳川家康が三河《みかわ》在国の時である。三方《みかた》ヶ原で、一向宗一揆《いっき》と戦って、徳川勢は完膚《かんぷ》なきまでに潰滅《かいめつ》し、敗走した家康は、同国の大樹寺に遁《のが》れ入って、身をひそめた。

殺到して来た一揆方の放った矢玉が、大樹寺の門扉《もんぴ》を、蜂《はち》の巣のようにするまでに、危機が迫ったが、家康は、大急ぎで剃髪《ていはつ》し、納所《なっしょ》になりすまして、ようやく難を免がれた。

家康は、その生涯で、十数度も死地をくぐり抜けているが、将軍家になってから過去をふりかえって、

「大樹寺に身を隠した時が、最も危かったようだ」

と、述懐している。

この日を記念して、祝いの儀式をするようになったのは、三代家光の時からである。

ところが、今年は、将軍家斉《いえなり》が、不例のために、西丸に住む世子《せいし》の大納言家慶《だいなごんいえよし》が、代って、とりおこなうことになった。

儀式を西丸に移すわけにはいかぬので、前夜、家慶は、ごく尠《すくな》い供をつれて、本丸に入った。

その前夜から、なにか、不吉の前ぶれのような出来事が、家慶の身辺に、つづけざまに起った。但《ただ》し、それらは、きわめて目立たぬように、その任に就《つ》いている当事者だけにしかわからぬ起りかたをした。

ここで、将軍家というものの朝夕を、紹介しておく必要があろう。

抑《そもそ》も、江戸城は、本丸、西丸ならびに二の丸に区劃《くかく》されている。本丸には、将軍家が常居し、西丸、二の丸には、世子以下の人々が住まう。世子が、あらたに統を継ぐ時には、出《い》で て本丸に移り、隠居して大御所となった前将軍家は、代って西丸に入る。

本丸と西丸は、その布置、構造がほとんど同一である。ともに、表、奥、大奥の三部を劃している。

表には、儀式の間である大広間、黒書院、白書院をはじめ、老中、若年寄以下、表役人の詰所がある。

　中奥は、表に接続して、西に当り、将軍家が平常の居間がある。政務も、おおむねここで総攬《そうらん》した。御座の間、休息の間、御小座敷、楓《かえで》の間など、さまざまにわかれている。

　大奥は、云《い》わずもがな、御台所《みだいどころ》の居間をはじめ、中臈《ちゅうろう》以下御付女中の長局《ながつぼね》があり、中奥の西に接する。中奥と大奥は、銅の塀《へい》で仕切られ、春日局《かすがのつぼね》が「之《これ》より内、男子入るべからず」と御錠口《おじょうぐち》に大書して以来、厳重にこの掟《おきて》は守られている。

　将軍家は、毎朝六つ時（午前六時）をもって、起床の例規とする。

　将軍家の起きる時刻が迫ると、宿直《とのい》の小姓が、

「もう」

　と、大声で触れ出す。

　宿直の小納戸役《こなんどやく》は、御小座敷の上段に、緋毛氈《ひもうせん》を敷いて、その上に、嗽《うが》いの道具一式を備える。

　嗽いの器具——盥《たらい》、湯桶《ゆとう》はことごとく黒塗り、金の定紋付きで、歯磨粉《はみがきこ》は、奥医より奉《たてまつ》り、塩は播州《ばんしゅう》赤穂《あこう》の精撰《せいせん》であった。

　楊子《ようじ》、舌掻《したか》き一本が添えられてある。

　将軍は、嗽い、手水《ちょうず》をすませ、紋服にあらためると、大奥に入って、仏前に礼拝する。これが終って、また御小座敷にもどり、月代《さかやき》、髭《ひげ》を剃《そ》り、結髪した。平素の髪は、大《おお》

銀杏《いちょう》で、根もとは白元結いであった。御髪番《おぐしばん》が、これにかかる。

御髪番が、かかった時に、奥医十名が伺候《しこう》して、二人交替で、御脈を拝診する。

腹部は本道（内科）の医師のつとめで、袖口《そでぐち》から手を入れて、さぐった。

将軍家が不例の時は、担任の奥医のみが、診察《おさじ》した。

奥医が下ると、すぐ、朝食の膳《ぜん》が、はこばれる。恰度《ちょうど》五つ時（午前八時）になってい

る。将軍家は、髪を結わせ乍ら、食事を摂るのであった。

そのあいだに、老中や若年寄も、挨拶《あいさつ》に入って来る。

将軍家は、再び大奥に入って、こんどは神前に礼拝する。毎月十七日には、東照公遺

訓を拝聴しなければならなかった。

小姓頭取が、拝伏した将軍家の上座に坐って、遺訓を読みあげるのであった。

それがおわって、御座の間で、儒官林氏によって、経書の進講がある。次いで、柳生《やぎゅう》

但馬守《たじまのかみ》世襲の任として剣道指南がある。時たまには、吹上《ふきあげ》の馬場で、乗馬が試みられる。

歴代の将軍家は、職を襲うた当座は、これらをまもっているが、いつとなく、経書も

剣も馬もしりぞけて、なんとなく午前中をすごしてしまうようになるのが、常であった。

昼餐《ちゅうさん》は九つ（正午）、大奥で摂る。歴代ともに粗饌《そせん》で、大典や祝日の外は、たいてい

一汁二菜であった。御飯は、蒸飯であった。

食後、小納戸頭取に命じて、御側《おそば》御用取次ぎの若年寄を召して、御休息の間で、政務

をとる。御用取次ぎが執奏の政務は、未決のものに限るので、人払いされた。

将軍家裁可の書類は、御用取次ぎが、それに奉書の紙片を挿《はさ》んで、老中へ返す。

将軍家の政務をとる時間は一定せぬ。平常は二時間ぐらいであるが、時には、照燈《しょうとう》時刻に及ぶ。

政務が済むと、将軍家は、中奥の御休息の間に入って、午睡をとる。この時、小姓一人が、そばにはべっている。

色子好みの将軍家は、しばしば、その美童を、おのが褥《しとね》の中へ容《い》れた。

午睡からさめると、はじめて、将軍家は、自由であった。大奥に入って、御台所とともにすごしたり、謡曲その他の遊芸をやったり、庭を散歩したりする。

印で捺《お》したようなこうした退屈な日々をすごしているうちに、凡庸の将軍家は、つい、見さかいなく、美しい女中をあさって、手をつけることになるのであった。

二

大納言家慶が、本丸中奥に入ったのは、晩餐をすませてからであった。

大奥に在る父の将軍家に挨拶はなかった。家慶は、将軍家の資格をもって、本丸に入ったので、自ら足をはこんで、病人に会うのは避けたのである。

くつろぎ場所である楓《かえで》の間に入った家慶は、べつに、何もすることはなかった。

平御側《ひらおそば》が、

「浴を召させられますよう――」

とすすめると、

「うむ」

と頷《うなず》いて立ち、ともなって来た小姓へ、

「そちでよい」

と命じた。

湯殿には、湯殿係りの小納戸役がいる。あらかじめ、襷《たすき》を掛け、袴《はかま》の股立《ももだ》ちをとって、その上に白木綿《しろもめん》の筒袖《つつそで》の上衣《うわぎ》をまとい、糠袋《ぬかぶくろ》を用意して待っている。

家慶は、その湯殿係りをしりぞけたのである。

平御側は、家慶のともなった小姓が、実は、髪かたちを変えた女であるのを看《み》てとっていたので、

「御意《ぎょい》のままに――」

と、頭を下げた。

本丸の連中としては、西丸から入って来た家慶が、何をしようと、黙って眺めているよりほかはなかった。家慶は、将軍家代理となりにやって来た客だったからである。

家慶が、ともなったのは、志保という中﨟《ちゅうろう》であった。

読者は、すでに、この中﨟を知っている筈である。

佃島《つくだじま》に錨《いかり》を降した銭五船に、ひそかに忍んで来て、かねて五兵衛にたのんでいたサンタ・マリヤ像を受けとった中﨟にまぎれもなかった。

志保は、三月前に、本丸大奥から西丸大奥に移って、家慶お付きになっていたのである。

おのが実父と知らずに、将軍家斉のお手つきとなった志保は、家斉が、病臥《びょうが》したのを機会に、御側御用取次ぎの若年寄水野美濃守《みののかみ》にたのんで、西丸大奥に移らせてもらったのである。

おのれが、あさましい畜生道に堕《お》ちていると知って、死の苦悩の挙句、国禁の宗門に帰依《きえ》したこの中﨟は、しかし、どうやら、一途な信仰によって、救われようとしている、とだけは受けとりかねるふしがある。

銭屋五兵衛が、大胆にも、サンタ・マリヤ像を中にひそめた天上天下唯我独尊《ゆいがどくそん》像を、回向院《えこういん》の灌仏堂《かんぶつどう》に据えて、幾万の善男善女に甘茶をかけさせる趣向を、申出るや、この中﨟は、いっそ残忍な微笑を泛《うか》べて、承知したものであった。

数奇な運命の下に生れ育ったおのが身を生きつづけさせるためには、異常なまでの冷たく強い意志を持たねばならぬと、さとった女性《にょしょう》であろうか。

大奥の中﨟であり乍ら、敢《あ》えて、切支丹《きりしたん》宗徒になったのも、どれだけの冷たく強い意志を持ち得るか、おのれを試す手段のひとつであろうか。

その美しい姿体の中にひそめられているのは、大奥という奇怪なしくみを有《も》つ世界に対する復讐《ふくしゅう》の執念かも知れないのである。

大納言家慶は、そのようなおそろしい女とは知らず、いまは、志保に夢中であった。

父の将軍家が手をつけた中﨟と知らされていたが、

——戦国の頃は、父が子の妻を奪ったり、子が父の妾《しょう》をわがものにした例は、いくらもあるではないか。

と、自身を納得させようとするところまで昂《こう》じてしまっていたのである。

家慶は、湯殿の上り場に入ると、さっと召物を御召台に脱ぎすてて、

「そちも、はだかになって、入って参れ」

と、命じた。

つまり、家慶は、西丸にあっては、なし得ぬ振舞いを、本丸に入って、やろうとしていたのである。すなわち、西丸にあっては、湯殿に入るのに湯殿係りの小納戸をしりぞけるわけにいかなかったし、大奥にはまた、数百の女中たちの目があったので、西丸主人の行動に自由はなかったのである。この本丸では、いわば、一夜だけの客であるから、大奥の方に入らぬ限り、女気のない中奥では、勝手に振舞っても、咎《とが》める者はいなかった。

家慶が、奥の湯槽《ゆぶね》のある板敷き（流し場）へ入ると、志保は、ゆっくりと、小姓の衣服を脱ぎはじめた。

——大納言は、かならず、板敷きの上で、わたくしを犯そうとするであろう。

志保は、氷のように冷たい心で、そのことを考えていたのである。家慶は、まぎれもなく、自分の異母兄である。また、別の解釈をもってすれば、その父の手のついた女である自分は、義母にもあたる。

この因果なめぐりあわせを、志保は、第三者のように、眺めようとしている。

——犯すがよい。大納言もまた、畜生道に堕ちるがよいのだ。

志保は、胸の裡《うち》で、そう呟《つぶや》いてから、さいごの肌着《はだぎ》を、するりと、足もとへ、すべり落した。

瞬間——。

「あっ！」

志保は、叫び声を発した。

前の壁にはめてあるギヤマンの大鏡に映ったわが裸身に、夢にも知らぬ悪戯《いたずら》がほどこされていたのである。

白い腹部に、鮮やかな朱で、十字架《クルス》が描かれていたのであった。

「いかがいたした、志保？」

板敷きから家慶が声をかけて来るや、志保は、反射的に、脱ぎすてた衣裳《いしょう》をつかんで、裸身にまとうた。

いつ、どこで、おぼえのないことだった。

まったく、こんな悪戯をほどこされたのか？

志保の心臓は、おそろしい迅《はや》さで鳴った。

これは、何者かが、自分の心の奥底まで看破して、やった皮肉なしわざだ。

「志保、はよう入って参れ」

家慶が、苛立《いらだ》たしげに、促した。

やがて、板敷きに入って来た志保が、衣裳の上に、白木綿の筒袖の上衣をきちんとまとい、ただ、裾《すそ》をからげて、白羽二重《しろはぶたえ》の湯文字《ゆもじ》をのぞかせているだけなのを視《み》て、家慶は、露骨に、イヤな顔をした。

三

将軍家の御夜詰引《およつめびけ》は、五つ半（午後九時）である。

時計が、五つ半を告げると、小納戸役《こなんどやく》は、奥坊主《ぼうず》に命じて、奥の部屋部屋に、触れ歩かせる。

御夜詰引のあとは、小姓のほか、何人も、竜の御杉戸の内に入るのを許されぬ。竜の御杉戸というのは、御次の間詰めの小納戸の部屋より、更に一間、表の方にある竜を描いた御杉戸のことである。

秋から冬へかけての長夜などは、御夜詰引のあとでも、将軍家は、囲碁・将棋を娯《たの》しんだり、短歌をつくったりした。尤《もつと》も、四つ（十時）になると、必ず、牀《とこ》に就《つ》かねばならぬさだめであった。

将軍家が、幼ければ、老年の小姓、小納戸それぞれ二三名ずつ半夜交替で、御前寐ず番をつとめる。しかし、将軍家が大人の場合は、「あ、、、」と唱える老幼の小姓二人が、不寝番をつとめる。通常、蒲団《ふとん》と掻巻《かいま》きのみを携えて、御寝《ぎよし》の傍《かたわら》に仮寐《かりね》する。御側寐《おそばね》の小姓という。制規として、枕《まくら》を許されない。

将軍家中奥の寝所は、御休息の間の上段にある。

お仕舞係と称する小納戸が掌《つかさど》る。

御夜詰引に近づくと、お仕舞係は、斑《ばん》枝花《や》の入った揚畳を持参し、その上へ、南を頭にして、蒲団一枚を敷き、掻巻きを添える。寝具の種類は、寒暑によって、勿論差別があるが、綿は真綿で、掻巻きは四季に応じて重さがちがえてある。地質は、無地あるいは花色の縮緬《ちりめん》である。

将軍家の寝衣は、鼠色《ねずみいろ》羽二重で、緞子《どんす》の紐《ひも》がついている。白羽二重の襦袢《じゆばん》を重ねる。

ところで、御寝の間には、火事装束が置いてある。これはどういうのか、等身大の人形にきせてあった。黄羅紗《きらしや》の小袖《こそで》、裏絹の胸掛け、薄紫一葉葵《あおい》散らしの袴《はかま》、銀筋の入った鍐《しころ》をつけた人形は、あたかも、将軍家の守護神のように、二間床の前に据えられていた。

床の間には、梨地《なしじ》金紋の刀架け、その傍に黒塗り蒔絵《まきえ》の鼻紙台。

頭の方にあたる長押《なげし》からは、毎日、貘《ばく》の絵の幅がたらされている。世俗に、貘は、夢を喰《くら》うという諺《ことわざ》がある故《ゆえ》であったろう。

家慶は、志保に手つだわせて、越後縮《えちごちぢみ》の帷子《かたびら》を脱ぎ、白麻の襦袢の上に、鼠色羽二重の寝衣をまとうと、蚊帳《かや》をくぐって、褥《しとね》に入った。

志保一人が、御側寐をつとめ、本丸の小姓らは、竜の御杉戸まで遠ざけられていた。

「志保、入って参れ」

家慶は、命じた。

湯殿で、わがものに出来なかった、この美しい中臈《ちゆうろう》を、こんどこそ、抱くつもりであった。

志保は、わざと手間をかけて、脱衣をたたんで御召台へのせたり、その上に掛ける紫縮緬のふくさの房《ふさ》を丹念にのばしたりしてから、ようやく、枕辺《まくらべ》の方にある真鍮《しんちゆう》製の行燈《あんどん》の灯をほそくしてから、蚊帳をくぐろうとした。

とたんに――。

「あっ！」

と、大きく瞠目《どうもく》した。

蚊帳の一面に、巨《おお》きな影法師が映って、ゆらりと、ゆらめいたのである。

それは、十字架にかけられたゼズス・キリストの影法師であった。

「いかがした？」

頭を擡《もた》げた家慶は、志保の視線が向いた方角を見やった。

異邦の聖像は、一瞬にして、消えていた。

「何を視《み》たのじゃ、志保？」

「い、いえ、べつに、なにも……」

かぶりを振る志保へ、家慶は、いきなり猿臂《えんぴ》をのばした。

「なにも怕《こわ》がることは、ないぞ。ここは、本丸じゃ。なんの気がねも要らぬ」

ずるずると、牀《とこ》の中へひきずり込むや、もう待ちきれぬ粗暴な手つきで、袴を脱がせようとした。

「じぶんで、脱ぎまする」

志保は、家慶のせっかちを拒むと、牀の裾《すそ》で、袴をはずし、小姓の紋服をすてた。

その下には、ひそかに市中からとり寄せておいた、燃えたつような緋縮緬《ひぢりめん》の長襦袢をまとっていた。これは、当節、吉原の芸妓《げいぎ》の間に流行《はや》りの総鹿《そうか》の子《こ》であった。

「ふむ！」

家慶の双眼が、ぎらぎらと燃えた。

志保は、家慶の腕に抱かれると膝《ひざ》を披《ひら》いた。

次代の将軍家には、女を身もだえさせる技も余裕もなかった。

単純な荒い息づかいで、いきなり、のしかかった。

その刹那《せつな》──。

床の間の前の、火事装束をまとった人形が、

「ふふふ……」

と、ひくいわらい声をたてた。

これは、家慶の耳にも、はっきりときこえた。志保は、家慶の下で、総身をこわばらせた。

「な、なんだ⁈」

家慶が、はね起きるや、わらい声は、ふたたび、ひびいた。

家慶は、臆病者ではなかった。剣術を学ぶのも、かなり熱心な方であった。

蚊帳から躍り出るや、床の間の刀架けから差料《さしりよう》を摑《つか》みとりざま、

「無礼者っ！」

呶号《どごう》とともに、火事装束人形を、まっ向から、斬りおろした。

人形は、ま二つになって、左右に倒れた。

そして、そこに。

十字架にかけられ、ぐったりとなった異邦の救世主の裸像が、ひっそりと立っていた。

四

この宵——。

中奥の御風呂《ふろ》屋口廊下に沿うた部屋部屋は、火事場のようなはげしい人の動きがみられた。

明日の嘉祥之《かしょうの》御祝の儀式には、登城者全員に御菓子がくばられるのであった。

その数は、大変なものだった。

大饅頭《おおまんじゅう》三個盛りが百九十六膳《ぜん》、アコヤ餅《もち》三個盛りが二百八十膳、大うずら焼（餡《あん》入り餅菓子、米饅頭ともいう）三個盛りが二百八膳、寄水《よりみず》（長五六寸、総しんこ製、紅白、ひねって二つ折りにしたもの）五本盛りが二百八膳、大きんとん（しんこ製、胡麻《ごま》、黄粉《きなこ》、団子、青《あお》串《くし》に刺す）七本盛りが二百八膳、特大の練羊羹《ねりようかん》、熨斗《のし》もみもそれぞれ七本盛りが百九十四膳、ほかに麩《ふ》。ざっと、こういったあんばいであった。

市中二十店の御用達《ごようたし》が、職人を総動員して、徹夜で、作製しているわけであった。

寛政の頃までは、各店で作製して、当日朝納入したのであるが、どういう理由があってか、城中に材料を運び入れ、御菓子部屋、御組立の間、御膳所《ごぜんしょ》を中心にして、御風呂屋口廊下に沿うた部屋部屋で作製するようになっていたのである。

とある道具部屋には――。

いつの間にかこの混雑にまぎれて、眠狂四郎の姿が在った。

もとより、何を手伝うわけでもなく、白木台の積み重ねられた蔭に、うっそりと坐っていた。

と――。

板戸がそろりと開かれて、職人姿の小男が、入って来た。下忍《げにん》、捨丸であった。

狂四郎は、苦笑して、

「お前も、忍び込んでいたのか」

「貴方様に、いささかのお手扶《てだす》けをつかまつるべく――」

捨丸は、こたえた。

「おれが、何をしようとしているのか、知っているのか！」

「さればでござる」

捨丸はにやっとして、

「西丸大納言《だいなごん》様の御側から、曲者《くせもの》めを除こうと企てられていると存ずる」

「援《たす》けの押し売りは、ことわる」

「差出がましゅうは候《そうら》えども、この下忍めは、こうと思い立ったならば、じっとして居《お》れぬ男でござれば……、灌仏会《かんぶつえ》に、貴方様が、回向院の花見堂の尊像をま二つにされたのを、今宵《こよい》、真似《まね》申した」

「なに？」

「大納言様が目下、魂を奪われておいで遊ばす中﨟《ちゅうろう》殿に、チト悪戯《いたずら》をしかけ申した」

そう告げた捨丸は、次の刹那、颪の迅《はや》さで白木台の山を跳《と》び越えていた。

狂四郎の痩身《そうしん》から、殺気がほとばしったからである。

「眠様。それがしは、貴方様の家来として、働いてみただけでござる」

「去れ！」

狂四郎は、珍しく憤《いきどお》っていた。

「おれは、自分の方からたのんだおぼえのない手助けをされると、為《な》そうとすることまでが、いやになるのだ。……去らぬと、斬《き》るぞ！」

叱咤《しった》されて、捨丸は、かぶりをふると、云ったことだった。

「慍《おこ》られるのを承知の上で、やり申した。……どうやら、貴方様には、阿呆《あほう》のごとく、惚《ほ》れ申した。おゆるし下されませい」

舞台売女《ばいた》

一

江戸城内に、町人が自由に入ることができる日が、一年に三日ある。

正月三日の御謡《おうた》い初《ぞ》め、六月十六日の嘉祥御祝儀《かしようごしゆうぎ》、そして十月初の亥《い》の日の玄猪《げんちよ》の祝儀であった。

これを「町入能《まちいりのう》」と謂《い》う。すなわち、町人たちを自由に入城させて、能興行を催すのである。

もとより、自由に入城できる、といっても、前科のある入墨者《いれずみもの》などは許されず、町内の年寄によって吟味され、奉行所で許可された者に限る。

名主は勿論、地面持ち、あるいは家作持ちなどが資格者で、衣服は紋付に麻裃《あさがみしも》の定めだが、なかには、貧しい者は、縞の衣服に紙製の紋を貼付《はりつ》けた裃をつけることも黙認され、この日ばかりは、大名から町人まで、同じ気分になるような趣旨であった。

大名衆の御城揃《おしろぞろ》いは、五つ（午前八時）なので、それより一刻《とき》前に、江戸の町人たちは、大手門より、列をなして、入城する。

中之門《なかのもん》あたりに至ると、掛りの役人より、一人毎に雨傘《あまがさ》が渡される。もし万一、雨が降り出した時の用心のためである。

曾《かつ》て、いつの頃か、能興行中、にわかに雨が降って、露路に坐《すわ》った町人たちが、そぼ濡《ぬ》れ乍ら見物したに因《よ》って、爾来《じらい》、雨傘を渡される慣習となったものであろう。

それが、いつとなく、寄席《よせ》に入る時の下足札のように、町人は、この傘を証拠として、入ることをゆるされ、もし持っていないと、場所に入れないようになっていた。

すべての町人が、露路に、目白押しに坐った頃、大広間三之間では、万端、嘉祥祝賀式の用意がととのっていた。

三之間の東の衝立《ついたて》の前には、黒塗りの門扉《もんぴ》が二枚、平に並べてあった。矢玉の痕《あと》が無数にあった。すなわち、家康が遁《に》げ込んだ大樹寺の門扉であった。

この扉の前に、およそ一尺ぐらいの高い錫《すず》の瓶子《へいじ》二本に神酒《みき》を盛り、奉書紙を巻いて栓《せん》として、三方《さんぽう》に載せ供えてあった。

さて、二之間から三之間にいたる大広間には、昨夜のうちに作製されたさまざまの菓子を盛った膳《ぜん》が千六百十二膳、ずらりと並べられた一大壮観があった。

登城の大名衆は、大広間の四之間の拭椽《ふきえん》に溜《たま》っていて、儀式がはじまるや、高家《こうけ》、帝鑑之間《かんのま》、柳之間、雁之間《がんのま》、菊之間の順序で立って、御菓子役から、めいめい自分の好みの品を頂戴《ちょうだい》して、かたえの片木《へぎ》（白木の台）へのせ、すこし下って、右まわりに退出するのであった。

大名衆は、その菓子を御車寄せへ持って行って、茶坊主《ぼうず》に渡しておいて、あらためて、大広間前の能舞台の興行を見物するために、二之間、三之間、四之間のそれぞれのおのが座へ就《つ》くことになるのであった。

この日——。

不例の将軍家に代った大納言家慶《だいなごんいえよし》は、これまでのしきたりを破って、諸大名諸役人が着座するかしないうちに、さっさと中段に現れて、坐った。

町奉行榊原主計頭忠之《さかきばらかずえのかみただゆき》と筒井和泉守政憲《いずみのかみまさのり》は、あわてて、役人たちに、町人席へ酒をくばるように命じた。

酒をくばるのは、将軍家出御《しゅつぎょ》の前のしきたりであった。

というのは——。

酒の容器は、錫製の大きな瓶子が数十本であった。これは、空《から》になってもそのまま、町人に下げ渡す。そこで、数の足りない瓶子を、是非自分の町内へ持ち帰りたいのは人情で、この無上の縁起且《かつ》光栄をわが手で摑《つか》もうとして、争うことになる。瓶子が曲ろうが歪《ゆが》もうが、それも必死の競争のためならやむを得ず、露路では、一瞬、騒然たる争奪戦が演じられるのであった。

ところが——。

家慶が、さっさと出御して来たので、町人たちは、役人たちが、瓶子をかかげて、露路へ降りて来たものの、躍起になって奪いあう騒動を起していいものかどうか、とまどった。

すると、二之間から、高らかな声が、かかった。

「町人たち、上様《うえさま》のおん前でも苦しゅうないぞ、瓶子をわがものにせい」

諸大名諸役人は、おどろいて、視線をそこへ集中した。

西丸老中水野越前守《えちぜんのかみ》の横に坐っている榊原遠江守政令《とおとうみのかみまさのり》であった。すでに、隠居の身分であったが、今日は、右大将家慶の輔佐《ほさ》という資格で登城していた。

三千余の町人たちは、一時にわっと色めきたって、瓶子へ殺到した。

家慶は、唖然《あぜん》として眺めていたが、

「越前、凄《すさま》じいものじゃな」

と、云った。

「御威光にございます」

水野忠邦は、冷たい口調でこたえた。

威光といえば、この大広間にも、奇妙な景色があった。

すべての大名衆、役人衆、そして町人たちは、いずれも能舞台に向って坐っている。

これは、もとより当然のことだった。ところが、水戸、尾張、紀州の三家だけは、将軍家へ向って、平伏して、能舞台をうしろにしているのであった。終日その姿勢を崩《くず》さず、ついに、能を見物しないのである。これは、将軍家の権威を、当日出仕の諸役人町人らに示すための仕置きであった。

水野忠邦は、こうした慣習をにがにがしいものに感じていたのである。

二

嘉祥《かしよう》祝賀の能は、正月の謡初めの能とほぼ同じであった。

観世太夫《かんぜたゆう》が、四海波《しかいなみ》を謡うあいだに、拍子方《はやしかた》が出て、座に就《つ》くや、ただちに、老松《おいまつ》、東北《とうぼく》、高砂《たかさご》とつづけられる。

正月の謡初めは、それにひきつづいて、観世、宝生《ほうしよう》、喜多《きた》の三人の相舞で、弓矢立合がくりひろげられるが、嘉祥祝賀には、これが除かれ、代って、諸大名のうちから、修練を積んだ者が、素舞《すまい》を舞うしきたりであった。

今年は、榊原遠江守政令が、自ら申出て、素舞を舞うことになっていた。遠江守は、素舞の名手であった。

ところが、御能方太夫たちが、唐綾《からあや》の能衣裳《いしよう》を賜って、楽屋に引下った時、遠江守は、

「おそれ乍ら、本日、爺《じい》めは、神経痛甚《はなは》だしく、敢《あ》えて舞えば、ぶざまなてい
を御

覧に入れることに相成りまする故《ゆえ》、それがしの代りに、上様お気に入りのお方に、ご下命たまわりまするよう——」

と、申出た。

「そちに、まかせよう」

家慶は、興味もなさそうに、云った。

すると、遠江守は、

「されば、西丸よりおつれ遊ばした中﨟《ちゆうろう》志保殿に素舞を——」

と、指名した。

「志保に？　志保が舞えるのか？」

「なかなかの名手と、ききおよびまする」

家慶は、にわかに、顔をかがやかせた。

「それは、面白かろう。やらせい」

「かしこまりました」

遠江守は、立って行った。

志保を説き伏せるには、しばらく時間を要した。志保は、昨夜来の頭痛を訴えて、なかなか承諾しなかったが、遠江守のねばりに、ついに負けた。

若紫の帽子に前額をかくし、裏髪《つとがみ》の色ふかく、蕣染《あさがお》の大振袖《おおふりそで》、鮫《さめ》の大小を佩《お》びた小姓の忍び姿で、志保が舞いはじめたのは、意外にも、すでに、世にすたれた幸若《こうわか》であった。

大名衆をはじめ、町人たちは、思いもかけず、江戸城の能舞台で、そのむかしの——元禄《げんろく》の頃に現れた芝居座の舞台子の踊り姿を視せられて、陶然となった。

と——。

その静寂を破って、冴えた声が、ひびいた。

「売女《ばいた》め、誰も知らぬと思うて、得意げに、舞い居るわ！」

この罵詈《ばり》は、家慶の耳にも、とどいた。

家慶は、すっくと立つと、

「なんと申したっ？」

と、叫んだ。

諸大名諸役人、町人らは、固唾《かたず》をのんだ。

志保を罵倒《ばとう》した者は、おそれ気もなく——いや、その効果を予期していたであろう落着きはらった語気で、

「売女めが、むかしのことを口をぬぐうて、はれがましゅう舞うのが笑止、と申しました」

と、こたえた。

「遠江！　引き据えい！」

家慶は、顔面蒼白《そうはく》になっていた。

遠江守は、南北両町奉行が、役人らに下知《げじ》をくれようとするのを抑《おさ》えておいて、

「狼藉者《ろうぜきもの》、橋懸下《はしがかりした》まで、進み出い」

と、命じた。

露路にひしめく町人たちの中から、すっと立って、出て来たのは、黒の着流しの浪人者であった。異相が際立った。

両手をダラリと下げて、傘を持っていないのは、今朝大手門から入って来た者ではない証拠である。

遠江守は、ゆっくりと歩み出て、両奉行へ、

「それがしが、その狼藉者めを吟味つかまつる」

と、云った。

両奉行は、役人たちに包囲させておいて、いざとなると、直ちに討ちとる手筈《てはず》をとった。

「その方、何者じゃ？」

遠江守は、訊《たず》ねた。

「浪人眠狂四郎と申す」

「偽名じゃな?」

「御意——」

「なにが目的で、畏《おそ》れ多くも、御上覧の舞台をけがした?」

「御上覧の舞台を、性根《しょうね》の腐った女めがけがすのが、我慢ならず、思わず、吐きました雑言、おききすての程を——」

「性根の腐った、と申したな?」

「左様」

「幸若を舞うたは、上様御寵愛《ちょうあい》の女性《にょしょう》であるぞ。知っての上か?」

「もとよりのこと」

水野越前守忠邦は、この問答をきき乍ら、眠狂四郎が、中臈《ちゅうろう》志保を本丸老中側の間《かん》者《じゃ》と看破して、これを除くために、ひと芝居仕組んだな、とさとっていた。

しかし、この芝居は、どうやら、武部仙十郎の思案ではないようである。忠邦は、仙十郎から、何もきいていなかった。

——そうか! この榊原の隠居が、狂四郎の依頼によって、仕組んだな。

忠邦は微笑した。

三

「御中﨟が、性根の腐った女性であるという理由を申せ」

遠江守は、わざと大声で促した。

志保は、舞台の中央に佇立《ちょりつ》して、じっと、狂四郎を見下していた。その血の気の失《う》せた細いおもてには、憤《いきどお》りよりも、なぜか、困惑の表情が刷《は》かれていた。

「この女は、三年前に、それがしが、契《ちぎ》りました」

狂四郎は、云った。

「まことじゃな？」

「相違なく――」

「それで？」

「行末は必ず、それがしの女房になると誓い、自らすすんで操《みさお》を与えましたが……、いまにして考えれば、淫乱《いんらん》の所行でありました」

「ふむ。淫乱とな――ふむ！」

「その証拠に、そう誓った舌の根のかわかぬうちに、大奥より召されるや、それがしに一言の断りもなく、城中へ姿をかくし申した。はじめて、女の心を疑ったそれがしは、調べたところ、操を呉《く》れたのは、それがしばかりではなく、ほかにも三人ばかり――まことに、外面菩薩内面夜叉《げめんぼさつないめんやしや》とは、よくぞ申したもの、といっそ感服つかまつりました」

「眠狂四郎とやら、御中﨟と契った証拠があるか？」

狂四郎は、応《こた》えて、懐中から、舞扇《まいおうぎ》をとり出して、遠江守に渡した。

遠江守は、それをひらいた。

君なくば何ぞ身粧《みよそ》はん匣《くしげ》なる
黄楊《つげ》の小櫛《をぐし》を取らんとも思《も》はず
狂四郎さま参る　　　志保より
高らかに誦《しよう》した遠江守は、しずかな足どりで、橋懸《はしがかり》から舞台へ入り、

「御中﨟殿、おききなされたか？」

と、志保を見据えた。

「ききました」

志保は、はっきりとこたえた。

「この舞扇を、彼《か》の浪人者めは、貴女様より貰《もろ》うたと申して居《お》りますぞ」

「…………」

「嘉祥の御祝いに、かかる不祥の事態を惹起《じやつき》仕《つかまつ》りし上からは、黒白を明らかにいたさねばなり申さぬ。……御返辞をたまわりたい」

そう云《い》って、遠江守は、舞扇を、志保に手渡した。

勿論、遠江守は、志保が否定するものと、思っていた。志保にとっては、まったくの濡《ぬ》れ衣であったのだ。こちらが勝手につくった筋書きなのである。

——憤りを顔に出さずに、こうも静かにしていられるのは、よほどの気丈者よ。

遠江守は、胸の裡《うち》でそう呟いていた。

これほどの気丈者だから、大納言の生命を縮める役に、えらばれたのであろう。

遠江守は、志保が、舞扇をけがらわしいもののように、投げすてるであろう、と思っていたが、意外にも、ひらいて、じっと読んだではないか。

それから、光のある眸子《ひとみ》で、遠江守を視《み》かえすと、

「たしかに、この舞扇は、あの御仁《おひと》に贈りました」と、こたえたのである。

遠江守は、内心唖然《あぜん》とし乍ら、

「行末を契る証拠の品としてでござるか？」

「はい」

——この女は、なんのこんたんがあって、根も葉もない嘘を、肯《うなず》くのか？

遠江守の方が、狼狽《ろうばい》をおぼえた。

この時、水野越前守が、すす……といざって、上座へすすみ、何事か、家慶《いえよし》に云いかけていたが、やがて、家慶を奥へ去らせておいて、小姓が捧《ささ》げていた佩刀《はいとう》を把《と》ると、広縁まで、出て来た。

「上様の仰《おお》せられるには、因果な契りをむすんだ男女なれば、この場において、首をならべてあの世へ送ってやるのが慈悲であろう、との御下命である。折もよく、このたび、上様の御佩刀として、長船兼光《おさふねかねみつ》が選ばれたるをもって、御様《おんためし》にいたす」

そう云って、忠邦は、遠江守に、その佩刀を渡した。

志保は、役人に両手を摑《つか》まれて、舞台から降ろされ、狂四郎の脇に、ひき据えられた。

遠江守は、佩刀を携《さ》げて、二人の前に立つと、

「似合いの一対じゃ。覚悟はよいかの？」

「生胴様《いきどうためし》をされるそうなが、当方の希望を申上げてもよろしいか？」

「なんじゃな？　申してみよ」

「生胴様には、十六箇所がある。両車、太太《だいだい》、雁金《かりがね》、乳割《ちちわり》、袈裟《けさ》、立割《たてわり》、脇毛《わきげ》、車先《くるまさき》、摺附《すりつけ》、下立割、三の胴、二の胴、一の胴、小袈裟《こげさ》、足袋《たび》形、袖摺《そでずり》――」

狂四郎が挙げる箇所を、殆どの人が知らなかった。

狂四郎は、説明した。

両車は腰、臍《へそ》の下一寸ほどを腰骨にかけて斬《き》る。太太は、乳房より二寸程上。雁金は乳房より一寸五分程下部。乳割は乳房の上部。袈裟は右の肩より左の脇乳の下へかけて斜に斬る。立割は、左肩より真《ま》っ直《すぐ》に、乳の下まで斬り下げる。脇毛は乳房の少し下方。車先は、臍の上を目当に斬る。摺附は、乳房の一寸ほど下。下立割は、逆さに睾丸《こうがん》より

下腹まで斬り上げる。三の胴は、臍の上二寸ほどのところ。二の胴は、それより二寸ほど上。一の胴は、さらにまた二寸ほど上。小袈裟は、左の肩より左の腕の附け根を斬り放す。足袋形は、足くびを斬り落す。袖摺は、手首を斬り落す。

「さて――皆みな様に申上げる。武士は、生胴様をされるに当り、禁令によって、自ら、如何様《いかよう》に斬られるか、希望することがゆるされて居り申す。自ら希望して斬られれば、上意討ちにされた面目と相成るからでござろう。……されば、それがしは、まず雁金にて斬られ、返す刀で下立割され、さらに一の胴をもって、息絶えさせられた後、袖摺をお願いつかまつる。なろうことならば、それがしのかたえの女人もまた、それがしと同様に、斬って頂こう。……見わたしたところ、御大名衆、御役人衆、徳川家の家臣のかたがたは一人のこらず、列座なされる。すすんで、御刀を把《と》られる御仁が、百人や二百人はおいでと存ずる。お願いつかまつる」

狂四郎は、そう云いはなった。

痛烈な皮肉であった。

狂四郎が希望する雁金、下立割、一の胴、袖摺を、瞬息の間に、正確に試みることのできるのは、よほどの達人でなければならぬ。家慶じきじきの命令による処罰であるからには、仕損じてはならぬのである。

遠江守は、ずうっと見渡して、

「罪人めは、斯様《かよう》に申して居りますぞ。われと思わん御仁は、お立ちめされい」

と、すすめた。一人として立つ者はなかった。この祝賀の儀式に、本丸老中側が使う手練の隠密たちは、一人も座を与えられてはいなかったからである。

「どなたも、お立ちめさぬのか。されば、やむ得ぬ仕儀でござる。罪人両名を、御様《おんためし》にいたすことは相叶《あいかな》わぬ」遠江守は、云って、狂四郎と志保に、立て、と命じた。

四

陽《ひ》が昏《く》れた時刻、宗十郎頭巾《ずきん》の狂四郎は、お高祖頭巾《こそずきん》で顔を包んで下方風に縞《しま》の小袖《こそで》をまとった志保をつれて、護持院原《ごじいんがはら》の暗い木立の中を抜けようとしていた。

江戸城を抜け出た時から、二人のあいだには、沈黙がつづいていた。

志保は、ずうっと俯向《うつむ》いて、順《つ》いて来ていたが、ふっとわれにかえったように、顔を擡《もた》げた。

月かげに滲《にじ》む黒い痩《や》せた背中へ、じっと眸子《ひとみ》をあてて、

「うかがいますが、わたくしを、どうしようとなされるのです？」と、問うた。

「どうもせぬ」

狂四郎は、こたえた。

「貴方は、わたくしを、女として堪《た》え難い恥をかかせて、つれ出されたではありませぬ

か？」

「そなたは、あの時、なぜ否定しなかった？」

「榊原遠江守殿が仕組まれた芝居と存じましたゆえ——」

——そうか、この女は、姫路騒動のことを知っていたな。

元文年間、榊原播磨守政岑《はりまのかみまさみね》が、側妾《そくしよう》お糸の方に惑溺《わくでき》した時、鉄砲三十挺頭《ちようがしら》の鈴木主水《もんど》が、お糸の方を遠ざける存念で、一計を案じ、主君の面前で、この女とは、町方にいた時、私通して、子まで孕《はら》ませたことのある、といつわったところ、お糸の方は、これを意外にも肯定し、主水と二人で追放されたのであった。お糸の方は、主水のたぐいないほどの美貌《びぼう》に惹《ひ》かれたのである。

主水が、お糸の方を遠ざけ、奸臣《かんしん》押原右内を斬《き》ったおかげで、榊原家は、播州《ばんしゆう》姫路から越後《えちご》高田へ国替えを命じられただけで、事なきを得たのである。

お糸の方が、吉原の遊女に堕《お》とされて、白糸となった果てに、鈴木主水と、心中している事実は、いまも、ざれ唄《うた》になって、巷間《こうかん》にうたわれている。

志保は、このふしぎな心中事件の真相を、知っていたのである。

「榊原播磨守の側妾お糸の方は、鈴木主水の美貌に惚《ほ》れたゆえ、嘘をまことと肯《うなず》いたかも知れぬが、あいにく、わたしは、そなたを一目惚れさせるような色男ではなかった。そなたが、お糸の方を真似《まね》たのは、ほかに存念があったからであろう」

志保は、しばし、黙っていたが、やがて、ひくい声音《こわね》で、

「生きているのが、いやになったのです」

と、こたえた。

この時、狂四郎が、ぴたりと足を停めた。

「先へ行ってもらおう」

「え？」

「城中からの尾行者は二人であったが、いつの間にやら、七名に増えた。ここらあたりが、修羅場《しゅらじょう》には恰好《かっこう》であろう。……そなたには、先に行ってもらわねばならぬ」

「わたくしには、行く先がありませぬ」

「ある筈だ。佃島《つくだじま》に銭五船が待っている。……あの船に乗れば、そなたが帰依《きえ》した宗門の本拠ローマまでも、はこんでくれるのではないか。生きる道を、そこの青目の坊主《ぼうず》が、教えてくれよう」

そう云いすてた狂四郎は、踵《きびす》をまわすと、尾行者の群へ向って――無想正宗を鞆《ちぬ》らせるべく、歩み出していた。

水中の家

一

驟雨《しゅうう》のあとに、陽がさした。まだ、遠く、雷鳴は空にあった。

軒下で雨やどりしていた人々が、一時に、往還へ出て、いそがしく東西へ散って行く。

数日前から急に暑気が増して、埃《ほこり》によごれていた街が、この雨できれいに洗われて、吹き渡る風のすずしさが、行き交《か》う人々の顔をあかるくしている。

とある腰掛茶屋から出た眠狂四郎は、ものの五歩も行かぬうちに、立ちどまって、足もとの水溜《みずたま》りへ、視線を落した。

鏡になって、ひとつの貌《かお》を映したのである。

狂四郎は、視線を移して、左側の家の二階を仰いだ。

瞬間――そこの格子窓《こうしまど》が、光を炸裂《さくれつ》させて、火矢を、狂四郎めがけて、飛ばして来た。音はなかった。

狂四郎は、後方へ跳《と》んだ。

火矢は、水鏡を刺して、濛《もう》っと白煙を噴《ふ》いた。

もうその時は、狂四郎の速影は、その家へ躍《おど》り込んで、階段を駈《か》け上っていた。

『鐔屋《つばや》』という看板をかかげていたが、薄暗い店には、何ひとつ飾られては居《お》らず、人の姿もなかった。

狂四郎は、駈け上り乍ら、当然、敵に迎撃の用意はあろう、と思った。

ところが——。

踏み込んだ部屋は、がらんとして、焔硝《えんしよう》の匂《にお》いがただよっているばかりであった。

見まわした狂四郎は、そのまま、部屋を出ようとした。次の刹那《せつな》、翻転《ほんてん》しざま、抜きつけの白い閃刀《せんとう》を、一直線に、床の間にかけられた山水の掛物へ、つらぬかせた。

充分の手ごたえがあった。

まず——。

掛物を、一本の手が、苦悶《くもん》の状を滲《にじ》ませて、摑んだ。

狂四郎が、刀をひき抜くと同時に、隠れ穴から、一人の男が倒れ出た。

町人ていをしていたが、呻《うめ》きひとつ洩らさぬ断末魔ぶりは、忍びの役に就《つ》いて来た者の証左である。

狂四郎は、隠れ穴を覗《のぞ》いてみた。階段が通じている。

跫音《あしおと》を消して、降りはじめた。冷たい風が、吹きあがって来た。

――部屋があるな。

そう直感した。

勾配《こうばい》の急な階段は、長くつづいて、これは、あきらかに、地下にみちびくものだった。

降り立ったところに、格子戸《こうしど》がはめられ、内部は、しもたやのつくりであった。

――地下に家をつくっているのか。

格子戸を開いて、内部の気配へ耳を当てた。

衣《きぬ》ずれがひびいて、障子が開かれた。

いかにも清純な容子《ようす》の、十七八の娘が、狂四郎を視《み》て、はっと息をのんだ。

「あるじがおいでなら、お目にかかろう」

狂四郎は、云った。

いったん、奥へ入った娘は、すぐに現れて、頭を下げた。

廊下がまっすぐに通って居り、左右は檜戸《ひのきど》で仕切られていた。

つきあたったところにも、檜戸があった。

娘が、膝《ひざ》まずいて、それを開くと、まぶしいほどの明るさが、狂四郎をおどろかせた。

広い座敷に、光が満ちて、ゆれていたのである。欄間《らんま》にあたるところが、玻璃《はり》になり、光は、そこから注ぎ入っていた。

玻璃のむこうは、水であった。

部屋の上を大川が流れているのであった。陽は、大川の水を透し、玻璃をくぐって、その屈折した光を、座敷いっぱいに満ちあふれさせている——。

狂四郎は、座敷の中央に敷き延べられた褥《しとね》に、仰臥《ぎょうが》している人間を、視た。

意外にも、それは、異邦人であった。

病んで久しいのであろう、痩《や》せおとろえて、たださえ高い鼻梁《びりょう》が、奇巌《きがん》のように怪しく眺められる。

胸で組んだ両手が、いちめんに褐色《かっしょく》の毛で掩《おお》われているのも、うす気味わるい。

「あの男に、わたしを襲わせたのは、お手前か？」

狂四郎は、座に就くと、訊《き》いた。

異邦人は、やおら、顔をまわして、狂四郎を視た。

「あなたは、どなたか？」

黄色に澱《よど》んだ眼眸《まなざし》に、怪訝《けげん》の色が浮いた。

「眠狂四郎、とおぼえておいて頂く。往来を通り過ぎようとして、火の矢をあびせられ、やむなく、押し入って、仕止めたついでに、ここへ参上することに相成った」

「わたくしが、命じたのではありません。藤五が、自分で、考えて、あなたを殺そうとしたのでしょう。……あなたの名まえは、きいています。銭屋さんの仕事を、じゃましようとしているお人ですね」

──そうか。おれが、向いの家の軒下に雨やどりしているのを、藤五という男は、見張っているのだと、誤解して、仆《たお》そうと企《はか》ったのだな。

狂四郎は、あらためて、座敷を見わたした。銭屋五兵衛ならば、大川の水底に、こんな隠れ家《が》をつくることぐらい、造作もないであろう。

「お手前は、銭屋につれて来られた伴天連《ばてれん》であろうか？」

「いや、ちがいます。……わたくしは、シーボルトです」

「シーボルト?!」

狂四郎は、大きく目を瞠《みは》った。

二

当時、シーボルトの名は、あまりにも高かった。

鎖国日本を、はじめて、世界に紹介したのは、和蘭《おらんだ》商館に甲比丹《かぴたん》の随員としてやってきたケンフェルである。しかし、シーボルトは、日本を世界に紹介しただけではなく、世界を日本に紹介した人物であった。

南独逸《どいつ》ウェルツブルグの外科医の家に生れたシーボルトは、一八二二年（文政五年）和蘭政府に聘《へい》せられ、和蘭東印度商社の衛生士官として、東洋へ渡って来て爪哇《じゃわ》駐在の聯隊《れんたい》付軍医として、勤務していた。

やがて、ファン・ストウルレンという人物が、長崎出島《でじま》の商館長となって赴任するに当り、シーボルトは、医官となって、随行するように命じられた。すでに、その時、シーボルトは、日本語を学んでいたのである。

シーボルトが長崎に到着するや、日本通辞は、シーボルトの巧みな日本語に接して、かえって、疑った。ローマから派遣された伴天連ではあるまいか、と。

あきらかに、独逸人シーボルトは、出島商館の和蘭人たちと、風貌《ふうぼう》のみならず、発音までもちがっていたからである。

しかし、無限かとも思われる豊かなその学識は、たちまちのうちに、長崎奉行をはじめ、すべての人々を敬服せしめた。

シーボルトの任務は、出島在館の和蘭人の疾病《しっぺい》を治療するにあったが、そのうちに、自らすすんで、日本の患者のところへも足をはこび、門下に集って来る若い武士たちに、授講することを吝《おし》まなかった。

長崎奉行は、公儀《こうぎ》に稟請《りんせい》して、シーボルトが、自由に出島から出られる便宜を与えた。

シーボルトは、長崎通辞出身の医師吉雄幸載《よしおこうさい》、楢林《ならばやし》栄建の邸宅へ、隔日に出張して、患者を診察し、治療するとともに、長崎における有力者高島秋帆《しゅうはん》の尽力によって、日本人の名義で、鳴滝《なるたき》に家屋を購《あがな》って、校舎とし、四方から集る好学の徒に、医学のみならず、政治、経済、地理、人類、動物、あらゆる学科を講義した。

シーボルトの評判は、一時に、天下にとどろいた。その時、渠《かれ》は、まだ三十歳であった。

シーボルトは、おのが豊富な知識を、惜しみなく、日本人へわかち与えると同時に、日本人からも、日本研究の資料を、むさぼるように集めた。

そして、文政九年には、江戸に上って、将軍家に謁見《えっけん》し、多くの学者とも語っている。

シーボルトが、その目的である日本研究を遂げて、バタビヤへ帰ろうとしたのは、文政十一年であった。

不運は、暴風雨に遭って、再び長崎に漂着したことであった。

たまたま、頑固《がんこ》な幕吏によって、その行李《こうり》の中を調べられたために、シーボルトとその門下数十名が、獄舎につながれることになった。

行李の中にあったのは、分間江戸大絵図、新増細見《さいけん》京絵図、琉球国《りゅうきゅうこく》地図、江戸名所絵、朝鮮国図、装束図式、天気儀、気候儀、大日本細見指掌全図、浪華篠応道撰、公家《くげ》之図、丸鏡、古銭、桶狭間《おけはざま》合戦記、同古跡記、無間鐘《むけんのかね》由来記、中山刃帷子《やいばかたびら》、夜泣石《よなきいし》敵討《かたきうち》、刀二腰、書物などであった。

日本の地図を、国外へ持ち出すことは、厳禁されていたのである。

シーボルトが捕えられるや、和蘭政府は、商館に累《るい》の及ぶことをおそれて、弁護を避けてしまった。そのために、シーボルトが、和蘭人でないことが、露見してしまった。

苛酷《かこく》な鞠問《きくもん》を、三月間くりかえされた挙句、シーボルトは、数年間にわたって聚《あつ》めた貴重な資料を悉《ことごと》く没収され、再び渡航して来ることを禁じられた上で、便船によって日本退去を命じられたのであった。

旧臘《きゆうろう》中旬のことである。

三

「すでに、日本に居らぬ筈の御仁が、どうして、ここに寝ているのか？」

狂四郎は、訊ねた。

「船が難破しました。硫黄島《いおうじま》の磯辺《いそべ》にうちあげられたところを、銭屋さんの船に救われたのです。わたくしは、その時、自分の国へ帰ることを断念しました。……わたくしは、もう、帰ろうとしても、帰れないでしょう」

狂四郎は静かな声音《こわね》で告げる異邦の医師を凝《じ》っと瞶《みつ》めていたが、

「お手前は、銭屋にとって、多分に、利用価値があるようだ。お手前の知識は、銭屋に、さらに莫大な富をもたらすことになろう」

と、云《い》った。

「富を？」

「銭屋は、おそらく、お手前を利用することしか考えて居るまい」

「銭屋さんは、わたくしを、危険を冒して、ここまで、つれて来てくれました。親切な人です」

「さあ、どうであろうか。わたしの観《み》る銭屋は、私慾《しよく》のためには、いかなる残忍な手段をも敢《あ》えて辞せぬようだ。……お手前の患《わずら》っている病気が、何か知らぬが、銭屋は、お手前の希望する医師を、つれて来たであろうか？」

「…………」

シーボルトは、目蓋《まぶた》を閉じた。

渠《かれ》が教えた人々の顔が、次つぎと泛《うか》んで来るのであったろう。

吉雄幸載、楢林宗建、同栄建、美間順蔵、高《こう》良斎、伊東玄朴、青木周弼《しゅうひつ》、青木研蔵、二宮敬作、高野長英、小関三英、戸塚静海、竹内玄同、畑崎鼎《かなえ》、石井宗賢、島田良定ら……。

それらの人々の大半は獄に下っている。しかし、なお縄目《なわめ》をまぬがれて、市井にひそんでいる者は、二人や三人は、いる筈であった。

銭屋五兵衛は、なぜその門弟らをさがし出して、ここへつれて来ないのか？

「銭屋は、お手前に、お手前が教えた医師らは一人のこらず、捕えられた、と告げているのではないか？」

「………」

「お手前の門下に集ったのは、国禁を犯しても、西洋の医術を知りたいと志した勇気のある人々であった、と考えられる。公儀の探索の目をくらまして、市井にひそみ、やがての秋《とき》を待っている士が居らぬ筈がない。……銭屋は、いると知りつつ、さがしもせず——いや、居処《いどころ》が判っていても、ここへはつれて来ぬ」

「………」

「銭屋は、お手前から、蚕《かいこ》に糸を吐かせるように、すべての知識を吐かせようとしているようだ。……それが、証拠に、ちゃんと、餌《えさ》を与えている」

「餌？」

「左様——。お手前は、医師にも拘《かかわ》らず、薬餌《やくじ》に麻薬を混ぜられているのに、気づいていないようだ」

「………」

シーボルトは、大きく双眸《そうぼう》をひき剝《む》いた。

「お手前の、そのまなこには、麻薬に中毒した者のみが示す、潤《うる》みが現れて居る。やがて、お手前は、麻薬が切れた時の、苦痛をあじわうことになる。銭屋は、その時を、待って居る」

シーボルトは、なお、しばらくのあいだ、沈黙をつづけていたが、やがて、

「牛込《うしごめ》――薬王寺、門前、というところに、伊藤源三郎、という人が、います」

と、云った。

「医師か？」

「いえ。学校ひらいて、子供に教えている筈です。……わたくしが教えた人のうちで、いちばん、秀《すぐ》れていました。行ってみて、下さい」

「承知した」

狂四郎は、座敷を出た。

この時、娘の姿が、現れないのを、不審におぼえなかったのは、狂四郎の不覚というべきであった。

四

当時、江戸の子供は、男女とも、武家町家を問わず、六歳から、文字を読み書くことを習った。

幼童筆学の師は、市中町毎に、ないところはなかった。そして、大層はやっていた。すくないところで五十人、多いところは、二百人をこえていた。

師たる仁《ひと》は、くらしぶりは質素で、常に顔に微笑をたたえて、親切を旨《むね》とし、どんなに子供たちがさわいでも、決して叱《しか》らなかった。それが、多くの子を集めるコツというものであったろう。

むかしは、寺小屋と称《よ》んだが、いまは手習師匠という。

ならわしとしては、子供が六歳になると、その年の六月六日を以《もっ》て師に就《つ》かせると、万端の障《さわり》を受けぬと縁起をかついで、この日師弟の縁を結ぶ者が多かった。式物は、白《はく》扇《せん》一対か、または銭百文より銀一朱を目録に包んだ。

品行且《かつ》は徳義を先導するものは、まず手習師匠のほかにはない、と尊敬されていたので、親がわが子をつれて、弟子《でし》の礼をとるのは、大変うやうやしかった。

手習机、硯函《すずりばこ》、水灌《みずいれ》、硯、墨、筆、雑巾《ぞうきん》、手習双紙、師に筆を乞《こ》う手本のほかに、弟子一同へ配る菓子も、充分吟味して持参したものである。

眠狂四郎が、牛込薬王寺門前の手習師匠伊藤源三郎を訪れたのは、恰度《ちょうど》六月六日にあたっていた。

陽焼《ひや》けた紙袋をいっぱいつけた枇杷《びわ》の樹《き》が、ひくい土塀《どべい》の上からのぞいている横丁に入って、

——あそこか。

と視《み》やった時。

突如、その家から、けたたましい悲鳴が、ほとばしった。

門前へ奔《はし》った狂四郎は、泣き叫んでなだれ出て来る子供たちの群を眺めて、咄嗟《とっさ》に、

地を蹴って、土塀の上へ躍った。

同時に、庭から、頭巾で顔を包んだ者が、土塀上へ——狂四郎と一間の距離へ、はね上って来た。

狂四郎独特のひくい鋭い気合が、腰の無想正宗もろとも、噴《ふ》いて出た。

道へ跳ばんとした足を釘《くぎ》づけされた対手《あいて》は、抜刀のいとまも与えられず、身をやや沈めて、じりっじりっと、あと退《すさ》った。

「抜け。待とう」狂四郎は、云った。

無想正宗が下げられた——刹那《せつな》、対手のからだは、翼を持ったように、宙のものになっていた。

疾風《つむじ》の迅さに、流石の狂四郎も、無想正宗でふせぐ技を持たなかった。

流星に似た飛び撃ちの下を、狂四郎の痩身《そうしん》は、庭へ跳躍した。

敵は、狂四郎の立っていたところより一間の後方へ、片足で降り立った。次の瞬間、大きく身を傾けるや、庭のくさむらへ、落ちた。

狂四郎が、跳び遁《のが》れ乍ら、抜き投じた脇差で、その片足を——蹠《あしうら》から、膝《ひざ》まで、刺しつらぬかれていたのである。

狂四郎は、鍔《つば》もとまで突き通された片足が、二三度びくんびくんと痙攣《けいれん》するのを視てから、ゆっくり歩み寄った。

頭巾で包んだ顔は、草に埋められていた。

仰向けさせると、すでに、事切れていた。義歯にかくした毒を服したに相違なかった。

忍者の自決手段のひとつであった。

——無駄な死体が、おれの手で、どれだけつくられるのか。

狂四郎は虚無の呟きを、そこへ落しておいて、屋内へ入った。

そこに——総身を朱に染めて、床柱に凭《よ》りかかっている人物を、見出して、狂四郎は、静かに近づくと、

「伊藤源三郎殿だな」と、声をかけた。

半眼をひらいた手習師匠は、

「どなたか?」

気力で保たせた声音を返した。

「お主《ぬし》の恩師シーボルトにたのまれて、訪ねて来たが、一足おくれた」

「シーボルト先生に?……先生が、どこに?」

「この江戸の某処で、患《わずろ》うて居《お》る」

伊藤源三郎は、これをきくと、不意に、立とうとした。

叶《かな》わず、崩れた瞬間には、血汐《ちしお》に濡《ぬ》れた顔に、死相をあらわにした。

「先生が……、江戸に——おいで、なのか！……わ、わしは、死ねぬ！　ひと目お目に、

かかるまでは、死ねぬ！」

床柱にすがって、文字通り必死の力をふりしぼって起き上るさまを、狂四郎は見戍《みまも》り乍ら、悪寒《おかん》のように、不吉な予感が、からだを吹きぬけるのをおぼえた。

狂四郎が、『鐔屋《つばや》』の看板をかかげたその家へおもむいたのは、その日の黄昏刻《たそがれどき》であった。大戸がおろされ、それに貼紙《はりがみ》がしてあった。

「無中に有を生ずれば、亦《また》有中に無を生ずる事もある可《べ》し。空々寂々。無用の者は入るを得」

――きいた風な文句だ。

狂四郎は、苦笑した。

――おれに対する示威と、受けとってよさそうだ。

狂四郎は、大戸の一枚をはずした。

油断のならぬ強敵が、ひそんでいる、と考えてよかった。

土間に一歩入って、全神経を屋内に配った。気配はなかった。

――待ち伏せている筈なのだ。

狂四郎は、ゆっくりと、階段をのぼりはじめた。

六段目に、足をかけた瞬間、どういう仕掛けになっていたか、階段は、音たてて、崩れ落ちた。

狂四郎の五体が縮むと、二階の踊り場へ、躍《おど》り上った。当然、敵の襲撃があるものと予期して、無想正宗が、右手に抜きはなたれていた。

幾秒間かを、踊り場に佇立《ちょりつ》し乍ら、二階にも、気配がないことを、訝《いぶか》った。

やがて——。

狂四郎は、床の間の隠れ穴に、身を入れていた。

階段を降り乍ら、闇の底から、きわめてひそやかな音が、つたわって来るのを、きいた。なんの音か、判らぬままに、五六段降りて、狂四郎は、はっとなった。

水のにおいをかいだのである。ひそやかにひびいて来るのは、水の音だったのである。

——そうか！

闇に馴《な》れた眼眸《まなざし》を凝《こ》らした狂四郎は、数尺下が、大川の水にあらわれているのを、視《み》わけた。

あの風雅な地下の家は、水中に没してしまったのである。

シーボルトは、家とともに沈んだのか？　それとも、何処《どこ》かへ拉《らっ》し去られたのか？

狂四郎は、遠くから、銭屋五兵衛のあざ嗤《わら》う声が、ひびいて来るような気がして、おのれの敗北を、率直に、みとめようとしていた。

水《み》戸《と》天《てん》狗《ぐ》

一

本丸老中・水野出羽守《でわのかみ》忠成の名をもって、榊原遠江守政令《さかきばらとおとうみのかみまさのり》に、招聘状《しょうへいじょう》がとどいたのは、堪《た》え難いばかりの暑気が襲来した日であった。

招聘状には、

「今宵《こよい》、一盞《さん》を差上げたく——」

と、あった。

遠江守は、一読して、「無駄だの」と呟いた。当方は、もはや高田十五万石の藩主ではない。ただの隠居である。西丸の右大将家慶《いえよし》の輔佐《ほさ》という資格で、登城はできるが、公《おおやけ》の儀式には列座できぬ身分である。

本丸老中が、わざわざ、乗物を寄越して、招聘する対手《あいて》ではない筈である。

上屋敷の方から来合せていた江戸家老佐古屋喜内は、不安げに、

「参られませぬか？」

と、見戌《みまも》った。

拒絶すれば、角が立つ。しかし、毒殺されるおそれもある招聘に、応ずるいわれはないのである。

「参ってもよいが、むこうのこんたんが見当つかぬのは、面白うない。……おどかしであろうが、無駄なまねを、出羽守ともあろう者が、なぜ、やるか——そこのところが、判らぬの」

「それがしが、代理つかまつりましょう」

「うむ。そちならば、毒殺はされまいが……代人に出羽守は会わぬぞ」

「かえって、その方が、事なきで済ませられるかと存じます」

佐古屋喜内は、もとは松平定信の側臣であった。定信が、公職からしりぞくにあたって遠江守の乞いで、榊原家へ、移籍させたのである。信頼の置ける人物であった。

喜内は、供二人を連れただけで、宰相邸へおもむいた。

喜内にとって、宰相邸は、十余年間起居した、なつかしい屋敷であった。

乗物が、正門を通りすぎるのをさとって、喜内は、迎えの士に、

「どこから入られる?」

と、問うた。

「中口より入り申す」

これをきいて、喜内は、不快の念を催した。

——中口を、また復活させたとは。

中口と称する側庁は、田沼意次《おきつぐ》時代に最もさかんであった賄賂口《わいろぐち》であった。ひそかに、内謁《ないえつ》を乞う者は、みな、この中口に入ったのである。

松平定信が、宰相となるにおよんで、まず最初になしたのは、この戸を塞《ふさ》いだことであった。

訪れる客は、例外なく外庁に通して、監吏臨席の上で、その口上をきいて、用件を定信の耳につたえるようにさせたのであった。帳簿を置いて、いちいちその姓名を記させたので、さしも盛んであった苞苴請托《ほうしょせいたく》の積弊も、直ちに止《や》んで、ひそかに謁見を乞う者は一人もなくなった。

その後、何者の仕業《しわざ》か、ある夜、門扉《もんぴ》の中央に、大きさが盆ほどの膏薬《こうやく》が貼りつけてあった。

門番が発見して、おどろいて、定信まで、通じた、定信は、剝《は》ぎとるのをやめて、自ら、墨太に、「痛みは上に在るか、それとも、下に在るか?」と書いて、その紙を、膏薬の側に、貼らせておいた。

すると、その宵のうちに、次のような文句が、書き添えられた。

「近年の出来物、わが国にては瘡毒《そうどく》とぞ申す」

けだし、その意は、瘡毒は百病の中でも特に珍しい病で、定信の相才《しょうさい》も古今に類《たぐい》少い重器とみた、というにあった。

せっかく、旧主によって、塞《と》じられた贈賄《ぞうわい》請託口が、再び、水野出羽守によって開かれている、と知って、佐古屋喜内が、不快に思ったのは、当然であった。

中口の一室に坐《すわ》らされた喜内は、そこが、曾《かつ》ての旧主の書屋であったのを、なつかしんだ。

喜内にとって、忘れ得ぬ出来事が、この座敷で演じられたものであった。

将軍家斉《いえなり》が、不意に、この宰相邸にお成りになったことがある。まったく、なんの前ぶれもなかった。

屋敷内は、大騒ぎになったが、定信一人は、平然として、

「上様《うえさま》が、なんのお達しも遊ばされずに、城外へお出ましになる筈がない。贋物《にせもの》であろう。追いはらえ」

と命じておいて、書屋を動かなかった。

ところが、しばらくすると、突然、障子を開いて、定信の前に立ったのは、若年の将軍家斉であった。

血相を変えていた。

家斉は、かねてから、父の一橋治済《ひとつばしはるなり》を西丸に迎えて、大御所の尊称を奉《たてまつ》ろう、と欲

して、しばしば、定信に諮《と》いていた。しかし、定信は、堅く義をとって許さなかったのである。

一橋治済は、八代将軍の孫であり、当将軍の実父であったとはいえ、三位中納言《さんみちゆうなごん》の身分でしかなかった。西丸に入って大御所になる資格はなかったのである。

家斉は、この日、わざわざ将軍家が足をはこんで、宰相邸へおもむいて、たのめば、定信も、承知するのではあるまいか、と思っていたに相違ない。

贋物として追い返されようとしたのに、逆上した家斉は、ふみ込むや、いきなり、抜刀して、定信を、睨《にら》みつけた。

定信は、神色自若として、微動もしなかった。

まだ十八歳にしかならぬ家斉は、定信の威厳に圧倒されて、立往生してしまった。

そこへ、あわてて入って来た側衆《そばしゆう》の平岡頼長が、この光景を一瞥《いちべつ》するや、咄嗟《とつさ》の機転で、

「上様には、御召しの佩刀《はいとう》を賜わるげに見えました。越中殿には、なぜ、はやく頂かれませぬぞ」

と、云った。

家斉は、その言葉にすくわれて、白刃を、定信の膝《ひざ》の前へ抛《ほう》りかけておいて、さっさと立去ったのであった。

喜内は、そのさまを、衝立《ついたて》の蔭から、目撃していたのである。

四十年前の出来事を、昨日のことのように、思い泛《うか》べて、喜内は、まだ灯も入れられぬ宵闇《よいやみ》の中で、ほっと溜息《ためいき》をついた。

その時——襖が、開かれた。

二

入って来たのが、本丸の老臣土方縫殿助《ひじかたぬいのすけ》であるのを、喜内はみとめた。

土方縫殿助は、田沼意次の下にいた井上伊織と全く同じ立場に居《お》り、いやしくも出羽守に取入らんとするには、まず土方に袖《そで》の下をつかって、機嫌をとり結ぶのを捷径《しょうけい》とする、と世間からもっぱら噂をされている人物であった。

出羽守と縫殿助は、唇歯《しんし》の間柄で、いまでは、老中の方が、権臣の傀儡《かいらい》化した、とささえ、城中ではささやかれているくらいであった。

喜内は、平伏して、主人遠江守《とおとうみのかみ》儀病臥《びょうが》中のためせっかくの招聘《しょうへい》にも応じられぬ旨を、詫《わ》びた。

縫殿助は常人の二倍はあろうかと思われる巨《おお》きなまなこを、凝《じっ》と喜内に据えていたが、

「遠江守殿には、当家主人に対し、如何《いか》なる意趣がおありか、蔭にやしなわれている忍びの者を、次つぎに、当邸へ送り込まれる。御存念が奈辺《なへん》にあるや、膝を交えて、腹蔵

なき談合をいたせば、おのずと氷解いたすべき事柄と存じて、お招き申上げたにも拘《かかわ》らず、病臥と詐《いつわ》られるは、まことに遺憾の儀に存ずる。……敢えて、敵対されると解釈いたしても、よろしゅうござるな？」

「意趣ありなどとは、滅相もない次第にて、あるじはただの隠居身にて、日々つつがなく銷夏《しょうか》つかまつるを幸いといたして居るばかりにございまする」

「黙らっしゃい！」

縫殿助は、一喝《いっかつ》した。

「そらぞらしゅう、日々つつがなく銷夏、などと、ようもほざけた。西丸老中の意中を読んで、手飼いの隠密《おんみつ》を四方に放ち、失政の材料をひろわせているのは、ほかならぬ榊原隠居のほかに誰が居ると云《い》われるぞ！」

「お言葉乍《なが》ら、そのような事実があると申されるならば、証拠を拝見つかまつりたく存じます」

江戸家老として、まったく寝耳に水であり、老主人が、そのような陰謀の主座に就《つ》いているとは、想像もできなかった。

「証拠がなくて、この土方が、かるがるしゅう、大事を口にいたすものぞ」

縫殿助は、扇子で、おのが膝を、二つばかり、打った。

すると、喜内の背後の襖が、しずかに開かれる音がした。

何気なく、首をまわした喜内は、薄暗い次の間に、ただ一人うっそりと正座している男を見出して、なぜか、頭から冷水をあびせられたような戦慄《せんりつ》をおぼえた。

どことい って特徴のない、見知らぬ若い男であった。下士《かし》のいでたちである。

灯が遠くに置いてあるせいか、翳《かげ》の濃い貌が、薄気味わるいほど陰鬱《いんうつ》なものに見えた。

両手を畳につかえて、平伏し、それから、かんまんに身を起したが、目を伏せて、俯《うつ》向《む》き加減の姿勢をとるや、それなり、微動もしなくなった。

「何者でありましょうか？」

喜内は、縫殿助に、訊《たず》ねた。

「遠江守殿が、当邸へ送り込まれた忍びの者と知られい」

「思いも寄り申さぬ！」

喜内は、負けてはいられぬ、と屹《きつ》となった。

「斯様《かよう》な者は、当藩には居りませぬぞ」

「居るか居らぬか、当人の口から、きかれい」

縫殿助は、あざけるように、云った。

喜内は、向きなおると、男を睨みすえた。

「榊原家中の者といつわるおのれは、何者ぞ？　名のれ！」

男は、目を伏せたまま、

「それがしは、水戸天狗《みとてんぐ》の一人でござる」

と、こたえた。殆ど唇を動かさぬ隠密独特の声音だった。

このたび、水戸家第九代の主となり、従三位《じゅさんみ》中将に任ぜられた敬三郎斉昭《なりあき》が、その部屋住み時代に、「水戸天狗」と称する諸芸万能の手練《てだれ》者を養成していたことは、あまりにも有名であった。

斉昭は、天才と称すべき大器で、文武諸道に抜群の天稟《てんぴん》を示したのみならず、自ら刀剣を鍛え、彫刻を作《な》し、陶磁器にも非凡の腕前を発揮した。さらに、光圀《みつくに》以来の伝統を身につけて、天下に志を展《の》べる度量と能力を有《も》っていた。

部屋住みの身であり乍ら、家中次三男および藩内郷士《ごうし》の子弟のうちから、選んで百騎を組織し、「水戸天狗」の称を与えて、忍者の修業にもまさる訓練をほどこしたのも、その大志のあらわれのひとつであった。

この陰鬱きわまる男は、「水戸天狗」の一人だ、という。

「水戸天狗が、わがあるじにやとわれたと申すのか？」

「これも、修業のひとつでござった」

「裏切りも、修業のうちか？」

「裏切りはいたさぬ。未熟のゆえに、捕えられ申した。斉昭公の御命令により、捕虜となったからには、生きて還《かえ》ることは許されぬのでござる。いさぎよく、この場にて、自決つかまつる」

「………」

「明日、それがしの首が、お屋敷内へ還るものとご承知置き下されい」

「それは、いかなる意味か？」

「それがしの首が、宙を飛んで、還るのでござる」

「莫迦《ばか》なことを――」

喜内は、眉宇《びう》をひそめた。

すると、縫殿助が、ひくい笑い声をたてた。

「水戸天狗どもは、首が胴から離れても、翼があるように、空中を翔《か》ける秘術とやらを、会得《えとく》いたして居る、とうそぶいて居る。はたして、その奇蹟《きせき》を為《な》し得るやいなや、待たれるがよかろう。ついでに、申して置くが、当邸においては、この者――神崎三郎次のほかにもう一人、床司頼母《たのも》なる水戸天狗も捕えて居る。床司頼母もまた首だけとなって、榊原邸へ還ると申す。期待されるがよかろう」

三

喜内は、老主人が、報告を受けるやいなや、言下に否定するものと信じて、池《いけ》の端《はた》の下屋敷へ戻って来た。

ところが、遠江守《とおとうみのかみ》は、喜内が嘗《かつ》て接したことのないきびしい面持になって、

「神崎ばかりか、床司も捕えられたと申すか！」

と、云ったのである。

縫殿助の言葉は、嘘ではなかった。遠江守は、隠密を、本丸老中邸へ送り込んでいたのであった。

「喜内。そちは知らなんだが、わしは、国の軽輩の倅《せがれ》のうちから、十名ばかりえらんで、水戸へ送っておいたのじゃ。先月、急遽《きゅうきょ》、両名を呼び戻して、隠密を命じたが、いずれも、捕えられたとはの……」

遠江守は、暗然と、視線を畳に落した。

喜内は、神崎三郎次が、首だけになって飛び還《かえ》る、と告げたことを、報告しようかすまいか、と迷った。

「喜内――土方は、神崎らに切腹させると申したか？」

「神崎自身が、自裁する、と申しました。それから……」

「いかがした？」

喜内は、咄嗟に、あり得もせぬ奇怪な予告を報せる愚を思って、

「土方縫殿助は、報復すると恫喝《どうかつ》いたしましたれば、今宵《こよい》より、当邸も、警戒厳重にいたさねばならぬと存じます」

と、云った。

「わしの寝首をかきに、刺客を寄越すとでも申したか。それとも、ほかに、報復のてだてを思案し居ったかの」

遠江守は、笑った。

半刻後《とき》、喜内によって、上屋敷から、三十名あまりの血気の士が、呼び寄せられ、邸内の要所に配備された。

雨をともなう凄《すさま》じい強風が、起ったのは、その時刻からであった。昼間の異常な熱気は、颱風《たいふう》の前ぶれだったのである。

明け方、あらしは、去り、嘘のような静寂が来た。

いつものならわしで、遠江守は、陽のさす前に、手水《ちょうず》をつかいに起きた。

遠江守の起居する建物は、隠居してからあらたに建てられた風雅な構えで、庭は枯流れを中心とする露地であった。

昨夜のあらしで、樹々《きぎ》の枝がところどころ折れていたり、葉蘭《はらん》が薙《な》ぎ倒されていたり、枯流れの呉呂太石《ごろたいし》に、ちぎられた青葉が吹き溜《だま》っていたりした。

「荒れたの」

呟き乍ら、遠江守は、手をあらうべく、柄杓《ひしやく》を把った。

厠《かわや》がくしに植えられた南天の蔭に据えてある蹲踞《つくばい》は、遠江守自慢の品であった。すなわち、梟《ふくろう》の手水鉢《ちょうずばち》、といって宝篋印塔《ほうきょういんとう》の塔身を利用したものであった。

何気なく、それへ柄杓をのばしたとたん、

「むっ！」

遠江守は、大きくまなこを瞠った。

水の中に、一個の首が沈んでいた。

頭髪だけを水面に浮かせて、石の中から首だけを覗《のぞ》かせたようなあんばいに、まっすぐに据えていた。漂白されたような皮膚が、作りものじみて、不気味さはなかった。

神崎三郎次の貌《かお》にまぎれもなかった。

遠江守は、柄杓を置くと、しずかな足どりで、居室に入ると、喜内を呼び、

「梟の手水鉢の中から、首をひろって来るがよい」

と、命じた。

瞬間——喜内の顔色は一変した。

四

眠狂四郎が、喜内の訪問を受けて、奇怪な事実をきかされたのは、その日のうちであった。

腕を組んで、黙然としていた狂四郎は、話しおわって必死な面持で瞶《みつ》める喜内に、ふ

っと、冷たく笑ってみせた。

「首は、あらしに乗って、飛んで来たものといたして置きましょう」

「…………」

喜内は、狂四郎が、何を考えているのか、見当つかぬままに、頭を下げた。

昏《く》れがた、狂四郎は、黒の着流しの痩身《そうしん》を、池の端へ、はこんで行った。

とある辻《つじ》で、数名の士に前後をはさまれた一挺《ちょう》の駕籠《かご》に行き会った。

駕籠は、黒い縄《なわ》でしばってあった。咎《とが》を受けた士が乗せられているしるしであった。

駕籠は、狂四郎の前を、同じ方角へ、しずしずと、進んで行く——。

狂四郎は、あとに順《したが》うあんばいになって、しばらく歩いて行くうちに、ふと、

——はてな？

と、不審をおぼえた。

夕風に乗って、ただようて来る屍臭《ししゅう》をかいだのである。行き交《か》う人々には、全く気づかせぬほどの微かさであったが、この男の鋭い嗅覚《きゅうかく》からまぬがれることは、できなかった。

屍臭は、その駕籠から、洩れ出ていたのである。

駕籠は、偶然にも、榊原遠江守の隠居所の門前へ着けられた。士の一人が、大声で、
本丸老中水野出羽守邸より、捕虜とせし床司頼母なる者を、送り届けて参った旨を、伝

えた。

しばらくの間《ま》があってから、正門の扉が開かれた。

正門は開かれたが、作法として、駕籠をそのまま、かつぎ入れることは許されなかった。

門前で、駕籠の黒縄が解かれ、忍び装束姿の囚人が、出された。両手を縛られた床司頼母は、足袋跣《たびはだし》で砂利道《じやりみち》を踏んだ。

付添うた本丸老中邸の士らは、玄関さきに達すると、

「では、ここでお引渡し申す」と告げた。

受けとりに出て来た喜内は、宵闇《よいやみ》の中に浮いた床司頼母の面貌《めんぼう》を一瞥するや、昨日、神崎三郎次の姿を視《み》た時と同じ戦慄《せんりつ》をおぼえた。

目を伏せて、俯向《うつむ》いたその容子《ようす》は、名状し難い陰惨な気色を滲《にじ》ませていた。

——首だけになって、還るという予告であったが、生きたまま、縄目の身を送られて来たのは、何故か？

喜内は、不審のままに、頼母をつれて、奥へ入ると、控え部屋へ入れておいて、主人に報告に行った。

遠江守から、縁さきへまわせ、と命じられて、喜内は、戻って、何気なく、控え部屋へ入った瞬間、仰天した。

そこに——。

首ひとつ、畳の上へ、しんと据《すわ》っていたのである。

たった今まで、そこに坐っていた胴体は、煙のように、消えうせてしまっていた。喜内は、茫然《ぼうぜん》と、腑《ふ》抜《ぬ》けのように佇立《ちよりつ》して、畳の上の首へ、視線を落したなり、動けなかった。

眠狂四郎は、いつの間にか、この屋敷内の、表と奥の庭を区切る鬼皮塀の中門ぎわに立っていた。

一個の黒影が、ひらっと、塀を躍り越えて来るや、

「おい！」と、声をかけた。

身がまえたのは、忍び装束《しようぞく》の、五尺にも足らぬ、片端《かたわ》に近い矮人《こびと》であった。

その輪廓《りんかく》だけが見わけられる闇の中を、狂四郎は、鋭い視線を刺しつけ乍ら、

「ご苦労なつとめだったな、小さいの——。死人《しびと》の首を頭にのせて、その首が生きているごとく見せかけるのは、大層気骨が折れたことだろう」

「…………」

矮人は、じりじりとあと退《すさ》りつつ、すこしずつ、忍び刀を抜いていった。

狂四郎は、それに向って、距離を縮め乍ら、

「この眠狂四郎に看破されたからには、死霊にとりつかれたと、あきらめることだな。あの世で、二人の死者に詫びるがいい」

唐《とう》丸《まる》心中

一

眠狂四郎は、珍しく宿酔《ふつかよ》いの、けだるい身を、一艘《そう》の猪牙に乗せて、茫然《ぼうぜん》と、なかば虚脱していた。

猪牙は、入陽《いりひ》の強い光が射《さ》す三俣《みつまた》の分れ淵《ふち》を、ゆっくりと大川へのぼろうとしていた。

新大橋が、むこうに、黒い曲線を描いている。

隅田川《すみだがわ》が箱崎で分れて三叉《さんさ》になり、汐《しお》と真水が接するので分れ淵と称《よ》ばれるこのあたりは、納涼の場所で、陽が沈んだ頃に、三味線《しゃみせん》の音をひびかせる船が下って来る。

いまの時刻は幾艘かの荷船がうごいているだけで、中洲《なかす》に繁《しげ》っている芦《あし》の若葉が影を長くひいている水面は、いかにも暑い。

風は凪《な》いでいて、宙には、霞《かすみ》をかけたように、濁った色がただようているのであった。

「旦那《だんな》――。富士山が、綺麗《きれい》に浮いてますぜ」

船頭が、狂四郎の背中へ声をかけた。

浜町《はまちょう》の永代橋の、恰度《ちょうど》まに、すっきりと、雲からぬけ出た富岳《ふがく》のすがたが、薄い影のように美しかった。

狂四郎は、頭《こうべ》をまわして、瞥《ちら》と一目くれただけで、興味も示さず、

「柳橋に着いたら、起してくれ」

と、云いつけておいて、ごろりと仰臥《ぎょうが》した。

箱崎の方角から、かなり急いだ漕《こ》ぎかたで、屋形船が、下って来て、あやうく、こちらの猪牙にぶっつかりそうになったのは、それからほどなくのことであった。

こちらは、ゆっくりと漕いでいたのである。

「気をつけろい、唐変木《とうへんぼく》！」

船頭が、呶鳴《どな》りつけた時、突然、屋形の内で、凄《すさま》じい物音が起り、障子を破って、女の首が出た。

屋形船を漕いでいるのは、やくざらしい若い衆で、平然としているのだった。

女は、乱れた首を、ひと振りして、

「こん畜生っ！　ふざけんない！　て、てめらのような地獄虫に……」

あとは、意味のわからぬ啖呵《たんか》をほとばしらせて、ばりばりと障子を破って、よろけ出た。

太い腕がぬっと出て、女の裾《すそ》を掴んだ。そのために、前がひきはだけて、緋色《ひいろ》の湯文《ゆも》

字《じ》の蔭から、太股《ふともも》あたりまで、のぞいた。

女は、屋形内の男を蹴ろうとして、水面へ、大きく上半身を傾けた。

あやうく、落ちそうになるのを、屋形の屋根ぶちへつかまって、まぬがれた女は、屋形内の男へ、べっと唾《つば》をはきかけた。

男は、容赦しがたくなったのであろう、

「亀《かめ》、突き落せ……」

と、漕いでいる若い衆へ命じた。

「へい――」

若い衆は、酷薄そうな表情で、櫓《ろ》を水からひきあげると、女に迫った。

「な、なにをしやがるんだい！」

女は、狼狽《ろうばい》して、舳先《へさき》へのがれようとした。

「船頭、寄せろ！」

猪牙で仰臥していた狂四郎が、云った。

猪牙が、巧みなひと漕ぎで、ぐうっと廻転して、近よろうとした。

その時、若い衆は、女にむかって、櫓をふりあげていた。

屋形船と猪牙との距離は、まだ七八尺あった。

猪牙の船頭が、

「いけねえっ！」
と、叫んだ。
次の瞬間、のけぞって、高い音たてて、水中へ落ちたのは、若い衆の方であった。
狂四郎が、仰臥し乍ら、竿《さお》を把って、投げたのである。
若い衆は、それを顔面にくらったのであった。
猪牙は、どしんと、屋形へ、ぶっつかった。
やおら起き上った狂四郎めがけて、屋形の内から、白刃が突き出された。
耳わきに流した狂四郎は、意外にも、対手《あいて》が、町奉行所の同心であるのを、視《み》た。
「どういうのだ？」
狂四郎は、冷たい眼眸《まなざし》を、四十年配の同心へ当てた。
「壁蝨《だに》ですのさ、町の――」
舳先から、女が、応えた。
狂四郎は、女を視た。崩《くず》れた匂いが、貌にも着物にも、しみついている。
――芸妓《げいぎ》崩れだな。
そう視てとった――刹那《せつな》、同心が、呶号《どごう》とともに、猪牙に斬り込んで来た。
どう躱《かわ》したか。
狂四郎の片手は、同心の足くびを摑んでいた。

「面《つら》を洗って、出直せ」

同心の五体は、宙へ、はねあがるように躍って、まっさかさまに、水中へ突っ込んで行った。

二

女は、裾をからげて、とん、と猪牙へとび移って来た。

「旦那、たすけた女が、こんなあばずれじゃ、がっかりじゃござんせんか」

自嘲《じちょう》の笑いを、乱れ髪のまつわった細おもてに、うかべた。

「たすけたのが、旗本の若殿という次第ではない。蛇《へび》が蛞蝓《なめくじ》を食おうとして、痩犬《やせいぬ》にふりとばされた、というところか」

狂四郎は、小粋《こいき》な仇《あだ》っぽさを崩れた肢体《したい》にのこしている女が、どうやら、この隅田川の水で育ったらしい、と察していた。屋形船から猪牙に移って来た裾さばきが、馴れたものだったからである。

女は、狂四郎のかたわらへ、けだるげに横坐りになると、遠い視線を、西の空へ送って、

「富士山が、消えて行く……」

と、呟いた。

夕焼の色が消えようとして、富岳のすがたも、薄紙のように淡くなっていた。

狂四郎は、いつか、ずっと以前、これと同じ情景の中にいたような気がした。この女とは、むかしからの知り合いだったように思える。

猪牙が両国橋をくぐって、柳橋の舟宿の石段へ着くと、狂四郎は、

「飲まぬか？」

と、女をさそった。

「おひまなんですか、旦那？」

女は、ちょっと戸惑った面持になった。

「ひまだから、お前のような女をひろったのだ」

舟宿は、狂四郎の馴染《なじみ》の家であった。

古い家で、暮色がしのび入ると、畳も壁も天井も、急に暗くなって、市井《しせい》の無頼の男女を置くのにふさわしくなる。

女は、出窓をあけて、そこに腰をおろして、昏《く》れかかる隅田川へ、放心ぎみの視線を送っていた。

暑気でよごれたような黄色い月が、出ていた。

酒と肴《さかな》がはこばれて来たが、女は、そのまま動かずに、ふっと、

「どうなるものでもないのにねえ」

と、呟いた。それから、ふりかえって、手酌で飲む狂四郎を、視た。

「旦那は——旦那も、浮世にすねておいでなさいますね？」

と、訊《き》いた。

「浮世が、おれのような男を、受け入れるしくみになっていないからだろう」

狂四郎は、無表情で、こたえた。

「旦那のようにおなりになると、もう、この世の中に怕《こわ》いものはないんでしょうね」

狂四郎は、女を、じろりと眺めやった。

「お前には、あるのか？」

女は、立って、そばへ寄って来ると、銚子《ちょうし》を把《と》って、狂四郎の盃《さかずき》についだ。

「やっぱり、浮世が怕《こお》うござんす」

「気がねして生きているようにも、見えぬが……」

「旦那——」

女は、自分の盃にもついで、ひと口に飲みほしてから、

「あたしは、深川で生れて、育って、左棲《ひだりづま》をとらされて……、泣いたり笑ったりした挙句、こんなざまになっても、他の場所へ行くことができずに、うろうろしているんですよ。……女って、弱いんですねえ」

「………」

「自分で自分が、じれったいんです。……いえね、死ぬことが怕いんじゃないんです。あたしの心の中にある、莫迦《ばか》っ正直さが、じれったいんです」

「お前は、ふところに匕首《あいくち》を持っているようだが、機会があったら、自分の咽喉《のど》でも突くつもりか？」

「どうした？」

狂四郎に、云われて、女は、いい、しんと眸子《ひとみ》をひらいて、しばらく、沈黙した。

狂四郎が、微笑を向けると、女はなんとなく、かぶりを振ってみせて、

「旦那は、女に惚《ほ》れたことがおありですか？」と、訊ねた。

「ある。……しかし、女が死んだあとで、気がついた」

「まあ！」

「お前は、まだ生きている男に、惚れつづけているようだな」

「おわかりですか？」

「他に惚れている男がいなければ、お前のような莫連《ばくれん》が、必死になって、あの同心を拒みはすまい」

「その莫迦っ正直さが、あたしは、じれったいんです」

「男は、どこにいる？」

「今夜、伊豆の島から、御赦免《ごしゃめん》になって、帰って来るんです」

待っていた人です」

「ええ。箸《はし》にも棒にもかからない放埒者《ほうらつもの》でござんした。とどのつまりは、島送りになっちまったんですけど、あたしにとっては、この世でたった一人の男でした。……四年間、待っていた人です」

屋形船の同心が、今日、男が帰って来ると、教えてくれたのである。たぶん、男を捕えて島送りにしたのは、あの同心だったのであろう。

この女が欲しくて、同心は、男を島送りにしたのかも知れぬ。男が、いよいよ赦免になって帰って来るので、同心は、女を、遮二無二《しゃにむに》、わがものにしようとしたのであろう。

「男が帰って来たら、一緒に、どこかへ――江戸を出て行くことだな」

「いいえ、あの人も、江戸よりほかにくらすことはできない人間なんです。あたしが、いくら、くどいても、だめなんです。金輪際《こんりんざい》、かたぎにはなれやしないんです。……それに――」

女は、何か云いかけて、唇《くちびる》を噛んだ。

狂四郎は、銚子を持った女の手が、微かに顫《ふる》えるのをみとめた。

「同心の野郎、あたしが、云うことをきかないと、あの人を、たった一晩さえも、江戸に泳がせてはおかない、と脅したんです」

「……やくざか？」

三

伊豆の島からの赦免船が、隅田川の河口に入って来たのは、月が明るさを増した頃合であった。

囚人たちは、なつかしい江戸の町の灯を、食い入るように眺めていた。

――帰って来たぞ！　あと半刻《とき》で、おれは、自由の身になるのだ！

どの胸にも、その悦《よろこ》びがわきたっているのであった。

入墨者に、決して、幸せなくらしを与えてくれぬ世界なのだが、孤島における幾年間かの苦役《くえき》のあいだに、想い描きつづけた江戸の町は、いつとなく、自分のために、どんな自由でも与えてくれるものになっていたのである。

佃島《つくだじま》のわきを過ぎるや、囚人たちは、胴の間にいる役人たちにもう遠慮せずに、はしゃぎはじめた。

「おいおい、見ろや。河岸《かし》に、女がいるぜ。あの浴衣《ゆかた》の下は、緋縮緬《ひぢりめん》の湯文字だぞ。むっちりした腰つきは、どうでえ。ああ、畜生、たまらねえや」

「ちょっ、よだれをたらしやがって、だらしがねえ。てめえは、嬶《かかあ》が、待っていやがるんだろう。家へとび込んだら、すぐさま、緋縮緬を腰に巻かせて、おさえ込めばいいじゃねえか。こちっとら、着いたら、吉原《なか》へ、韋駄天《いだてん》だあ」

「てめえ、五年振りだぞ。吉原の馴染《なじみ》が、もう一人だって、勤めちゃ居るめえ」

「それが、いるから、おどろくな。ちゃあんと、想い文をもらってらあ。ぬしを待つ夜に、くの字の雁《かり》は、来ると出雲《いずも》の神便り《かみだより》、ってな。年期を三年のばして、待っていらあ」

「とにもかくにも、帰って来たんだ。待っている者があろうがなかろうが、目出度《めで》えや、なあ」

「そうよ。生きてけえって来たんだぞ、こん畜生っ！　大江戸八百八町が、てめえのものののような気がすらあ」

「おい、だれでえ、そこで寝ているのは？」

「兼七だな。おい、兼、てめえ、江戸へ帰って来て、うれしくねえのか。起きろい。茶屋の灯や、女の素足が見えるぜ」

「うるせえな。けえって来たから、と云って、なんだってんだ」

若い男は、ごろんと、むこう向きに寝がえって、しまった。

「ひねくれてやがる。験《げん》のわるい野郎だ」

囚人たちは、もう兼七に、声をかけようとはしなかった。島にいた時から、仲間はずれにされている男であった。

やがて。

船は、長い旅路を終えて、帆をおろすと、ゆっくりと、永代橋《えいたいばし》に近づいた。橋の欄干には、出迎えの提灯《ちょうちん》が、いくつも並んでいた。

「おうっ！　おれだあ！　政五郎だあ！」

一人が、とび上るようにして、提灯へむかって、手をふると、ほかの囚人たちも、自分を出迎えている者はないか、と血眼《ちまなこ》になった。

そして、発見すると、

「わあっ！　いたぞっ！　ここだあっ！　ここだっ！」

と、喚《わめ》きたてた。

兼七は、一人だけ、片隅に胡座《あぐら》をかいて、すねた冷たい視線を、水面へ落して、じっとしていた。

足踏板が架《か》けられると、役人が、一人一人を吟味して、通した。

囚人たちは、提灯の群った河岸へ降りて行った。もう、そのとたんから、浮世の差別が渠《かれ》らにつけられた。

茶屋の女将《おかみ》や綺麗《きれい》な芸妓たちに、にぎやかに迎えられたのは、人入れ稼業《かぎょう》の親分であった。子供連れのみすぼらしい長屋ぐらしの女房にしがみつかれた男。人目をはばかるように、不機嫌な面持の父親と頷《うなず》きあって、さっさとはなれて行く男。博徒らしい仲間に出迎えられて、「女だ、吉原だ」と叫んで、大袈裟《おおげさ》に舌なめずりしてみせている男……。

しかし、出迎えを受けたのは、半数にも足らず、十人ばかりは、今夜から早速ねぐらをさがさなければならぬ男たちであった。

兼七も、その一人であった。それでも、

——来ているのか？

と、一応、見まわしたのは、船の中で、ひとつの俤《おもかげ》を泛《うか》べていたためであった。

見当らなかった。

——あたりめえだ。お妻が、来ている筈がねえ。

兼七は、ふてくされたように、ふところ手になると、歩き出していた。

女は、来ていたのである。

辻駕籠《つじかご》の蔭に、かくれるようにして、兼七へ、必死な眼眸《まなざし》を送っていた。

兼七が、通り過ぎようとすると、思わず、怺《こら》えきれずに、駕籠蔭から、出ようとした。

とたんに、

「出るな」

駕籠の中から、冷たい声が、制した。

眠狂四郎が、腕を組んで、目蓋《まぶた》を閉じていたのである。

四

江戸と諸国との出入口は、品川、板橋、新宿、千住の四つがある。これを四宿という。そのひとつ内藤《ないとう》新宿は、甲州街道の振出しで、信州高遠《たかとお》の城主内藤駿河守《するがのかみ》の下屋敷の有ったところである。

日本橋より高井戸まで、およそ四里余あり人馬ともに疲れたので、元禄《げんろく》の頃、この地に駅舎を設けて、新宿の名を起した。

新宿の手前に、大木戸があり、甲州及び青梅《おうめ》方面の出入りを監察した。番屋には、突《つく》棒《ぼう》、指俣《さすまた》、錑《もじり》などの武器をたてならべて、役人の姿が昼夜絶えなかった。

囚人送りの唐丸籠《とうまるかご》が十挺《ちよう》、大木戸の関所を過ぎたのは、しらじらと夜明けた時刻であった。前後に、三名ずつ、役人が付き添うていて、さきを急ぐのであろう、大木戸では、老中の道中証文を示すと、休憩もせずに、通って行った。

無宿者の佐渡下しであった。

しかし、琉球莫蓙《りゆうきゆうござ》で包まれた目籠の中に、立てられた柱へ縛りつけられている男たちは、自分たちが、どこへ送られようとしているのか、判っていないようであった。

柱へ縛りつけられたばかりか、手錠をかけられ、足にほだを打たれ、剰《あまつさ》え、苧縄《おなわ》を通した細竹を口に銜《くわ》えさせられているので、声をたてることさえ不可能であった。

渠らは、昨夜、赦免船で江戸へ還《かえ》って来た男たちであった。身許《みもと》引受け人のない無宿者ばかりで、市井へ放たれて、自由の呼吸をしたのは、ほんの一刻か二刻であった。あるいは居酒屋で、あるいは夜鷹《よたか》の小屋で、あるいは木賃宿で、有無を云わせずに、捕えられたのであった。

まだ人影もない妓楼《ぎろう》の並んだ通りを抜けて、松並木にさしかかってから、先頭の役人が、はじめて、休憩の合図をした。

細竹が、口からはずされて、前穴から、握り飯がさし入れられた時、中ほどの目籠から、

「おれたちを、どうしようってんだ？　やいっ、木っ葉役人、教えろい！」

と、呶号《どごう》が噴《ふ》いた。兼七であった。

それにつづいて、どの目籠からも、喚《わめ》き声があがった。

「しずかにせぬか！　つべこべさわぐと、飯を呉《く》れぬぞ！」

役人たちが、叱りつけたが、肯《き》くものではなかった。

宗十郎頭巾《ずきん》で顔を包んだ、黒の着流しの、ふところ手の浪人姿が、街道上に、現れたのは、その折であった。

先頭の目籠の前で、立ちどまると、

「お前らは、佐渡下しの憂目に遭おうとしている」

冴えた声を、きかせた。

一瞬、しいんとなったが、次の瞬間、十人の囚人たちは、狂ったように喚きたてはじめた。

犯した罪のつぐないは、伊豆の島ですませて来たのである。江戸へ還ったとたんを捕えられて、佐渡の金山へ送られては、狂いたくもなろうというものであった。

役人たちは、血相かえて、浪人者へ、つめ寄って来た。

刹那――浪人者の腰から、白刃が閃《ひらめ》き出た。一人に対して一撃ずつ、峰打ちをくれて、地に匐《は》わせるのに、数秒間があれば足りた。

浪人者は、怯《おび》え上った目籠舁《めかごか》きたちに、囚人たちを自由の身にしてやるように命じた。

男たちは、解き放たれるや、浪人者へ礼をのべるいとまも惜しんで、東へ西へ、奔《はし》り出した。一人、兼七だけが、惑わしげな目つきで、浪人者へ近づいて来ると、

「おめえさん、どうして、おれたちをたすけてくれたんだ？」

と、咎《とが》めるように、訊ねた。

「礼を云いたいのなら、あちらにすることだな」

浪人者は、並木の方へ、あごをしゃくった。

とある松のかたわらに、女が彳《たたず》んでいた。

「お妻！」

兼七は、おどろいて、そこへ、歩いて行った。女は、じっと男を瞶《みつ》めていたが、ふっと俯向いた。

「お妻——、おめえ……」

兼七が、その痩《や》せ肩へ、両手を置いた——瞬間であった。女は、袂《たもと》にかくしていた匕《あい》首《くち》を、兼七の脾腹《ひばら》へ突き刺した。

「な、なにをしやがる！」

兼七は、深傷《ふかで》に屈せず、女を突きとばすと、匕首を抜きとって、よろめきつつ、松の根かたへ倒れた女の上へ、のしかかって行った。女は、喘《あえ》ぎながら、目蓋を閉じて、男の一撃を待っていた。

路上に佇立《ちょりつ》した眠狂四郎は、思いがけぬ女の振舞いに暗然となりながらも、ひと組の男女の、愛恋の終末を、この方法《すべ》以外にないように、見戍《みまも》ったことだった。

想思野

一

「どういうのだ？」

不意に、三方から白刃を突きつけられて、眠狂四郎が、珍しく、唖然《あぜん》とした表情になった。

吉原田圃《たんぼ》の間を走る日本堤上で、見返り柳もすぐむこうに見えている地点であった。陽が落ちてすぐの時刻で、これから人も駕籠《かご》も往復が繁《しげ》くなる。左右の編笠《あみがさ》茶屋から、にぎやかに呼びかけている。

刺客の出現するには、最も不都合な場所であった。

白刃の閃きに、あたりは、騒然となって、人も駕籠もわれ勝ちに、遁《に》げ出した。

「刺客に場所をえらべ、と云うのは、云う方が野暮《やぼ》だろうが、対手《あいて》が眠狂四郎だぜ。人影のない通りをいつも歩いている男だ。尾《つ》けられるのも馴れている。尾けられて、追い払うようなことはせぬ。なぜ、静かな通りをえらばずに、粋客をおどろかせる此処《ここ》に出た？」

狂四郎は、覆面をした三人の武士の構えが、なみなみならぬ腕前を備えたものと、見てとり乍ら、不審を口にせずにはいられなかった。

これだけの手練者《てだれ》が三人も揃《そろ》っているところをみれば、当然、こちらを討ちとる手筈は、前からなされていたに相違ない。

偶然、この日本堤の上で見かけて、咄嗟にきめた決闘ではない、と判る。

最も賑《にぎわ》っている場所を、わざわざえらぶのは、それだけのこんたんがある、と解釈してよいことだった。

狂四郎の問いに対して、しかし、三人は、沈黙を守って、じりじりと肉薄して来た。

「やむを得ぬ！　一太刀ずつで、お主《ぬし》らを、あの世へ送る」

狂四郎は、云いはなった。

一人の初太刀が襲って来た瞬間に、勝負は決する筈だった。

久しぶりに、狂四郎は、旋風《つむじ》のような迅業《はやわざ》を使うべく、雪駄《せった》をうしろへすてて、やや前踞《まえかが》みの姿勢をとった。

正面の敵が、じりじりと太刀を挙げて来た。第一撃は、この者によって、なされるであろう。

敵の太刀が、直立上段に挙げ止められるや、狂四郎は、冷たくにやりとした。

　汐合《しおあい》は、きわまった。

　その刹那であった。

「待たっしゃい！」

　気魄《きはく》のこもった一喝《かつ》が、飛んで来た。

　初太刀を使うために満身に、徐々にみなぎらせ、まさに噴かせようとした気合を、制するに充分の一喝であった。

　一軒の編笠茶屋から、ゆっくりと現れたのは、総髪に、紋絽《もんろ》の袖《そで》なし羽織をまとった五十年配の人物であった。無腰《むごし》である。

「討手の方がたに、申上げる。無駄死はせぬものよ。お主らの手では、眠狂四郎氏《うじ》は斬れぬ……。しかし、眠狂四郎氏は、今夜丑《うし》三つに斃《たお》れると、それがしのたてた易に出て居《お》る。お主らは、腕を拱《こま》ねいて、丑三つまで待っていればよいのだ。いま、急《せ》いて、撃ちかかって、冥途《めいど》の道連れになる必要はあるまい」

　奇怪な予言をはなって、つかつかと、双方のあいだへ、踏み入って来た。

「引こう」

　一人が、ひくく云い、三本の白刃は、一斉に、下げられた。

　総髪の人物は、三士が消えるのを待って、狂四郎を振りかえると、

「それがしの予言に、不服がおありか、眠氏？」

と、巨《おお》きなまなこで、視据《みす》えた。

「別に、不服はない。明日のために、今日を生きている男ではないゆえ——」

「まず、甘酒などくらわれい」

総髪の人物は、編笠茶屋へ、さそった。

狂四郎は、白湯《さゆ》を所望しただけで、あらためて、茶屋の炉で、対手の相貌《そうぼう》を観《み》た。

いいえたいが知れぬ——それだった。

——おれに、何か、用があるようだ。

そのことだけは、はっきりと直感された。

「はは……、眠氏、平然とされて居るが、お手前が、今夜丑三つに、果てられるであろう易をたてたことは、いつわりではない」

「お主から、わたしの人相について、三停三才六府とやらの論をきこうとは思わぬ」

「おう、もとよりのことじゃ。当方も、くだくだしくは申すまい。しかし、お手前は、最近、その鼻梁《びりよう》の人中停《じんちゆうてい》に、死の翳《かげ》がさして居る、と指摘されたことは、必ずやおありであろう。いかがだ？」

「わたしの面には、いたるところに、死の翳がさして居ろう。黒痣《ほくろ》ひとつも、横死《おうし》をあらわしている、と思っている」

「いつ死んでもよいと思っているお手前は、死をおそれる人と比べもならぬ不死身、と申したいところじゃが……、命運も限りはある。今夜丑三つ、お手前の生命が断たれることは、厳《げん》として定まって居り申す」

自信に満ちたその明言をきいて、狂四郎は、うすら笑った。

「では、その場所へ、ご案内願おうか」

二

小奈木川《おなぎがわ》も、新高橋を越え、名物五本松を過ぎると、深川も場末になる。

南には、荒漠《こうばく》とした洲崎《すさき》十万坪の沮洳《そじょ》の地をはじめ、八右衛門新田や砂村新田が、海を渡って来た風に、砂ほこりを巻きあげて、空を黄色に濁らせている。

諸大名の下屋敷も、ところどころにあるが、曾《かつ》て主人を迎えたことはなく、一年中、大門は閉ざしたままであった。

大島橋を渡って右折すれば、もはや、全くの田舎《いなか》であった。

西かたに、猿江《さるえ》の公儀《こうぎ》材木蔵が、くろぐろと、怪物のようにわだかまっていたし、東は森と野と田畑ばかりであった。

その場で思いついた称号か、世相道人と名のった人物が、狂四郎をともなったのは、猿江村の五百羅漢寺《らかんじ》に隣りあわせた古びた屋敷であった。

月かげにも、ひどく荒れていることがわかる、旗本大身の隠宅ともみられるたたずまいであった。

五千石以上の家柄で、番町の本邸を、家督をゆずった息子に渡して、ここへ隠居したが、間もなく逝《ゆ》き、そのまま、十年も放置されている——そんな印象であった。

冠木門《かぶきもん》は、宏壮《こうそう》であった。

狂四郎は、門前に立った時、樹立《こだち》のふかい屋敷の奥から、小鼓《こつづみ》の音が、陰気につたわって来るのを、きいた。

「この家が、お手前の終焉《しゅうえん》の場所でござる」

世相道人は、おもおもしい口調で、告げた。

「ひとつだけ、うかがっておこう」

月明りに、対手の顔へ、冷たい視線を送り乍ら、

「わたしが、死ぬのは、刀で斬られてか、それとも、毒を盛られてか——いずれであろうか？」

「そのどちらでもない、と思われい。お手前は、たぶん、しずかに、睡《ねむ》り乍ら、往生をとげられるであろうな」

「それは、たしかだな？」

「神明に誓い申す。……されば、お入り召され」

世相道人は、促した。

ここまでの道すがら、かなりの問答を交《かわ》して来た狂四郎は、この人物の脳中が、狂っているとは、ついに、みとめ難かった。

狂四郎は、冠木門の扉を押してみた。

扉は、いやな軋《きし》り音をひびかせて、開いた。

樹木の繁《しげ》みが、奥深い。建物は、その枝葉に閉ざされて、視《み》えなかった。

急に、蛙《かわず》の鳴音が空間を塞《ふさ》いだのは、池がある証拠であった。

狂四郎は、玉砂利《たまじゃり》をふんで、玄関へむかったが、途中で、ふと思いかえして、露地へ足を向けた。

樹立をくぐると、池がひらけた。広い。

その水面に浮いた水草の上で、我物顔に、かまびすしく啼《な》きたてていた蛙が、怪しい者の侵入を敏感に気づいて、ぴたりと、咽喉《のど》を鳴らすのを止《や》めた。

狂四郎は、池畔に沿うて、歩いた。

建物は、雨戸は閉められず、障子が引いてあり、一部屋のそれが、灯に明るく浮きあがっていた。

小鼓は、その室から、ひびいていた。

狂四郎は、ゆっくりと、その前へ、進んだ。

池の蛙が、再び、啼きたてはじめた。

狂四郎が、縁さきに立ちどまると、小鼓の音がとまった。

「どなた?」

澄んだ美しい、若い女の声が、とがめた。

三

「眠狂四郎と申す素浪人、大道易者の予言により、当邸にて、今夜丑三つ、往生をとげるべく参上いたした」

これに対して、しばらく、返辞がなかった。

女人は、動く気配さえも示さなかった。

「どうぞ、お入りなさいませ」

女人ひとりで、考えて、こたえた返辞のように、きこえた。

「失礼する」

狂四郎は、縁側に上り、障子を開いた。

御殿女中風の髪かたち、衣裳《いしょう》の娘が、坐っていた。

その横顔を一瞥して、狂四郎ともあろう者が、思わず、狐狸《こり》のたぐいか、と疑ったくらいであった。

﨟《ろう》けていた。鼻梁《びりょう》の線に、遠い王朝の頃の典雅が匂うていた。

都を出て、この武蔵野《むさしの》に至り、そのまま、幾百年の間、美貌《びぼう》を保って生きつづけた、と物語られても、さしてふしぎにも思えずに納得できそうな女人であった。

目蓋は閉じられていた。長い睫毛《まつげ》の影が頬に落ちている。

「しばらく、そちらへ——」

客が就《つ》くべき座を指《さ》しておいて、そろりと立つと、次の間へむかって歩いた。

そこを仕切る襖《ふすま》を開く仕草を眺めた狂四郎は、

——盲目《めしい》か。

と、憐《あわれ》んだ。

かなり長い間、待たされた。そのあいだに、狂四郎は、このたたずまいの中に、化生《けしょう》の妖《あや》しい気配などみじんもなく、この静寂が、ただの空虚であることを、たしかめておいた。

——おれが死ぬ場所なら、髪をふり乱し血を瀝《したた》らした厲鬼《れいき》がうろついていてもよさそうだが……。

蛙どもの、ここを先途《せんど》とばかり、啼き競うのをきき乍ら、狂四郎は、ひとり、冷たく微笑した。

再び、襖が開かれた。

お茶をささげて、上臈《じょうろう》は現れた。

盲目のおぼつかなげな歩みを見戍《みまも》った狂四郎は、

——はてな？　にわかめくらのようだが？

と、感じた。

「召しませ」

黒茶碗を置きかけた位置が、作法をはずれて遠かったのも、にわか盲目《めくら》のかなしさであったろうか。

狂四郎は、世相道人が、刀で斬られもせず、毒も盛られぬ、と云《い》っていたのを思い出し乍ら、黒茶碗を把《と》った。

これは、賭《かけ》であった。

狂四郎は、ためらわず、一服喫した。

黒茶碗を畳にもどしてから、

「貴女は、わたしが今夜、訪れるのをご存じだったようだな？」

と、訊ねた。

「はい。……昨日、何処《どこ》のどなたとも判らぬ御仁《おひと》の手紙がとどきましたゆえ——」

「わたしが、ここへ、死にに来ると？」

「いえ、そのようなことは書いてありませぬ。わたくしに与える殿御ゆえ、大切にもてなすようにと——」

「貴女に与える？　この眠狂四郎をか？」

「はい」

「貴女は、この空屋敷に一人住いをして、男を求めていたのか？」

「…………」

上臈は、俯向いた。

狂四郎は、じっと、その臈けた容子《ようす》を瞶《みつ》めていたが、

「貴女の対手《あいて》が、わたしでよいのか？」

と、訊ねた。

上臈は、顔を擡《もた》げた。

その顔には、澄みきった美しい無表情があるばかりであった。やましさをかくそうとして怯えたり遅疑したりする色はなかった。

狂四郎の方が、かえって、戸惑った。

「見も知らぬ人間が、寄越した男を、貴女は、どうして信じる？　それが、こちらには、解《げ》せぬ」

「ご尤《もっと》もに存じます。……でも、わたくしは、貴方様を信じましょう。手紙がとどき、召使いに読ませた時には、半信半疑でございました。そのうちに、わたくしは、おいでなされた時のお声をきいて、お迎えしてよいお方かどうか、判断しようと思いまし

た。……貴方様が、庭を近づいておいでになり、往生をとげるべく参上した、と仰言《おつしや》るお声をきいて、わたくしの心は、きまりました。……貴方様のお声は、わたくしの霊感にひびく、冴え冴えとしたものでございました」

——本音ときいておくか。

狂四郎の眼光は、上臈の顔に、ほんの微かなやましい色が掠《かす》めても見遁《みのが》すまいと、鋭かった。

上臈の顔は、あくまで無表情で、美しく臈《ろう》たけているばかりであった。

上臈は、両手を畳につくと、

「奥の寝所にて、お待ち申上げます」

と、告げておいて、立った。

狂四郎は、しばらく、その座に、腕を組んでいたが、ふっと、自嗤《じし》した。

——煩悩《ぼんのう》の徒めが！　あれほどの美女を餌《え》にされると、罠と知りつつ、くらいつく……。

狂四郎は、立ち上った。

四

廊下は長くつづいていたが、どの部屋も昏《くら》く、遠く、一部屋だけ灯があって、光を流していた。

それは、二十畳もあろう、広い座敷であった。

中央に敷かれた御納戸《おなんど》縮緬《ちりめん》の夜具が、小さく見えるくらいであった。

蚊帳《かや》のかわりに、蚊遣《かや》りがくすべてあったが、香を混ぜていて、いい匂いが漂うている。

白羽二重《しろはぶたえ》の寝間着にきかえた上臈は、褥《しとね》に仰臥《ぎょうが》して、胸で手を組み、緋縮緬《ひぢりめん》の帯のところまで、掛具をかけていた。

ひっそりと目蓋をとじたその寝姿は、懸崖《けんがい》の朝顔のように、馥郁《ふくいく》と匂うようであった。

有明のともしびのゆらぐにつれて、寝顔に落ちた翳《かげ》がゆらぎ、色香のうつろうて行く儚《はか》なさのように、それはさみしげであった。

これほど華麗が潤《うるお》いを湛《たた》え、繊細が冷たさを蕩《と》いている寝姿に、狂四郎は、未《いま》だ接したことがなかった。

みだらな雰囲気は、そこに、みじんもなかった。

狂四郎は、大小を枕《まくら》もとに置くと、その脇に入って、頸《くび》へ片腕をまわした。

齧《か》めば甘い縫唇《ほうしん》が、眼下にあった。

狂四郎は、それを齧む前に、まず、片手を胸もとへさし入れた。

嫩《やわら》かな、つめたい隆起のひとつを、掌の中に納め乍ら、しかし、狂四郎の全神経は、座敷の内外にひそむ、どんな微細な敵気も的確にとらえようと、緊《ひき》しまっていた。

上臈は、おそらくは生れてはじめて異性の手にとらわれたのであろう、焼鏝《やきごて》でもあてられたように、びくっと、四肢《しし》を痙攣《けいれん》させ、烈《はげ》しい動悸《どうき》に堪《た》え得ぬかのように、喘《あえ》ぎを口にした。

狂四郎は、万が一の襲撃にそなえて、あくまで、頭は擡《もた》げていた。

そして、片手だけを蠢《うごめ》かせて、緋縮緬の帯を解き、下へすべらせて、二布《こしまき》をめくると、絖《ぬめ》さながらの滑《なめ》らかな柔肌《やわはだ》をさぐって行き、まだ綻《ほころ》びていないであろう蕋《しべ》を摘《つ》もうとした。

瞬間、狂四郎の口から、

「むっ！」

不覚の呻《うめ》きが発した。

ぱっと脚《あし》で、掛具を蹴って、はねとばした狂四郎は、

「おっ！」

と、眦《まなじり》を裂いた。

しろじろと浮き出た下腹の上に、太腿の斜面に、たわめられた二布の蔭に、青い冷たいうろこを光らせ乍ら、うねうねと、無数の小蛇《こへび》が、蠢いていたのである。

そのいっぴきが、狂四郎の手くびに、くらいついていた。

——そうか！　これであったか！

狂四郎は、さっと、起《た》ち上った。

刹那——七八ぴきが、ひらひらっと舞い立つようにして、狂四郎へとびついて来て、裾へ、袂へ、噛みついた。

狂四郎は、かまわず、枕もとの脇差を把るや、抜きはなった。

左手を、肱《ひじ》から切断するためであった。

脇差をふりかざすのと、

「間にあわぬぞ、眠狂四郎！」

勝ちほこった声が、襖のむこうから発するのが、同時であった。

出現したのは、忍法無影流戸越家の老婆であった。

その背後には、日本堤で襲って来た三人の士が並んでいた。

「ふっふっ……、とうとう、とらえてくれたぞ！」

残忍をあらわに滲《にじ》ませた笑顔で、近づいて来ると、

「おのれは、ばばや、小わっぱに、なにができる、仇討《あだうち》よばわりは笑止の沙汰《さた》、などとさげすんで居《お》ったであろうが……どうじゃ、そのざまは——。ふふ……罠《わな》にかかり居ったではないか、下種《げす》浪人めが！」

狂四郎は、脇差で、手くびを噛んだ小蛇を斬りすて、それから、着物にまぶれついた

小蛇どもも、畳へ払いすてると、しずかに、正坐《せいざ》した。

「たしかに、敗れた。毒がまわって、息が絶えるのは、丑三つという次第か」

「そうよ、その通りじゃ。無影流が忍法第二十七番を、おのれは、くらったのじゃ。……いさぎよく覚悟をきめたとは、上出来よ」

老婆は、そうあびせておいて、褥をふりかえった。

「小波《さざなみ》どの、よう、おやり下された。お礼を申しますぞ。これで、小弥太《こやた》の母の仇《あだ》が討て申したぞ」

「おばば、少年は如何《いかが》した？」

狂四郎は、訊ねた。

すると、老婆の皺顔《しわがお》が、みるみる歪《ゆが》んだ。

「小弥太はの、疫病《えやみ》のために、先日みまかったわ。それも、ひとえに、おのれのせいじゃ！」

ただ一人の孫をあの世に奪われて、この老婆は、いよいよ復讐《ふくしゅう》の夜叉《やしゃ》と化したに相違ない。

「そうか、では、あの世へ参れば、わたしが、母を討ったのではないことを知った少年は、わたしに詫《わ》びることになるな」

「おのれ、この期《ご》に及んで、まだ、未練がましゅう、云いのがれようといたすか！」

老婆は、まさしく夜叉の形相《ぎょうそう》になった。

この時、小波と呼ばれた上﨟が、

「ばばどの、ほどなくみまかる御仁なれば、しずかにやすませてあげて下さいませ。それが武士の作法でございましょう」

と、たしなめた。

「おお、そうよの。……寝やれ、眠狂四郎。回向はして進ぜるわい」

そう云われた時、狂四郎は、もう全身がけだるくなっていた。


——おれは、どこにいる？

意識がなかば甦《よみがえ》って来た時、狂四郎が思ったのは、それだった。

重い目蓋を開くと、満天にきらめく無数の星が、眸子《ひとみ》に映った。

——生きている！

悦《よろこ》びの前に、疑惑が来た。おのが身は、どこかのくさむらに寝かされていた。

「お目ざめになりましたか」

澄んだ声音がひびいた。

頭をすこしまわすと、すぐかたわらに、上﨟の白い顔が、妖《あや》しく、美しく、月闇《げつあん》の中に、浮いていた。

その双眸《そうぼう》は開かれて、夜の光を映していた。

「ばばどののお気持をしずめるために、やむなくとったわざでありました。お許しなされませ」

狂四郎は、星空を仰いでいたが、——そうか、と合点《がてん》した。訪れてすぐ、この上臈がくれたお茶の中に、解毒の薬が容《い》れてあったのだ。

「わたしが、敵ではない、となぜ承知されていた？」

「小弥太どのが、逝《ゆ》く時に、わたくしに、そっと、あの御仁は嘘つきではないように思う、と申しました。死に臨んで、魂が冴え、是と非を知り分けたのでありましょう」

狂四郎は、目蓋をとじた。

おのれらしくもなく、この深夜の、野中の、ふしぎな二人きりの世界が、いつまでも、つづけばよい、とのぞんでいた。

崇《たた》り猫

一

江戸の町に、盂蘭盆会《うらぼんえ》が来ていた。

真宗の一派をのぞいて、すべての檀家《だんか》は、武家町家何業の別なく、魂棚《たまだな》をかざり、先祖累代《るいだい》の精霊《しょうりょう》をはじめ、有縁の霊はもちろんのこと、無縁の族《やから》にいたるまで、供養《くよう》をいとなむ。

当時の人々は、年中行事というものを、大切にしたのである。

盆提灯《ぼんぢょうちん》をつるすのは、七月朔日《ついたち》が定めで、此夜《この》から八月五日まで、戸毎《ごと》に軒下の白提灯にあかりが入れられるのであった。八月六日後は、無縁の仏のために点《とも》すことになるので、大半の家では、とりはずした。

七月七日の七夕《たなばた》祭りには、江戸中井《い》戸浚《どさらい》が行われた。諸侯はじめ、裏店《うらだな》の共同井戸まで、きれいにし、はずした化粧側を元にもどし、きちんと蓋《ふた》をして、御酒塩《みきしお》を供えたものであった。

七夕がすぎた頃から、盂蘭盆会の準備がなされる。

街には、迎火に焚《た》く苧《お》がら、間瀬垣《ませがき》、竹などを呼び売る声が、絶え間なくなる。魂祭の料に用いる草々をあきなう市場も、市中各処にひらかれる。

幕府譜代の老中、若年寄を勤める家では、奉書張りのみごとな切子灯籠《きりこどうろう》を、上野東叡山《とうえいざん》、芝増上寺の両御廟《ごびょう》宝前へ献じたし、諸大名は各々《おのおの》の菩提所《ぼだいしょ》へ白提灯を奉納した。

この日——。

こうした行事と無縁に生きる眠狂四郎が、めずらしく、巣鴨村《すがもむら》の野道を通って、とある森の中の古い寺院をおとずれたのは、嘗《かっ》て、自分に斬《き》られてこの世を去った公儀隠密《こうぎおんみつ》たちの霊魂が、そこにまつられていたからである。

家も妻子もない隠密たちは、横死すると、無縁仏としてあつかわれ、葬儀もいとなまれることはなかった。

ただ、いつの頃の閣老がきめたものか、この巣鴨の古寺で、供養されるようになっていたのである。

高灯籠のかかげられた山門をくぐった狂四郎は、隠密たちの遺骸《いがい》がかつぎ込まれるにふさわしい陰気なたたずまいに、おのずと胸中が湿った。

本堂には、入らず、墓地に足を向けた。

迎火によって迎えられる精霊たちがねむる墓地ではなかった。その殆どが、無縁仏のようであった。新しい墓碑など、ひとつも見当らなかった。

狂四郎の立った北隅《きたすみ》には、土まんじゅうがおよそ三十ばかりも並んでいた。そのいくつかは、狂四郎のふるった無想正宗《まさむね》の一撃をあびて、血煙りの下に臥《ふ》した人々であった。憎しみも恨みもなく、名も知らずに、斬りすてた人々であった。いま生きかえって、目前に立たれても、顔すらもおぼえてはいないであろう。

狂四郎は、頭《こうべ》を垂《た》れて、想念をすてた。

どれぐらい、そうしていたろう。

浅い眠りからさめるように、顔を擡《もた》げた狂四郎は、この時、むこうで、鍬《くわ》をふる音がひびくのを、耳にした。

なんとなく、そこへむかって、近づいて行った狂四郎は、白髪の老人が、せっせと穴を掘っているのを見出した。町人ではなかった。郷士の隠居のようなみなりであった。

かたわらに、檜造《ひのきづく》りのかなり大きい箱が置かれてある。

老人の掘っている穴の左側には、白木の墓標が、ずらりと一列に二十基も並んでいた。墓標には、達筆で、「南無阿弥陀仏《なむあみだぶつ》」とだけ記されてあった。

老人の非力では、仕事はなかなかはかどりそうもなかった。

見かねて、狂四郎は、声をかけた。

「わたしが掘ってさしあげよう」

振りかえった老人は、狂四郎を一瞥して、瞬間、愕《ぎょ》っとなった様子を示した。

狂四郎は、笑って、

「べつに、無縁仏が迷って出たのではない故《ゆえ》、怪しんで頂かずともよい」

と、云った。

「これは……失礼いたしました。土を掘りかえし乍ら、怨霊《おんりょう》ということを考えて居《お》りましたので――」

陽ざしのない昏《く》れがたの墓地に、虚無の異相をもった黒の着流し姿が出現すれば、たいていの人ならば、怯える筈である。まして、迎火を焚く今宵《こよい》のことである。

狂四郎は、老人から鍬を受けとると、またたく間に、かなり深い穴を掘った。

「この箱を埋《い》けられるのか？」

「左様です」

老人は、狂四郎がそれを埋けて、きれいにつくってくれた土まんじゅうの上に、左側に並ぶのと同じ白木の墓標を立てた。

合掌を終えてから、あらためて、鄭重《ていちょう》に礼を述べた。

「まことに失礼乍ら、手前の家は、すぐ、近くにありますので、お立寄り下さいませぬか。粗茶を一服さし上げたく存じます」

「ご造作に相成る」

狂四郎は、さそいに応じた。老人の面貌《めんぼう》が、いかにも、滋味《じみ》に富んでいたからである。

山門を出てから、

「何を葬《ほうむ》られた？」

と、訊ねてみた。

「猫でございますよ」

「あの二十ばかりの墓が、ぜんぶ猫だと仰言《おつしや》るのか？」

「左様です」

「墓標は、みな新しかったが……？」

「この一月ばかりのあいだに、手前の屋敷内で、死骸となっていた猫たちでございます」

——これには、何か仔細《しさい》がありそうだ。

狂四郎は、思ったが、敢えて、訊かなかった。

二

老人の家は、さして大きくはなかったが、いかにもこのあたりで旧家を誇っているなと合点《がてん》されるたたずまいであった。入母屋茅葺《いりもややかやぶ》きの大屋根が、美しかった。

狂四郎は、奥の座敷に通されてみて、ますます、その観をふかくした。縁金《ふちきん》の折上げ格天井《ごうてんじょう》は、大納言《だいなごん》の格式にまぎれもなかった。

——あるいは、平家が滅びる頃に、都を遁《のが》れて、関東へ落ちて来た公卿《くぎょう》の末裔《まつえい》かも知れぬ。

そんな想像も可能であった。

老人のつれあいにふさわしい上品な老婆が、作法正しくお茶をすすめてくれたが、みごとな淹《い》れかたであった。

狂四郎は、もう一服所望して、それを把りあげた時、三味線の音《ね》をきいた。

視線をまわして、庭の方へ向けた狂四郎は、たったひとつ、この古びた屋敷にふさわしくないものを発見した。

庭のむこうに、見上げるような黒板塀《くろいたべい》がめぐらされてあったのである。上には、高い忍び返しまでつけられていた。庭は、禅味のふかい、「心」の字を象《かたど》った池を中心にする露地だったのである。当然、塀は、竹で組まれるべきであった。

「あの塀は、いかがなものか?」

狂四郎は訊ねた。

三味線の音は、塀のむこうからひびいて来ていたのである。この格式ある旧家と全く正反対の家が、隣りに在ることになる。

老人は、微かに眉宇《びう》をくもらせて、

「もとは桂《かつら》御所を模した竹の垣根を結って居りましたが……」

と、こたえた。

「隣りは、何者が住んで居るのです？」

「剣客とききおよびます」

「剣客？」

「小田原の浪人衆で、古藤田勘解由左衛門《ことうたかげゆざえもん》の嫡流《ちゃくりゅう》と称され、一刀流の看板をかかげておいでになります」

「………？」

「尤《もっと》も、ここへ移って参られてから、誰も、御主人が撓刀《しない》を持たれたのを見たことはありませぬ。家で稽古《けいこ》をされているのは、妻女の方で、あのように、三味線の音が絶えたことがありませぬ」

耳にする三味線の音は、なるほど、玄人《くろうと》らしく冴えていた。

「界隈《かいわい》の娘たちがかよって参り、その束脩《そくしゅう》やら月謝やらで、裕福におなりになったので、御主人は撓刀など手にされずとも、よいのかも知れませせぬ」

「姓名は？」

「志度《しど》伝十郎と申されます」

「志度伝十郎！」

その変った姓に、狂四郎は、記憶があった。

「ご老人、その男は、片耳がつぶれては居らぬか？」

「ご存じでございますか？」

「わたしが、つぶした」

もう三年あまり前になろうか。

飄然《ひょうぜん》と旅に出た狂四郎は、上野国《こうずけのくに》へ入った際、一宮《いちのみや》の宮司《ぐうじ》で、真庭念流《まにわねんりゅう》の使い手である一宮中務物部《なかつかさもののべ》安常をたずねて行き、十日ばかり泊ったことがあった。

安常は、三十になったばかりであったが、神に仕える身でもあり、殺伐な振舞いを一切行わず、常に画を好んで、菜園子と号し、撓刀を把《と》れば上州一円に敵なしと噂《うわさ》される腕前を持ち乍ら、その手にはいつも絵筆しか持たない人物であった。

多くの武芸者がおとずれたが、安常は、一度として立合わなかった。

たまたま、狂四郎が泊っている時に、おとずれて、試合を所望したのが、志度伝十郎という兵法者であった。

偶然、安常と伝十郎の対座している座敷の前の庭さきを通り過ぎようとして、狂四郎は、端座した来訪者を視《み》て、

——はてな？

と、ひとつの疑いを脳裡に閃かせた。

べつに、伝十郎の姿に、変ったところを視たわけではなかった。見知らぬ男であった。にも拘《かかわ》らず、狂四郎は、一種の霊感ともいうべき直感力を働かせたのであった。

狂四郎は、召使いを座敷へ行かせて、伝十郎に、

「当家あるじに代って、居候《いそうろう》中の浪人者が、お対手《あいて》いたす」

と、つたえさせた。

志度伝十郎は、神道《しんとう》無念流と称していたので、こちらから、素面素籠手《すこて》を申し出た。

伝十郎は、心得て、携えた袋から、蛤刃《はまぐりば》にこき上げた枇杷《びわ》の木剣をとり出して、足袋《たび》はだしで、庭へ出ると、懸声《かけごえ》すさまじく素振りをくれはじめた。

狂四郎が、普通の木太刀を借りて、庭へあらわれた時もまだ、伝十郎は、素振りをつづけていた。

伝十郎は、狂四郎をみとめるや、たちまち、大仰に敵意をあふらせて、胸を張った。会釈《えしやく》をおわるやいなや、伝十郎は、右足を大きく踏み出して、

「いざっ！」

と、上段に振りかぶった。

その構えは、いかにも、派手なものだった。

狂四郎は、木太刀をまだ右手に携《さ》げたままで、冷たく薄ら笑い、

「お主《ぬし》、隠密のようだな」

と、あびせたことだった。

三

伝十郎が、別人のように、その大仰な敵意をすっと体中に吸い入れて、枇杷刀を中段に下げ、刀身を氷のように冷たいものと化したのは、次の瞬間であった。

大仰な敵意や派手な構えは、すべて、故意に作ったものだったのである。

隠密と看破《かんぱ》されて、たちまち、一撃必殺の本来の姿に還《かえ》ったのである。

一宮中務物部安常は、諸国の勤王の志を抱《いだ》く人々と親しく交際していたので、伝十郎は、何か企てていることがあろうか、と探索に来たに相違なかった。

勝負は、一刹那に決した。

伝十郎の五体が、地を蹴って躍り、狂四郎は、わずかに身を引いた、とみえただけであった。

伝十郎は、一撃を生んだ姿勢のままで、数秒間、かっと、狂四郎を睨みつけていたが、さっと身をひるがえすや、風の迅さで、遁れ去った。その片耳がつぶれ、血まみれになっているのが、見物人たちの目に、のこった。

狂四郎は、安常から、神職の家の庭に、死者を横たえたくない、とたのまれたので、わざと、片耳だけをつぶしたのである。

あの隠密が、いつの間にか、この旧家の隣りに住居をかまえて、妻とみせかけた女に三味線の師匠をさせている。これは、この旧家に対して、何かの探索を為《な》していることであろうか。

「猫を二十四も、つぎつぎと葬られたのは、仔細がおありであろうか？」

まず、そのことを、なにげない口調で、訊ねた。

「当方の落度《おちど》のために、かわいそうに、この近辺の猫が片はしから殺されるのでございます」

老人は、語った。

隣家の志度伝十郎は、兵法指南の看板をかかげ乍ら、一人も門弟をとらぬ変り者であって、その所行も尋常ではなかった。

犬猫《けんびょう》を飼うかわりに、非常に大きな鼠《ねずみ》をいっぴき飼いならしていた。

つい、一月ばかり前、老人の家の三毛猫が、その飼い鼠が、縁側をちょろちょろ走りまわっているところを襲って、噛《か》み殺してしまった。

座敷にいた伝十郎は、これを見るや、差料《さしりょう》を抜くがはやいか、ひと撃ちに、猫を斬《き》りすててしまった。

そして、伝十郎は、その屍《しかばね》をぶら携げて、この家の玄関に現れるや、飼い鼠であることを判別できずにとびかかるような駄猫《だびょう》は、一刀のもとに容赦なく片づけてもくるしからずと思い、日頃の手並をみせたが、もしそれに対して不服があれば、いつでも真剣の勝負をいたす故《ゆえ》、腕の立つ者をやとわれるがよろしかろう、とうそぶいて、抛《ほう》り込んで行った。

「それ以来、どういう御料簡《ごりょうけん》でありましょうか、猫の名のつくものを、一切わが目にふれさせぬ、と申されて、猫脚《ねこあし》の膳《ぜん》や猫火鉢《ねこひばち》をうちくだく、丈《たけ》の高い下女を猫背だといって追い出してしまう、庭の柳の木を猫柳だと云《い》う者があると、たちまち根からひき抜いて焼いてしまわれる、といったあんばいで、まるで正気の沙汰《さた》ではない振舞いにおよばれて居ります。……当方に対しては、毎日、どこかの猫を捕えて、死骸《しがい》にして、庭へ、投げ込まれる次第でございまして、手前は、やむなく、ああして、葬ってやって居りますが、家内などは、おそれて、おもてへも出ませぬ」

「……………」

狂四郎は、腕を組んで、しばらく、沈黙を守っていたが、やがて、口をひらくと、

「失礼だが、御当家は、何人の裔《すえ》であろうか？」

と、訊ねた。

「奥能登《おくのと》に、平《たいら》大納言時忠《ときただ》の末裔《まつえい》が、一族とともに住んで居ります。手前は、寛永の頃、加賀様に従うて、出府し、この地に住みついたその分家でございます」

平大納言時忠は、妹が平清盛の妻であったため、朝日の昇るように昇進した公卿《くぎょう》であ

った。

文治元年三月二十四日、平家が壇《だん》ノ浦《うら》に滅ぶや、時忠も、源義経《よしつね》に囚《とら》われたが、神器の帰座、という重大な任務を全うした功で、解官されずに、そのまま、朝廷に出入することをみとめられた。しかし、すでに、平家が滅び、源氏のものとなった世をはかなんでいた時忠は、義経が兄頼朝《よりとも》と不和となったのを機会に、一族十六人をつれて、都を出て、能登半島に上陸し、そこに殿宅を建てて住みついたのであった。

以来、連綿《れんめん》として、子孫は、その家をまもりつづけて来ていた。時忠の長子時国《ときくに》の時代になって、平《たいら》の姓を名のるのをはばかって、時国を姓に変えた。

いまは、時国館《やかた》と云えば、加賀では、知らぬ者はない。

時国館が、いかに、格式を保ったか、という例がある。

ある年のこと、加賀藩主前田侯が、時国館をおとずれた時、その座敷に入りかけて、ふと天井を仰ぎ、

「これは、いかぬ」

と眉宇《びう》をひそめた。

縁金の折上げ格天井は、大納言の格式をのこしている。

「わしは、中納言ゆえ、この部屋に入れぬぞ」

藩主は、そう云って、侍臣に命じて、天井の一隅に白紙を貼《は》りつけさせておいて、よ

うやく入った、という。

この家は、その時国館の分家だ、という。

隠密に探索される理由があるに相違ない。

「志度伝十郎は、お手前をして、この屋敷から、立退《たちの》かせようと、企てている模様です」

狂四郎は、そう云って、老人を、凝《じっ》と見据えた。

老人は、愕《おどろ》いて、

「何故《なにゆえ》そのような無態《むたい》な企てをなされますのか？」

と、首をかしげた。

「志度伝十郎が、公儀隠密だ、と申したら、お心あたりがおありではないか？」

これをきくや、老人の顔面が、にわかに、こわばった。

——前田侯が、公儀に秘密にしなければならぬ何かがある。そのことと、この時国館の分家とは、深いつながりを持っている。そして、これは、銭屋五兵衛の野望とも、無関係ではあるまい。

狂四郎は、そう推理した。

しかし、この老人の口を割らせることは、おそらく、不可能であろう。

狂四郎が、為《な》すことは、ほかにあった。

「ご老人、筆と紙をお借りしたい」

四

迎火を焚《た》く十三日宵は、厳粛なものであった。

武家では、門をひらき、玄関より間毎に、麻裃《あさがみしも》をつけて相詰め、恰《あたか》も、生きた貴人の来訪を待つように、精霊を迎えるし、町家も同様、家中をきよめて、魂棚を構え、家族一同うちそろって、迎火を焚くとともに、鉦《かね》を鳴らし、称名を唱えるのであった。陰気な賑《にぎわ》いは、江戸中を別の世界にしたのである。

ところが――。

志度伝十郎の家では、宵に入るや、迎火を焚くかわりに、多勢のやくざていの男女の客を迎えた。やがて、酒盛りをはじめて、三味線のほかに、笛太鼓まで交えて、歌いさわぎ、はては、庭にまでとび出して乱舞する狂態を演じ乍ら、夜を更《ふ》かした。

その翌朝、志度家の下女が、門扉《もんぴ》に貼《は》りつけられた紙を、見つけた。

それには、次のようにしたためてあった。

人ごころ狂いにくるう三味線は
　恋せし猫の皮にぞありける
　　　　　　　　　　　　眠　狂四郎

伝十郎は、下女からこの貼紙をさし出されると、さっと顔色を一変させた。

ひくく、

「また、出たか！」

と、呻《うめ》くように呟いた。

昼すぎ、老人の家の庭に、いつの間に投げ込まれたか、一挺《ちょう》の三味線が、落ちていた。

その猫皮には、

「暮六つ、命倫寺境内《けいだい》にて」

と記されてあった。

命倫寺とは、隠密たちのねむる古寺であった。


暮六つが四半刻《とき》も過ぎた頃あい、眠狂四郎は、命倫寺境内の鐘楼《しょうろう》わきで、鈍《ちぬ》れた無想正宗を携げて、立っていた。

一間ばかり前の地べたに、志度伝十郎は、朱《あけ》にそまって、俯伏《うつぶ》し、永遠に動かなくなっていた。

六十がらみの住職が、しずかな足どりで近づいて来た。

狂四郎は、会釈して、

「この者は、公儀隠密と知られたい。盂蘭盆会《うらぼんえ》に、自らすすんで無縁仏になるべく、当寺を決闘場所にえらんだ、とお思い頂こう。よろしく、御供養《ごくよう》の程を――」

と、たのんだ。

「お手前は？」

住職は、問うた。

「わたしは、……左様、生きている亡霊、とでも申上げておこう」

住職は、遠ざかる狂四郎の後姿を見送り乍ら、ひくく、経文《きようもん》を誦《ず》した。

無頼善人

一

茹《うだ》るような暑い日がつづいていた。

陽が昇った時刻には、もう蒸し蒸しと、肌がじっとり汗ばんで来る暑さに、江戸の町は麻痺《まひ》状態に陥り、陽ざしの中をうろつく狂人の姿が、しばしば眺められる有様であった。

蚊や蠅《はえ》の多い時代であった。木立のふかい屋敷でも、泥溝《どぶ》くさい裏店《うらだな》でも、昼間から蚊帳《かや》をつらなければ、すごせない、と云っても誇張ではなかった。

その日の宵がた、珍しく驟雨《しゅうう》が来て、一時をしのがせる涼しい風が吹き渡って来たが、同時に、蚊も蠅も、群をなして、わあんと襲って来た。

荒川沿いの林の中にある、富士浅間祠《せんげんほこら》の裏手にあたる元隔離病舎は、蚊と蠅と、その他の飛び虫が渦をまいていた。

千佐は、ひとり、萌黄《もえぎ》の蚊帳の中で、短檠《たんけい》にあかりを入れて、手習いをしていた。かたわらの網のある伏籠《ふせご》の中で、香炉が、微かな香煙を昇らせている。中臈《ちゅうろう》であった頃のたしなみであった。

ふと――。

われにかえって、夕風に鳴り乍ら昏れなずむ深い木立へ目をやった千佐は、

――そうだ、わたくしは、今宵、女房になってみよう。

と思いたった。

先日、一日に一度おとずれる唐人陳孫に、何か不自由の品はござらぬか、と訊かれて、

「わたくしが、このように、いつまでも、娘のなりをしているのは、おかしゅうはありませぬか？」

と云うと、翌日、鉄漿《かね》をつける道具がとどけられたのであった。

千佐は、朱塗の机を除《ど》けて、鉄漿道具と鏡台を前に据えた。

人の妻になると、将軍家の御台所《みだいどころ》も、裏店のかみさんも、みな、歯を黒く染めるのがならいであった。

五倍子蜂《ふしばち》が白膠《ぬるで》の木に分泌《ぶんぴ》した嚢《ふくろ》状のものをこわして採った粉に、鉄汁を加えて、その化学的な変化によって、歯を黒く染めるのであった。上代民衆の歯が果実を喰《た》べて黒くなったのにならい、平安朝以来、人の妻になったしるしとして、この鉄漿が発明さ

れた、という。

千佐は、中﨟であった頃、御台所の鉄漿上げの役目をつとめたことがある。

鉄漿は、小さな枠火鉢《わくひばち》で湯煎《ゆせん》にする。

千佐は、準備をととのえた。

五倍子粉を入れた函《はこ》、鉄汁をあける鉄漿坏《つき》、含嗽《うがい》の耳盥《みみだらい》。

このような道具が、自分に必要だとは、思ってもみなかった千佐であった。

羽根楊枝《ようじ》に、麻を挘《むし》ってネリグリに巻き、五倍子粉をつけ、鉄汁に浸し乍ら、ほのかなよろこびを、胸にわかせた。

鉄漿をつけたいまから、自分は完全に、眠狂四郎の妻になる。その気持であった。

蚊帳の中の、このつつましい振舞いを、遠くから、じっと見戍《みまも》る者があった。

木立に身をひそめた唐人陳孫であった。

この二月あまり、陳孫は、昼夜、千佐を見戍って来た。そして、その忠実無比な護衛役は、いつか、陳孫の胸中に、千佐を愛する気持を生ましめていた。

陳孫は、千佐を、敵の手から救って、この廃屋《はいおく》につれて来た時、狂四郎から、預ってくれ、と云われて、短く、

「美しすぎる」

と、こたえたものであった。

陳孫は、千佐をはじめて視《み》た瞬間から、恋していたのかも知れなかった。

萌黄の蚊帳の中で、短檠のほのかな燈火《とうか》の影に映《は》え乍ら、鉄漿をつける姿へ、まばたきもせずに、宵闇《よいやみ》に光る眼眸《まなざし》を据えている陳孫は、抑《おさ》えに抑えていた恋情が、遽《にわか》に燃えあがるのをおぼえた。

狂四郎が、置きざりにして、殆ど帰って来ず、たまにふらりと帰って来ても、ただの一度も、褥《しとね》をひとつにしようとせぬことを知っている陳孫は、おのが妄執《もうしゅう》に、弁明の余地を持った。

陳孫は、のそりと立ち上った。

——許されい。

胸中で、狂四郎に詫びた。

——それがしは、あの女人を妻にいたす。

狂四郎ならば、あとで、それをきいても、冷たく笑って、

「やむを得ぬ仕儀であったろう」

と、諒解《りようかい》してくれるのではあるまいか。

陳孫は、木立を出ると、ゆっくりと、廃屋へ向って歩き出した。

瞬間——。

「むっ！」

陳孫の五体が地を蹴って、九尺あまり跳躍した。

その下の空間を、無数かと思われる手裏剣《しゅりけん》が、唸《うな》りすぎた。

もし、陳孫が、そこに立っていたら、顔面から四肢《しし》のはしばしまで、簓《ささら》のように、手裏剣を刺し立てられていたに相違ない。

「来居《きお》った！」

樟《くす》の高枝に、鳥のようにとまった陳孫は、音もなく、横列に並んで来る忍者の一隊へ、鋭い眼光を投じた。

二

十名をかぞえる敵の襲来に対して、常の陳孫ならば、にやりとするところであったろう。

女人に心を奪われた不覚であった。

陳孫は、胸部と太腿《ふともも》へ一本ずつ手裏剣を蒙《こうむ》っていた。

この程度の傷ならば、さして苦痛とするにあたらず、遁《のが》れるのに不自由はせぬが、あいにく、陳孫は、守らねばならぬ者を、廃屋に置いていた。

樟の高枝にとまっていることは、許されなかった。

陳孫は、頭上にさし出た太枝を、手刀で折ると、これで、身をかくした。

闇が来ていて、地上からは、このはるかな高処は、見わけ難かった。

忍者隊が、樟の根かたに、半円陣を敷くや、陳孫は、その太枝を、投じた。

ただの太枝とは受けとらずに、忍者隊は、さっと、半円陣の輪をひろげた。

その隙をのがさず、太枝がまだ宙を落下しつつある間に、陳孫は、となりの樅《もみ》の樹《き》へ、音もなく、とび移っていた。

そして、枝へとどまるいとまもなく、廃屋と反対側の方角へむかって、五体をとばした。

だが、その五体は、一本の綱を縦の枝へむすびつけてあり、地上数尺のところへ飛んだかとみるや、一個の振子と化して、廃屋の方へ、びゅーんと、大きく闇を掠《かす》める黒い弧線を描いた。

さらに――。

綱が、ほぼ水平に張った瞬間をのがさずに、陳孫は、おのが黒影を綱から切りはなして、翅音《はおと》もたてずに翔《か》ける鳥影宛然《さながら》に、高い宙を横切った。

もしも、敵が、ただの士たちであれば、この離れ技は成功したに相違ない。

忍者隊が、陳孫の飛翔《ひしょう》を見遁す筈がなかった。

ぴたっと地上へ降り立った刹那、そこへ、いくつかの飛礫《つぶて》が撃ち込まれた。

そのうちの、三個ばかりが、陳孫のからだへ当って、夜目にも白く、砕け散った。

これは、蠟石《ろうせき》を微塵《みじん》にしたのへ、黄燐《おうりん》を混じた粉末で、それを薄紙で包んだものであった。

衣服に当れば、これが白く光って、忽《たちま》ち目印となり、いかに闇にまぎれようとしても、不可能であった。

千佐を背負うて韋駄天《いだてん》の遁走《とんそう》をこころみようとしたのが、はばまれたとなれば、あとは、死にもの狂いの闘いがのこされているばかりであった。

陳孫は、自分の方から、木下闇に身をひそめた忍者陣へ向って、足を進めた。

意外にも――。

地面には、一個だに、忍者の影は、無くなっていた。

ようやく、陳孫は、受けた傷の痛みをおぼえた。

闇に光る目印をつけられたおのが身を、一瞬、さむざむとしたものにおぼえた。

陳孫は、ひそとしずまりかえった木下闇に向って、さらに、数歩進んだ。

忍者たちが、一人のこらず、梟《ふくろう》のように、樹枝に登って、おのれを見下しているのをさとり乍ら、陳孫は、いまや、文字通り捨身の戦法をとる、おちつきはらった態度を持していた。

手裏剣が降って来れば、風のごとく、奔《はし》るであろう。忍者が、飛び降りて来れば、その五体も白刃も手刀で砕くであろう。

毒煙に対しては、息をとめる術の用意がある。

傷ついた身が、どれだけ力を保ち得るか――問題は、それだけのようであった。

陳孫は、さらに、二歩進んだ。

瞬間――、闇を截《き》って、数本の矢が、射かけられた。

間髪《かんはつ》の差で、陳孫のからだは、一間を跳《と》び退《すさ》っていた。前方へ跳ばなかったのは、さらにそこへ、次の飛矢が唸《うな》って来る、と咄嗟に判断したからであった。

陳孫の判断は、あやまっていなかった筈である。

だが、忍者の方には、後方へ跳ぶ陳孫に対しても、これを遁さぬ手段があったのである。

陳孫は、頭上へ、ぱあっと拡《ひろ》がる巨大な蜘蛛《くものす》巣状のものをみとめて、思わず、叫びを発した。

それは、鉄の鎖で作られた投網《とあみ》であった。

三

一尾の魚にされて、鉄の網に包まれた上を、さらに、がんじがらめに太縄《ふとなわ》で縛りあげられた陳孫は、五人の手でかつぎあげられると、荒川へはこばれ、水中へ投じられた。

一方、他の五人は、廃屋を包囲した。しかし、すぐに、千佐をとらえようとはしなかった。

渠《かれ》らは、千佐をのがさぬように、見張っているばかりであった。

千佐は、林の中で、そのような激闘が演じられたとは、すこしも知らずに、歯が一本ずつ黒く磨《みが》き上げられるのに、よろこびをおぼえていた。

——あの方は、この黒い歯をごらんになって、なんと仰言《おつしや》るであろうか？

期待と不安が、胸にないまざる。

「たわけたまねをする」

そう云われても、それを本心とはきくまい。

千佐が、上下の歯を綺麗《きれい》に染め上げて、さて次には、当然、つぶし島田を、丸髷《まるまげ》に変えなければならない、と合せ鏡の中の自分を眺めやったおりであった。

「ごめん——」

案内を乞《こ》う声がした。

千佐は、いそいで、蚊帳を出た。

格子《こうし》を開けて、そこに立っていたのは、一人の老婆であった。

「どちら様で——？」

千佐の問いに対して、老婆は、こたえるかわりに、

「上らせてもらいましょうぞ」

と云って、さっさと、草履《ぞうり》をぬいでいた。

千佐は、屹《きっ》となって、その前をふさいだ。

「お年寄が、作法をわきまえられぬとは！」

「作法を用いる家か、家でないか、そなたの方がご存じの筈《はず》じゃ」

老婆は、千佐を押しのけて、座敷に通ると、蚊帳を捲《まく》って、中へ入ってしまった。

「斯様《かよう》な無礼をお働きになる理由を、うかがいます」

千佐は、蚊帳のそとから、老婆を、にらんだ。

老婆は、冷然として、千佐の咎《とが》めだてなどには、一切きこえぬふりで、

「鉄漿《かね》をつけていやるが、眠狂四郎の女房にでもなった所存か。笑止よの」

と、うそぶいた。

「わたくしが、眠殿の妻になって、なんの不都合がありましょう？」

「不都合じゃとは申して居らぬわ。笑止の沙汰《さた》よと申して居る」

「笑止の沙汰とは？」

「ふん。数知れずの怨霊《おんりょう》にまぶれ憑《つ》かれた彼奴《きやつ》が、人並に女房など持てよう道理か。いずれ、近いうちには、ぶざまな横死を遂げる身ではないか。当人も、そのことは、覚悟して居ろうぞ。……申しきかせておくが、彼奴は、幾人となく、女子《おなご》をたぶらかし、非業《ひごう》の最期《さいご》をとげさせて居る。彼奴に、ほんのすこしでも心を許した女子は、例外なく、

むごたらしゅう、あの世へ送られて居るのじゃ。そなたも、鉄漿などつけるところをみると、うわの空で、そぞろに、地獄への道をえらんだらしいが、あわれよの。ふふふ……」

「おひきとりなさるがよい！」

千佐は、声音《こわね》を鋭いものにして、促した。

「目晦《めくら》んだ女子に、何の忠告をしても、無駄であろうの」

「わたくしは、眠殿の手にかかって果てたい、と願った女子です。この身が、この世から消えることなど、すこしもおそろしゅうはありませぬ」

「それ、そのように、彼奴のいまわしい詐術《さじゅつ》にかかって、われを失って居る。あわれや、あわれ――」

「出て行かぬ、と申されるなら、無理にも追い出すことになります！」

「出て行かねばならぬのは、そなたの方じゃ。彼奴に、永遠《とわ》の別れの一筆でも書きのこして行くがよい」

四

狂四郎が、その廃屋に帰って来たのは、それからほんの四半刻《とき》ばかり後であった。

狂四郎は、柳橋の舟宿で、四日ばかり流連《いつづ》けていたが、不意の訪客に、帰宅をうながされて、その気になったのである。

不意の訪客は、先日、吉原田圃《たんぼ》の間を走る日本堤上で、狂四郎の人相を観《み》て、今夜丑《うし》三つに斃《たお》れる、と断定して、猿江村《さるえむら》の古屋敷へともなった世相道人という人物であった。

二夜を倶《とも》にした芸妓《げいこ》もかえしてしまい、手枕《てまくら》で寝そべって、茹《うだ》るような堪《た》え難い暑気も、一向にこの男にはこたえないように、ねむっているのか起きているのか、目蓋《まぶた》をとじて、動かずにいるところへ、ことわりもなく、障子を開けて、世相道人は、姿を現したのであった。

「操《と》れば即《すなわ》ち存し、舎《す》つれば即ち亡《な》し、出入時なくその郷を知る莫《な》し――そのような寝姿でござるな、眠狂四郎氏《うじ》」

挨拶《あいさつ》の代りに、端座するや、口にしたのは、その言葉であった。

狂四郎は、薄目をひらいて、対手《あいて》を視《み》たが、べつに動こうともしなかった。

「お手前に、あやまり申す。お手前の業力は、神力といえども及び申さぬ。見事に、死地を脱しられた。それがし、つつしんで、兜《かぶと》をぬぎ申す」

「今日は、何のご用だ？」

狂四郎は、訊《たず》ねた。

「お手前の鼻梁《びりよう》の人中停《じんちゆうてい》から、死の翳《かげ》が消えたかどうか、それを見とどけたく……」

「とくと、観《み》られるがよかろう」

狂四郎は、やおら起き上って、世相道人に正対した。

「拝見つかまつる」

世相道人は、凝《じっ》と眸子《ひとみ》を据えた。

……数分が、過ぎた。

狂四郎は、眉宇《びう》をそよともさせず、まばたきもせぬ無表情を保っていた。

心の裡《うち》は、全くの虚無であった。どれだけ長時間であろうとも、ほんの微かな思念すらも脳中に掠《かす》めさせることなく、静止していられる男であった。

神色自若という次第ではなかった。痴呆《ちほう》の状態に近く、しかも、観るべき者が観れば、微塵《みじん》の隙もない姿そのものが、人間の陰惨な業《ごう》と云えた。

ついに……、世相道人の方が、この長い沈黙に堪えられずに、

「死の翳《うめ》は、消えては居《お》らぬ」

と、呻くように云った。

芝居じみたその声音に対しても、狂四郎は、なんの反応も示さなかった。

「また、今夜丑三つが、わたしの最期だ、と云われるのか？」

「日時、場所については、それがしにも判り申さぬ。ただ、こんどは、お手前がおのが意志でおもむく先に、終焉《しゅうえん》の場所がござろうな」

「予言は忝《かたじ》けないが、わたしは、これまで、陥穽《かんせい》と知りつつ、出かけて行く時、生きて

還《かえ》ろうと思ったことはない。……お主《ぬし》が、罠作《わなづく》りの手伝いをされているのであれば、無駄な振舞いと云《い》うほかはない」

「ははは……、申された。それがしは、ただ、おのれの易が狂わぬということを、たしかめたいまでのこと。お手前の前に罷《まか》り出るのに他意はござらぬ。……なろうことなら、今宵《こよい》あたりは、帰宅されたい」

世相道人が、そう云いのこして、立去ったあと、狂四郎は、また元の寝姿になって、しばらく、動かなかった。

やがて、急に、大きく双眸《そうぼう》をひらいて、宙へ鋭く光る視線を送ったのは、千佐のことを考えたからであった。

——あの不幸な少女が、犠牲にされるのか！

その予感が、起ったのである。

狂四郎は、昏《く》れた街へ出た時、千佐を死なせてはならぬ、という強い気持を抱《いだ》いていた。

無数の修羅場《しゅらじょう》を経た者の鋭い感覚で、富士浅間祠《せんげんほこら》のある林の中へ入ったとたんに、ここで凄《すさま》じい争闘が、演じられたな、とさとった。

——よもや、陳孫が敗れさるとは考えられぬが……。

灯の入っている、いつもと変らぬ廃屋のたたずまいを、視やり乍《なが》ら、そこへ近づいた狂四郎は、急に、背すじに、さむざむとしたものを、おぼえた。

庭へまわって、座敷につるされた蚊帳の中に、千佐の代りに、こちらを仇敵《きゆうてき》と憎む老婆が坐《すわ》っているのを見出すや、

――甘く見すぎたようだ。

と、自嘲《じちよう》が湧《わ》いた。

縁ぎわへ寄って、

「おばば、妄執《もうしゆう》ならば、こちらもやむを得ず、いつでも、生命を狙ってくれてよいことにしているが、罪もない女子を拉致《らち》するのは、いかがなものか」

と、云った。

老婆は、蚊帳ごしに、狂四郎を睨《にら》みつけ乍ら、

「うぬがごとき悪業の権化《ごんげ》めを討ちとるのに、手段をえらんで居れようか！」

と、うそぶいた。

「おばばが拉致した女性は、わたしの女ではない。ただ、この家に泊めているにすぎぬ」

「契《ちぎ》りもせぬ女子が、何故《なにゆえ》に、鉄漿《かね》などをつけるかの」

老婆は、せせら嗤《わら》った。

「鉄漿を？」

「左様さ、わしらが参った時、女子は、うれしげに、歯を染めて居ったわ」

「わたしの知らぬことだ。あの娘は、処女《むく》だ。これは、まちがいない」

「虚仮《こけ》をぬかし居る。処女が、鉄漿をつけるとは、きいたこともないわ。女子を許してもらいたくば、もっと正直な口上を思案しやれ。惚《ほ》れているなら、惚れている、とな——」

狂四郎は、遂《つい》に、この頑《かたく》なな老婆に対して、憎悪を意識した。

とたんに、老婆は、それに反応して、はげしい気色をみなぎらせると、

「わしを斬《き》るか、眠狂四郎！　斬れるものなら斬ってみよ。わしを斬ったなら、女子は、目玉をえぐられ、鼻を殺《そ》ぎ落される手筈《てはず》が成って居るわ。……さ、斬ってみい！」

蚊帳をはぐって、いざり出るや、老婆は、昂然《こうぜん》と、胸を張ってみせた。

狂気じみたその姿を見戍《みまも》り乍ら、狂四郎の胸中には、

——おれに、この醜怪な年寄りが斬れぬのは、どこかに人の善《よ》さがあるのかも知れぬ。

その独語が、あった。

第四の墓

一

眠狂四郎が、本所《ほんじょ》今川町の横町にある講釈師、立川談亭の家へ、ぶらりと訪れたのは、暑気もまだ沸いていない早朝であった。

無断で、格子《こうし》を開けて上って来たので、談亭は、気づかずに、蚊帳《かや》の中で、あたらしく作った軍談を高座にかけるべく、しきりに、ぶつぶつと、七五調に直していた。

「……そもそも、武士道と云《い》っぱ、豪壮勇健、恩義を推し、廉恥《れんち》を守り、名節を以《もっ》て相《あい》磨礪《まれい》し——これは、ちとむつかしいかな。高風雅懐、節義ある——とゆくか。死を視《み》ること帰するがごとく、誓って凌辱《りょうじょく》を受けず、法刑いまだ加えざるに、まず自ら刃《やいば》に伏すの気概こそ——いかんな、どうも、むつかしくなりすぎるて。……やっぱり、いきなり合戦とゆくか。時はいつなんめり、元暦《げんりゃく》元年春あさき、一ノ谷なる新戦場。平左兵衛佐薩摩守忠度《たいらさひょうえのすけさつまのかみただのり》公におかせられては、紺地錦《にしき》の直垂《ひたたれ》に、黒糸縅《くろいとおどし》の鎧《よろい》をつけ、黒く太く逞《たくま》しき駒《こま》に、沃懸地《いかけじ》の鞍《くら》を置き、箙《えびら》に結ぶ風流の辞世もゆかしきその題は、旅宿の花と記したる――。

行きくれて、この下かげを宿とせば
花や今宵《こよひ》の主《あるじ》ならまし
歌いし一首、ひらりと舞う、武人が最後の心意気――名をば惜しみてあまりある……」

張扇《はりおうぎ》で、蚊帳に入って来た蚊を、ぴしゃりとたたいて、

「その勢百騎を引具なし、しんずしずしずと落ち行かんとせしところに、韋駄天《いだてん》駈《が》けに追い迫りしは、これぞ誰あろう、武蔵国《むさしのくに》の住人岡部六弥太《ろくやた》忠澄なる荒武者――、やあやあ、やあの、こらやあやあ、そこに行かれるは、平家の大将平左兵衛佐薩摩守忠度公とお見かけしたりっ――かゆいっ!」

また、もういっぴき、食いついたやつを、張扇でたたいて、はじめて、狂四郎が、となりの茶の間の長火鉢《ながひばち》の前に坐《すわ》っているのに、気がついた。

あわてて、蚊帳から出て来て、

「先生、お人が悪い。立川談亭苦心の一席を、ただで見物しているなんて――いやはや、さてはや、どうも、毎日、お暑いことで……。尤《もつと》も、夏が来りゃ、暑いのは、犬が西向きゃ、尾が東、あたりまえの話ですがね」

「こちらは、あいにく、夏が来ようが、冬が来ようが、あいかわらず、人殺しの愚行を

くりかえして居《お》る」

「晏子曰《あんしいわ》く、その斑文《はんもん》の好《よ》き虎豹《こひょう》は、身必ず剝《は》がる。一難去ってまた一難——これもまた生甲斐《いきがい》に御座候《ございそうろう》。尤も、先生は、ご自身で、市《いち》に禍《わざわい》を買うきらいがありますがね」

「そこで、師匠にたのみがある」

「待ってました。はばかり乍ら雪隠《せっちん》乍ら、立川談亭に、九字を切る術あり、加えて備う福徳円満、引くなかれ推すなかれ福自《おのずか》ら帰せんとす、どんな災難だって、西の海へさらりだ」

「西丸老中邸内の、武部老人の長屋の庭に、石がひとつ、ころがしてある。霊という一字を刻んであるから、すぐわかる。それが、わたしの墓だ」

「…………？」

「わたしが死んだら、渋谷の丘の上に据えてくれぬか？」

その丘陵《きゅうりょう》の頂きには「霊」の一字を刻んだ自然石の墓が、三基並んでいた。薄倖《はっこう》であった三人の女性——狂四郎の母と、妻美保代と、それから従妹《いとこ》静香が、ねむっている。狂四郎という男を愛したばかりに、若くして、この世を去らねばならなかった女性たちであった。

狂四郎は、そのそばに、おのれの墓をたてたい、と云う。

談亭は、眉宇《びう》をひそめて、かぶりを振った。

「先生、冗談じゃありませんぜ。先生ともあろう御仁《おひと》が、無常の鬼に身を責められる、なんて莫迦莫迦《ばかばか》しい。死に急ぎと、果物の取り急ぎはしないものでさあ」

「今日あたり、おれが死ぬ——と、この鼻の人中停に、現れているそうだ」

「なんですって？　どこのどいつが、云やがった。大べらぼうのこんこんちきたァ、このこった。野郎に会わせて頂きましょう。ええ、会わせて頂きましょうよ。こっちには、富婁那《ふるな》の弁舌、舎利弗《しゃりほつ》の智慧《ちえ》があるんだ。そん畜生の面《つら》の皮をひん剝《む》いて、太鼓に張って、南無妙法蓮華経《なむみょうほうれんげきょう》を唱えたてまつってやらざあなるめえ。ふざけやがって——」

　狂四郎は、微笑し乍ら、

「その男が、予言したのは二度目だ。最初の時は、おれの方に運があった。しかし、こんどもまた、おれの方に運があるとは限らぬ」

「どういうんでござんす、それァ？」

「いまさき、蚊帳の中へとび込んで、お主に張扇で打ちころされた蚊のように、おれも、これから、敵の待ちかまえるところへ、行くのだ」

「どうなさろうってんで？」

「女を一人、救わねばならぬ。美保代や静香と、同じ運命にさせたくはない」

「千佐様が、捕えられておいでなさるのですかい？」

「そうだ」

「なんとか、話しあいをつけるような都合には……」

「ばかを云え」

狂四郎は、立ち上った。

「では、たのむ」

「ちょ、ちょっと待って下さいよ、先生！」

談亭が、あわてて、とめようとしたが、狂四郎は、ふりかえりもしなかった。

二

隅田川《すみだがわ》と綾瀬川《あやせがわ》が合するところを、鐘《かね》ヶ淵《ふち》という。むかし、普門院という寺の鐘が、この淵に沈没したとも、いや、沈んだのは橋場長昌寺の鐘で、この名称があるともいわれ、両寺の鐘楼にさげられた新鋳《しんちゆう》の鐘の銘にはそれぞれ、その事を刻んでいるが、孰《いず》れが真とも判らぬ。

綾瀬川の縁に、合歓木《ねむのき》がならんで、灼《い》りつける陽光に、愛らしい淡紅色の花を競っているのは、歴代の将軍家の、船涼みのためであることは、まちがいない。

隅田川の本流は、ここで大きくまがって、幅広く洋々とひらけ、綾瀬川口の汐入《しおいり》にむらがった葦《あし》を鳴らす風を、江戸市中へむかえ入れることになり、景色はすばらしいのであった。

った。

狂四郎が、訪れたのは、その汐入の、岸辺《きしべ》へ高い築地塀《ついじべい》をめぐらした宏壮《こうそう》な屋敷であった。

『御用屋敷』

世間には、その名で呼ばれていたが、どのような目的で使用されているのか、知る者はなかった。門扉《もんぴ》は、年中かたく閉ざされたままであった。人の出入も全くない、と云ってよかった。

正門のほかに、御成門《おなりもん》が設けられてあるところをみれば、曾《かっ》ては、将軍家が、船遊びの途次に立寄るならわしもあったのであろう。

戸越家の老婆《ろうば》が、狂四郎に、来るように指定した場所が、ここであった。

潜《くぐ》り戸は、開いていた。

一歩入ってみて、手入れのゆきとどいた見事なたたずまいが、ぎらぎらと眩《まぶ》しい陽光の中で、しーんと、しずまりかえったさまへ、凝《じっ》と双眸《そうぼう》を視放《みはな》った狂四郎は、

——ただの構えではないな。

と、さとった。

一瞥《いちべつ》しただけでは、なんのふしぎもない構造だが、一木一石ことごとくが、奇襲に対する備えとなるように配置されているのであった。いわば、ここは、城における虎口《こぐち》であり、樹木と石によって、攻防孰《いず》れにも有利なように工夫してある。砂利道《じゃりみち》が曲折して

いるのも、意味のあることだった。すなわち、桝形《ますがた》を形成していた。狂四郎は、歩き出し乍ら、桝形の内側を囲った区域——すなわち武者溜《むしゃだまり》にあたる地点から、木立にひそんで、自分を鋭く凝視している者がいることを、直感した。

——忍者たちの隠れ巣か。

常の足のはこびで、玄関へむかって進み乍ら、そう思った。

案内も乞《こ》わずに、雪駄《せった》をぬいだ狂四郎は、なんのためらいもみせずに、屋内へ通った。見当をつけて入ったところが、まちがいなく、書院であった。襖《ふすま》には、仙人・呂洞賓《りょとうひん》や傅説《ふえつ》の像が描かれてあり、天井には鳳凰《ほうおう》が舞っていた。八双の屛風《びょうぶ》には、堯《ぎょう》の隠者・許由《きょゆう》が、滝に耳を洗い、巣父《そうほ》が牛を引いて故郷へ帰る図が描いてあった。

——賢人ばかり描いた書院で、忍者と無頼者が対決するとは……。

狂四郎は、苦笑した。

待つほどもなく、襖をひらいて、戸越家の老婆が、入って来た。

「見えたの」

上座に坐ると、満足げに笑った。

「女を返して頂こうか」

狂四郎は、無表情で、云った。

「おう、返して進ぜようとも。されば、その大小を、遠くへ置くがよい」

狂四郎は、命じられた通りに、脇差を腰から抜くと、無想正宗とともに、老婆の膝の前へ抛《ほう》った。

すでに背後には、五人の士が、音もなく入って来て、狂四郎へ眼光を刺していた。

老婆が、片手を挙げて合図すると、八双の屛風が、たたまれた。

その蔭に据えられていたのは、全裸の千佐であった。

美しかった。

嫩《やわらか》な肉が、ふっくらと盈《み》ちた白い裸身は、ただの一度も外界にさらしたことのない秘められたものであった。その羞恥《しゅうち》が、削られた春葱《しゅんそう》のような柔肌《やわはだ》にいたいたしく滲《にじ》んでいた。

帯を解けば色すでに戦《おのの》き、手を触れれば心いよいよ忙《せわ》し、那ぞ知らん羅裙《らくん》の内、消魂別に香《こう》ばしきあり。

十香の詞にうたわれた遼《りょう》の国の美しい薄倖《はっこう》の皇后のすがたにも比べられる。

太綱が幾重にも胸や腹の肉に食い込んでいるいたましさも、かえって、その美しさゆえに、息をのませる効果があった。

狂四郎は、一瞬われを忘れて瞶《みつ》めていたおのれに、はっとなって、視線を、老婆に移した。

「おばば、衣服を剝ぐなんの理由がある？」

「お主《ぬし》に見せてくれるものがあるわい」

老婆は、自身で立って行って、千佐の裸身を、向けかえさせた。

流石《さすが》の狂四郎が、おのれの顔の色の変るのをおぼえた。

滑らかな白い肌膚《はだ》は、無慚《むざん》によごされていた。

項《うなじ》からすこしさがったところに、おぼろな三日月がかかり、臀部《でんぶ》を谷間とみたてて、一個の髑髏《のざらし》が置かれ、夜半の烟霧《えんむ》の中に、鬼火が燃えている構図のいれずみが、ほどこされていたのである。

憤怒《ふんぬ》が、狂四郎の五体を熱くした。

「ふざけた悪戯《いたずら》も、程度があるぞ、おばば！」

凄《すさま》じい睥睨《へいげい》に、老婆は、いささかも怯《お》じずに、

「眠狂四郎の業《ごう》を、この女子《おなご》が、一生せおうて行くのじゃ。髑髏はおのれのものと思え」と、うそぶいた。

狂四郎は、枯木のように老いさらばえた女の内にたぎっている残忍な妄執《もうしゅう》に、戦慄《せんりつ》した。

——先日、出会った時に、斬るべきであった。

烈《はげ》しい悔いが、胸を嚙んだが、もはや、おそかった。

背後から、十本の手が襲って来て、たちまち、狂四郎の身の自由は、奪われた。

千佐は、すでに、いれずみをほどこされた時から、忍者が用いる毒を服《の》まされて喪神状態をつづけていて、じぶんを救いに来てくれた者が、そこにいることも判らずに、うつろな眼眸《まなざし》を、宙に送っていた。

高小手に縛りあげられた狂四郎は、ひきたてられ乍ら、

「おばば。女に罪はない。わたしが囚われに来たからには、わたしの告げるところへ送りとどけてもらおう」と、たのんだ。

「おう、よいとも。お安い御用じゃ。お主の菩提《ぼだい》をとむらう者が一人ぐらいは、いてもかまうまいぞ」

三

老婆は、千佐を駕籠にのせ、狂四郎の指定する本所今川町の立川談亭の許《もと》へ送らせておいて、とある座敷に入った。

狂四郎を、ついに捕虜にすることに成功した悦《よろこ》びは、しかし、その貌には、なかった。皺《しわ》のひとつひとつに、深い疲労が滲んでいるようであった。

人が入って来た気配にも気がつかずに、茫然と坐り込んでいる姿は、いかにも、もの佗《わび》しげであった。

をむき出した。

「ばばどの」

呼ばれて、顔を擡《もた》げた老婆は、そこに立つ者を見出して、たちまち、険しい不快の色
世相道人の最初の予言によって訪れた狂四郎を、褥《しとね》に入れて、毒持ちの小蛇《こへび》を噛みつかせた上臈《じょうろう》――小波《さざなみ》という美しい女性であった。

老婆は、あの夜、小波が、狂四郎を褥に迎える前に、解毒の薬を飲ませたことを、知ってから、この美しい女性を憎んでいた。

しかし、裏切り者として、処分することを遠慮したのは、小波が、能登《のと》の故郷では、戸越家の主筋にあたる上忍館《じょうにんやかた》の女《むすめ》だったからである。

小波は、対座すると、静かな声音で、

「眠狂四郎殿を、捕えられたそうですね？」と、問うた。

「小波どのは、さぞかし不服であろうの。お前様も、どうやら、彼奴《きやつ》の妖《あや》しい毒気にあてられた様子じゃ」

老婆は、そっぽを向いて、にくにくしげに、吐き出した。

「ばばどの、眠殿は、仇《かたき》ではありませぬ。小弥太《こやた》さんも、逝《ゆ》くにあたって、そう申していたではありませぬか」

「それ、それ……そのように、彼奴にたぶらかされて居《お》られるわ。彼奴の毒気を払いの

けることのできるのは、このばばだけじゃわい。……ところで、小波どの、こんどは、よもや、ばばのすることに邪魔だてはされまいの？」

「………」

「返辞をされぬところをみると、邪魔だてされる所存か？」

「眠殿を、捕虜にして、どうなさるおつもりです？」

「お前様の知ったことではないわ」

小波は、黙って立った。

老婆は、その優雅な姿を、睨み上げて、

「お前様とても、邪魔だていたせば、こんどこそは、容赦しませぬぞ！」と、叫んだ。

「わたくしは、これから、能登へ帰ります」

小波は、云《い》いのこした。

老婆は、小波が出て行くと、すぐに、忍者の一人を呼んで、屋敷から去るかどうか、見とどけさせた。

小波は、供一人もつれずに、屋敷を立去った。

地下に設けられた石牢《いしろう》であった。

牢格子《ろうごうし》は、三寸角の檜《ひのき》で組まれ、腕一本通すのが、やっとであった。廊下には、鍵《かぎ》を腰に携《さ》げた見張り番が、向い側の壁ぎわに床几《しょうぎ》に腰を下していた。

高小手に縛られたまま、牢内に抛《ほう》り込まれた狂四郎も、その綱を解くのに、さほどの苦労はしなかったが、さて、ここから脱出するとなると、坐って半刻《とき》にもなるが、いかなる手段も思いつかなかった。

——世相道人の予言通りになるか。

死を、いささかもおそれるものではないが、囚徒として仆《たお》れるのは、御免を蒙《こうむ》りたかった。眠狂四郎らしい、この世との別れかたがある筈《はず》であった。

——焦躁《あせ》ることはない。

狂四郎は、腕を組んで、目蓋を閉じると、それきり、石にでも化したように、身じろぎもしなくなった。

四

談亭は、ふっと、目がさめた。もう夜明けが近い、と思われる時刻であった。

しばらく、闇に大きく目をあけて、じっとしていたが、不意に、むっくり、起き上った。二階にあずかった千佐のことが、急に、不安になったのである。

駕籠で送られて来た時は、白痴同様の状態であったが、一昼夜を経て、ようやく、正常の意識をとりもどしたものの、昨夜、寝に就く頃、また、なんだか様子がおかしかったのである。

——そおっと、覗いてみるか。

談亭は、音をしのばせて、階段をのぼって行った。二階には、灯があった。

予感は、当っていたのである。

「な、なにを、なさるっ！」

蚊帳《かや》をはぐって、とび込んだ談亭は、懐剣を抜き持った千佐の右手を、ひっ摑んだ。

「とんでもない真似《まね》を、しなさる！　先生は、お嬢様に、黄泉路《よみじ》を歩かせたくないから、身をすてて、助け出しに、行きなすったのじゃありませんか！……憴《おこ》りますぜ、談亭は！」

「…………」

千佐は、うなだれて、返辞をしなかった。

談亭は、その頰《ほお》をつたう泪《なみだ》を見まもり乍ら、

「ようございます。貴女様の死場所を、お教えいたしましょう。朝まで、お待ち下さいまし」

きっぱりと、云った。

陽が昇った頃あい、二挺《ちょう》の駕籠が、渋谷の丘陵を、登っていた。そのうしろから、談亭が行く——。

見わたすかぎり、樹木と雑草と青い稲が、濃淡に染めわけられ、十里彼方に淡くかすむ遠山をふちどった平蕪《へいぶ》の景色は、今日も変りはない。

頂上にそびえる櫨《はじ》の巨木も、変りなく、葉裏を光らせて、風に鳴っている。二挺の駕籠は、その下に停められた。

前の駕籠から千佐が降りた。そして、後の駕籠から、かなり大きな自然石を、談亭は、かかえおろした。

談亭は、駕籠舁《か》きたちが、その石を運ぶのを手伝おうとするのを、

「お前さんがたは、麓《ふもと》で待っていてくれ」

と、ことわって、自分だけで、かかえあげた。

千佐は、潤《うる》んだまなざしを、櫨の根かたに並んでいる三基の墓へ、送った。

孰《いず》れも、「霊」の一字が刻まれてあるだけの自然石であった。

「よいしょ、よいしょ」

談亭は、懸声《かけごえ》をかけ乍ら、同じく「霊」の一字を刻んだ石を、はこんで行き、その三基の右端へ、据えならべた。

ひと息入れてから、千佐にむかい、

「お嬢様。お教えしましょう。左が、先生の従妹にあたられる静香様、まん中が、お母上、右が、奥様の美保代様。……それから、いま据えたのが、先生ご自身の墓でござい

ます」

「え？」

千佐は、愕《おどろ》いて、談亭を視た。

談亭は、笑って、

「なアに、ごらんの通り、下はからっぽです。まかりまちがっても、手前の目の黒いうちは、この下に、先生に入って頂きますまい。……と祈ってはいますが、黄泉の路上、老いは寡《すくな》しだ。神様がドジを踏んで、うっかり、先生の寿命を縮めちまったら——その時は、しかたがない」

真剣な表情になって、

「お嬢様、その時は、この墓の前で、のどなり、胸なり、ぐっさり、おやんなさいまし。この講釈師は、商売柄、経文ぐらいはとなえることができます。見とどけて、さしあげましょう。まず、それまでは、お生命《いのち》は、手前におあずけ頂きましょう。貴女様が、いまなさることは、この三人の不幸なご婦人がたに、先生をまもって頂きたい、とお祈りなさることでございますよ」

花と小舟

一

眠狂四郎は、夢の中で、亡《な》き妻の美保代と、会っていた。のどかな春の昼下りであった。庭には、桜花が七分ばかりに咲いていた。空は、薄絹をひろげたように、晴れて、かすんでいた。

狂四郎は、これから、何者かと果し合いに、出かけようとしている……。対手《あいて》は、宿敵のようであった。いくたびかの決闘の機会を迎え乍ら、一方が仆《たお》れることなく、ついにこの日が来た、と思われる。

狂四郎は、のどかな春の陽ざしをあび乍ら、兵法に謂《い》う「真我の我」を悟り得たような、おちつきはらっている自分を観《み》ていた。

これまで、一剣によって、無明を払わんと心掛けたことなど、ただの一度もない男が、どうしたことか、宛《あたか》も、魂の清澄《せいちょう》を得たごとく、ものしずかな気持でいるのであった。

剣というものは、不動智神妙《ふどうちしんみょう》の心気をもってこそ、事理一体の働きがなし得ると云《い》われているが、おのれの場合は、全くその正反対に、業念に呻《うめ》く捨身を、石火の機に働かせて来た。邪剣であった。あくまで、その剣は、殺法であり、断じて、活殺自在三昧《ざんまい》の境地とは、本源を異にしている。無想正宗を鞘走《さやばし》らせれば、必ず敵を斬った。敵をゆるしたことは、未《いま》だ曾《かつ》て一度もない。殺法をふるう輪廻《りんね》の妄心《もうしん》をもって、おのが五体を地獄へ送ることをのぞみ乍ら、かえって、事理を極めて、常に死地をまぬがれて来た男である。

禅に謂う、拈華微笑《ねんげみしょう》の旨《し》を得る一流達人とは、対極に立っている筈であった。にも拘らず――。

いつの間にやら、禅心にも似た、静かなおちつきが、おのれの胸中にある。

――おれは、いま、死ぬことを、幸せと思っているようだ。

そう呟いた時、美保代が、新しく仕立てた黒羽二重《くろはぶたえ》の着物を持って来て、「お召換えを――」と、すすめた。

美保代は、つい先刻まで、重い病いの牀《とこ》に臥《ふ》していた筈である。

いつの間に、身じまいを整えたのであろう。うっすらと化粧した貌は、褥《しとね》の中にあった氷肌《ひはだ》のつめたさをはらって、清楚《せいそ》な艶《つや》やかささえふくんで、美しかった。理智のちからで、熱を抑《おさ》えたように、明眸《めいぼう》を冴えさせている。

――そうか。おれを、このように、死ぬことを幸せに思わせているのは、この妻が、いたからなのだ。おれの五体は、この世から間もなく消えるが、美保代の心の中には、おれの姿が、永遠に生きていることになる。

「美保代、わたしが、果し合いに敗れて、死んでも、あとを追うてくれるな」

「はい」

美保代は、うなずいた。

「そなたは、わたしに看取《みと》られて逝《ゆ》くことを、唯一のねがいにしていたのであろうが、代って、わたしの方が、先に死ぬことになった。そなたは、長生きしてくれ」

——そなたが長生きしてくれるならば、それだけ、永く、おれの面影が、そなたの心の中で、生きていることになる。

狂四郎は、美保代が、病める身で心をこめて縫いあげてくれた着物を着換えると、

「そなたとともにすごした月日は、短かいものであったが、幸せであった」

と、告げた。

「わたくしの方こそ、幸せでございました」

美保代の眼眸《まなざし》には、愛情が満ちあふれていた。

——おれが死ねば、間もなく、この妻も、あとを追って来るであろう。

死期を迎えた者の、深い愛情は、こうしたあまりにも静かなかたちをとるものであろうか。

狂四郎は、引き寄せて、抱きしめてやりたい衝動をおぼえた。

その衝動が、

――これは、夢だ。

という意識を蘇《よみがえ》らせた。

夢ならば、猶更《なおさら》のこと、生きている時にはしてやれなかった愛撫《あいぶ》を示してやれるではないか。

なぜ、それが、できないのか。

――おれの心には、救い難い懈惰《けだ》がある。善《よ》きもの、美しいもの、純乎《じゅんこ》たるものに対して、ただの一度として、素直に、手をさしのべたことがないのだ。……おれは、ただ、人を斬りつづけただけだ。流血が鹵《ろ》を漂わせる修羅場裡《しゅらじょうり》に、生甲斐《いきがい》のようなものをわきたたせて、狂いまわって、幾年かを、すごして来ただけではないか。

暗黒の中に遠ざかる美保代の姿を、茫然《ぼうぜん》と見送り乍ら、自虐《じぎゃく》の独語をもらしたあとに、はっきりと、意識は現実に還《かえ》った。

おのれの身は、石牢《いしろう》の冷たい床の上に、横たわっていた。

二

いつの間にか、朝の光が、廊下の方から、さして来ていた。これで、石牢の中に、二夜をすごしたことになる。

狂四郎は、やおら、起き上った。

廊下の向い側の壁際《かべぎわ》で、見張り番が、首を垂《た》れて、うとうとしている。

流石《さすが》に、地下の石牢は、冷える。一方の壁のむこうは石垣になり、鐘《かね》ケ淵《ふち》の水に洗われているのであった。片隅に、三寸角ばかりに、用便用の穴が截《き》ってあったが、そのすぐ下に、水が来ていたのである。

夢の去った朝を迎えて、狂四郎は、はじめて、微かな焦躁《しょうそう》をおぼえた。

忍耐心も強く、無為な時間をすごすことに馴《な》れている男であった。焦躁が起るのは、珍しいことであった。

狂四郎は、あらためて、牢内を、ぐるりと見まわした。人力によって破ることは、全く不可能な造りであった。

壁は石を積まれたものであり、床の下も石であった。格子《こうし》は、三寸の角材で組まれている。

この身を出すのは、格子に填込《はめこ》まれた同じ格子の扉を開くよりほかに、すべはなかった。

幾人かの囚徒が、この中で、焦躁し、絶望し、あるいは狂い、あるいは食を絶って、逝《い》ったに相違ない。それらの人々が刻んだ悲惨な文字が、壁にも床にも格子にも、無数にのこっている。

孰《いず》れもただの囚徒ではないことが、その文字で読みとれた。政道に反抗した犠牲者たちであった。

狂四郎は、斬り死する覚悟はして来ていたが、このように囹圄《れいご》の身になろうとは、夢にも考えてはいなかった。

——おれのような人間にも、見栄《みえ》はあったようだ。

血海の中に仆《たお》れるおのれのみを想像していたのが、甘かったのだ。

狂四郎は焦躁し乍ら、焦躁するおのれを嗤《わら》った。

石の階段を降りて来る跫音《あしおと》が、高い反響を生んだ。

姿を現したのは、戸越家の老婆《ろうば》であった。

格子の前に立つと、端座した囚徒へ、底光る眼眸《まなざし》を呉《く》れて、

「ほう、流石は眠狂四郎よの。小面《こづら》憎うおちつきはらっていやる」

「…………」

「じゃが、その態度も、せいぜい、あと三四日であろうわい。あとは、わめき、のたうち——狂いまわって、挙句の果てが、掌《て》を合せて、哀訴するのじゃて」

「わたしが、おばばに、哀訴するというのか？」

「左様さ。……人間にとって、何がいちばんおそろしいか、おのれ自身知らぬ筈はある

まい。飢渇《きかつ》じゃ。おのれは、やがて、一椀の飯、一杯の水のために、その床へ、額をこすりつけることになるのじゃ」

「それほど、わたしが、憎いのか？」

「おお、憎いとも！　こうして、うぬが面《つら》を見ているだけで、からだ中が、憎悪で、燃えて来るわい。ただ一撃ちに殺してくれるだけでは、あき足らぬ。じりじりとな、地獄の責苦を加えて、骨と皮にして、冥土《めいど》へ送ってくれようぞ！」

「………」

狂四郎は、その凄《すさま》じい形相《ぎょうそう》を正視するに堪えられずに、目蓋を閉じた。

「どうしたぞ、眠狂四郎？　このばばの執念が、やっと、判ったか。おいぼれとあなどり居《お》ったむくいを、思い知ったか。忍法無影流戸越の家を守るこのばばが、おのれら如《ごと》き無頼の痩《や》せ浪人の業力に負けよう筈があろうか。いずれは、おのれは、かぞえきれぬ悪業を積んで居ろうが。千人の指さすところは、病無くして死す、とむかしの諺《ことわざ》にも申して居るわ。……どうじゃ、むくいのおそろしさをすこしは、思い知ったならば、南《な》無帰命《むきみようちようらい》頂礼、と唱えてみい」

老婆は、おのが呪いの詞《ことば》に酔ったあまりに、大きく、肩を喘《あえ》がせた。

「おばば、たのみがある」

狂四郎は、目蓋を閉じたまま、云った。

「ふん、——舌三寸で云いくるめようとしても、どっこい、そうは参らぬぞ。おのれにのこされているのは、一椀の飯、一杯の水欲しさに、額を床へすりつけて、哀訴することだけじゃわい」

「わたしのたのみは、許しを乞《こ》うことではない」

「では、なんじゃ？　申せ！　申してみい！」

「罵倒《ばとう》はそれくらいにして、引上げてもらいたい——そのことだ」

「な、なに！　こ、こやつめが……、ほ、ほざき居ったな！」

老婆は、かっと逆上すると、思わず、格子に、一歩寄った。

しかし、その瞬間、ぱっと、跳び退った。

自分に激怒させ、格子に近寄らせておいて、とびかかって、手を摑んで、ひとねじりにしざま、懐剣を奪いとって、咽喉か胸に擬し、見張り番に扉を開けさせようとして、狂四郎が計ったのを、かしこくも、看破したのであった。

「ふふふ……、その手には、乗らぬぞよ、眠狂四郎。……ま、ゆっくりと、休息しやれ。飢渇する前に、この格子をくぐり抜ける仙術でも会得《えとく》したら、ばばも、無条件に、仲直りしてくれようてや」

三

老婆が、おのが居間に戻って来てから、半刻《とき》ばかりして、世相道人が、ふらりと姿を現した。

「ばば殿、こんどは、やすやすと、眠狂四郎を生捕《いけど》ったの」

にやりとして、対座すると、

「あの男を、どうやって料理する所存だな？」

と、訊ねた。

「お前の知ったことではない」

老婆は、不機嫌に、かぶりをふった。

「きかせてくれても、べつに、さしつかえはあるまい」

「…………」

「飢え渇えさせて、降伏させる所存ならば、止《よ》した方がいい。あれは、たとえ、十日も飲まず食わずの拷問《ごうもん》を受けても、屈服する男ではない」

「眠狂四郎の処分方など、お主《ぬし》の指図《さしず》は受けぬわい」

「殺すには惜しい男、と内心思うているのであろう。しかし、味方につけることは、まず、不可能じゃな。殺すよりほかはない男だ」

「小うるそう、つべこべと、したり顔をさらすではない。それよりも、お主には、為《な》すべき任務が、ほかにあろうが――」

「時国館《ときくにやかた》のことか。江戸の分家は、志度伝十郎が、さぐっていたが、何者かに殺《や》られた」

「阿呆《あほう》！　伝十郎を斬《き》ったのは、眠狂四郎の仕業《しわざ》じゃわい」

「まことか？」

「ふん——。そんなことさえも知らなんだか。間抜けも程があるぞい。……お主は、明日にも、江戸を去って、能登へ帰るのじゃ。下忍《げにん》の四五人もつれて、時国館へおもむいて、銭屋五兵衛が隠匿《いんとく》して居る南蛮金の有無をさぐり当てて参るがいい」

老婆は、にくにくしげに、云った。

能登半島の西の果て——曾々木《そそき》海岸から一里ばかり入ったところに、平大納言時忠《たいらだいなごんときただ》の末裔《まつえい》が構えた「時国館」がある。

平大納言時忠については、「平家物語」がそのはじめに、記《しる》している。

祇園精舎《ぎおんしょうじゃ》の鐘の声、諸行無常の響きあり、沙羅双樹《さらそうじゅ》の花の色、盛者必衰《しょうじゃひっすい》の理《ことわり》を顕《あら》わす。奢《おご》れる者久しからず、唯《ただ》春の夜の夢の如《ごと》し、あわれ平家一門の、あるは西海の波の上、あるは東関の雲の果、古《いにし》えは名のみに聞いた越路《こしじ》の奥の雪の下、後会弁ぜず、いずくと期せず、愛別離苦の悲しみを都の雲に重ねつつ、落ち行く人ぞあわれなる。鈴の御崎《みさき》の岩松に、大納言泣く
白波のうちおどろかす岩の上に

寝いらで松の幾世経ぬらん
怨憎会苦《えんぞうえく》の恨みをば、扁舟《へんしゅう》に積み、主従合せて十六人、大谷村に着き給う。
世上ようやくしずまってから、大納言時忠は、望京の念に堪え難く、
能登の国聞くもいやなる珠洲《すず》の海
また吹きもどせ伊勢の神風

などと、未練の歌をうたったが、ついに、その機会にめぐまれず、元久《げんきゅう》元年四月二十四日、奥能登のその山郷で六十年の生涯を閉じている。

嫡子《ちゃくし》時国は、平姓をすてて、おのが名を苗字《みょうじ》として、源氏の世をはばかりつつ、館の灯をともしつづけ、やがて、源氏が滅びるや、尼寺の持領であった町野川に面した晦日《みそか》村《むら》、大刀村の両村を掌中におさめて、支配者となった。その子時晴の代に入って、両村は、時国村と改められ、時国家は、名実ともに、奥能登の頭領となった。

爾来《じらい》、連綿《れんめん》として、二十代を継ぎ、公儀天領の大庄屋となっているが、代官はもとより、加賀藩主にさえも、その高い門地に頭を下げさせている別格の存在となっているのであった。

老婆は、その「時国館」に、銭屋五兵衛が、抜荷買いによって得た南蛮金をかくしている、と云う。

「仰《おお》せにしたがって、奥能登へ参ろう。ついては、応分の路銀を頂戴《ちょうだい》いたそうかな」

世相道人は、片手をさし出した。

「欲深かな男よの」

「生命《いのち》がけの報酬をねだって居るまでのこと——」

世相道人は、しゃあしゃあとして云った。

老婆は、寝所にあてた奥の一室へ入って行った。

奇妙なことに、金子を持って、戻ってみると、世相道人の姿は、そこには無かった。

「なんじゃ！　どこへ参ったぞい？」

怪訝《けげん》に、首をかしげた老婆は、ふと、床の間の刀架《とうか》から、大小が消えうせているのに、気がついた。

眠狂四郎から奪った無想正宗であった。

はっとなった老婆は、あわてて、縁側へ出て、人を呼ぼうとしたが、それよりもまず、おのが目でたしかめたいと、胸さわぎがするままに、急ぎ足になった。

四

老婆の予感は、あたった。

北隅《ぐう》の土蔵内から地下へ通じる石段を降りた老婆は、いつもいる筈の見張り番の姿が消えうせて居るのを知り、牢室《ろうしつ》の格子《こうし》へ近寄ってみて、内部を一瞥するや、思わず、呻いた。

だらしなく、仰臥《ぎょうが》して、気を失っているのは世相道人であった。

「彼奴《きやっ》？　ど、どうして、遁《のが》れ居ったぞ?!」

老婆は、わけがわからなかった。

遽《にわか》に、眠狂四郎という人物が、魔性の者とさえ思われた。

その時、眠狂四郎は、すでに、屋敷の高塀《たかべい》を躍り越えて、合歓木《ねむのき》のならんでいる綾瀬《あやせ》川《がわ》の縁に出ていた。

狂四郎を脱出させたのは、奇怪にも、いっぴきの小蛇《こへび》であった。

用便用の小穴から、匕首《あいくち》をくわえて、するすると、牢内に入り込んで来た小蛇は、きいた風に、鎌首《かまくび》を擡《もた》げて、見まわしてから、ここが、命じられた場所に相違ないとたしかめておいて、匕首を床にすてると、また小穴から水の中へ落ち込んで行ってしまったのである。

狂四郎は、自分を縛っていた縄《なわ》のさきに、匕首をむすびつけると、見張り番へ投げつけ、その手くびをつらぬいて、引き寄せ、鍵《かぎ》を奪ったのであった。

地上へ出た狂四郎は、そのまま、引上げるのは物足りなかった。無想正宗を取り返す目的もあったし、場合によっては、老婆を斬りすてるほぞをかためて、御殿内へふみ込んだのであったが、偶然、老婆と世相道人の問答をきき、老婆を斬る代りに、世相道人を牢室へ抛《ほう》り込んでおくことにしたのであった。

不可能かと思われた身の自由を得ることが、あまりにあっけなく、実現したいま、狂四郎は、老婆に対する憤《いきどお》りも消えているのを、知った。

その執念を、あわれとさえおぼえていた。

ふと――。

狂四郎は、葦《あし》のむこうに浮かんでいる小舟を視《み》た。

お高祖頭巾《こそずきん》をかぶった女性が、一人乗っている。

小波《さざなみ》に相違ない、と、直感した。

小蛇を使って、脱出させてくれた心情が、何かは知らぬ。

狂四郎としては、このような恩を蒙《こうむ》らなくても、生涯忘れられぬ、神秘《くしび》とさえいえる、﨟《ろう》けた、妖《あや》しく美しい女性であった。

葦をへだてて、狂四郎と小波の視線が、合った。

声をかければ、とどく距離であったが、狂四郎は、わざと沈黙をまもった。

――この女性とは、もはや、ふたたび、会うことはあるまい。

その感慨が、胸にあった。

屋敷から、四人の士が奔《はし》り出て来て、こちらへ殺到して来るのを、視界の片隅に映し乍《なが》ら、狂四郎は、いつまでも、お高祖頭巾の姿を、瞶《みつ》めていた。

朝陽《あさひ》に、白刃《ひらめ》が閃いた瞬間、はじめて、頭《こうべ》をまわした。

冷たく冴《さ》えた眼眸《まなざし》を向けられて、追手たちは、ぴたっと足を停めた。

——おれの円月殺法を披露《ひろう》するのが、救われたお礼になるとは、少々芝居がかっている。合歓の花の下の舞台もおあつらえ向きすぎる。

胸の裡《うち》で呟きすてておいて、目にもとまらぬ迅《はや》さで、無想正宗を抜きはなつと、地摺り下段にとった。

勝負は、数秒裡《り》に、決した。

一人は、顔面から血潮を噴《ふ》かせて、葦の中へ落ち込んで行ったし、一人は、袈裟がけに斬られて、合歓木へ凭《よ》りかかったし、一人は、胴を薙《な》ぎ払われて地べたへ匐《は》ったし、最後の一人は、刎《は》ねられた首を、高く宙へ舞わせて、にぶい音たてて水中へ沈んで行った。

狂四郎が、川面へ、視線をまわした時、小舟はすでに、はるかに遠のいていた。

狂四郎は、はじめて、心から感謝をこめて一礼した。それが見わけられたかどうか、舟の中の姿は、こちらを視ているのかどうかさえも、判らないくらい、小さくなっていた。

——惚《ほ》れた、という気持は、これか。

狂四郎は、自分に呟いていた。

今日も——。

江戸の街は、暑くなりそうであった。もう、合歓木の梢《こずえ》で、あぶら蝉《ぜみ》が、なきしきっていたのである。

掠《りゃく》奪《だつ》者《しゃ》

一

「眠狂四郎様とお見受けいたしまする」

不意に呼びとめられて、視線をまわすと、身なりは、粗末だが、気品のある面立ちの娘が、必死にこわばった表情で、こちらを瞶《みつ》めていた。

品川洲崎《すさき》の、その名のごとく、海の中へ突き出た洲の先にある小祠《しょうし》の鳥居をくぐろうとした時であった。

北品川の、通称「月の岬《みさき》」の妓楼《ぎろう》で、三日ばかり、痴呆《ちほう》のように流連《いつづけ》て、倦《う》んだからだを、そこの喬松《きょうしょう》の林の中で、しばらく、汐風《しおかぜ》に洗おうとして、ぶらりと出かけて来た狂四郎であった。

娘は、小祠に詣《もう》でたのであろう。年寄じみて、賽銭袋《さいせんぶくろ》を携《さ》げていたが、それが、見事な古代錦《こだいにしき》で作られているのをみとめて、

——由緒《ゆいしょ》のある家柄に生れたらしい。

と、合点《がてん》できた。

尾羽《おは》打ち枯らした、浪人者の娘であることは、その身なりで、判ったのである。

「ぶしつけに、見知らぬ者が、お呼びとめして、申しわけがございませぬ。……このお社《やしろ》に祈願して、恰度《ちょうど》今日で、二十一日目に相成ります。貴方様《あなた》におめもじできたのを、神様のおひきあわせと存じ、思わず、声をおかけしてしまったのでございます」

気性のしっかりした娘のようであった。

「わたしを、眠狂四郎と、どうしてご存じだ？」

「二年ばかり以前、貴方様がしばらくおすまいになりました伊皿子《いさらご》台町の裏店《うらだな》に、いまも、くらして居《お》る者でございます」

「御用は、何か？」

「お願いの儀がございます」

「…………」

狂四郎が、黙っていると、娘は、両手を合せた。

「何卒《なにとぞ》、おききとどけ下さいませ！」

狂四郎は、そのまま、鳥居をくぐった。小祠には、べつに頭を下げようとせずに、林の中を歩いて、杙《くい》に波がたわむれかかっている渚《みぎわ》の砂地へ腰を下した。

跟《つ》いて来た娘は、背後に、すこし距離を置いて、立った。

しばらく沈黙を置いてから、狂四郎は、訊ねた。

「わたしの剣を所望か？」

「はい。……貴方様は、江戸で比類のないお腕前とおききいたしました」

「同時に、人間を大根同様に斬っても平然としている無頼者、ともきいて居るのではないか」

「お願いの儀を、おききとどけ下さいますれば、わたくしにできますことならば、どのようなことでも――」

「そなたが、わたしに呉《く》れるものは、唯《ただ》ひとつしかあるまい」

「はい」

「今日まで大切に守って来たものではないのか、それは？」

「は、はい――」

狂四郎は、振りかえって、冷たい眼眸《まなざし》を、娘の顔へ当てた。

際立《きわだ》った美貌《びぼう》というわけではない。しかし、血筋の正しさを示す眉目《みめ》は、清らかな瑞々《みずみず》しさを湛《たた》えて、まさしく、処女そのものである。

「そなたのような生娘から、操《みさお》を呉れるのを条件にされて、承諾せぬ男は居るまい。……但《ただ》し、この眠狂四郎という男は、据膳《すえぜん》が美味《うま》そうであればあるほど、箸《はし》をつけたくないひねくれた根性を持っている」

「どういたせば、よろしいのでございますか？」

じっと瞶めかえす娘の眸子《ひとみ》は、澄んでいた。

「まず、そなたの操を貰ってから、依頼の内容をきこう。——いかがだ？」

娘は、俯《うつむ》いた。

ややあってから、

「貴方様が、それをおのぞみなら……」

と、こたえた。

二

佐江《さえ》というその娘が、処女が一度は堪《た》えねばならぬ羞恥《しゅうち》の拷問《ごうもん》を受けたのは、北品川の月の岬にある妓楼「土蔵相模《どぞうさがみ》」の二階座敷に於《お》てであった。

ようやく、楼内が昏れなずむ時刻であったとはいえ、海にむかって障子は、とりはらわれ、沖あいの白い帆影もまだ、はっきりと見わけられていたのである。

佐江は、青畳の上に、仰臥《ぎょうが》させられ、狂四郎を乗せた。

羞恥を知って以来、厠《かわや》以外では曾《かつ》て一度も拡《ひろ》げなかったであろう下肢《かし》が、無慚《むざん》に、纏《まと》うた布を剝《は》ぎめくられ、左右一杯に開かされた拷問に、佐江は、能《よ》く堪えた。

海から吹き込んで来る涼風に、しろじろと浮きあがった豊かな脚《あし》は、なぶられるにまかせて、絶えずこまかに顫《ふる》えていたが、やがて、襲うて来た疼痛《とうつう》に、こわばり、突っぱり、足指を巻いた。

狂四郎が、すっと、身を退《ど》けるや、佐江は、はじかれたようにはね起きて、前をつくろうて、窓際《まどぎわ》へいざり、それなり、狂四郎に背中を向けたまま、動かなかった。

狂四郎は、冷えた酒を、肴鉢《さかなばち》に注いで、ひと息に飲み干すと、

「依頼の件をきこう」

と、促した。

佐江は、自分の為《な》したあまりに無謀な振舞いを烈《はげ》しく悔いて、けんめいに嗚咽《おえつ》を怺《こら》えているらしく、容易に、口がきけない、とみえた。

やがて、向きなおった佐江は、泪《なみだ》に濡《ぬ》れたおもてを伏せたままで、

「……わたくしには、当年十六歳に相成る弟が、居りまする。……その弟が、近日うちに、加賀様の、ご登城を狙って……、お行列へ、斬り込む手筈にございます」

「…………」

狂四郎は、眉宇《びう》をひそめた。

素浪人の小倅《こせがれ》が、加賀百万石前田侯の行列を襲おうと企てている。まこととすれば、狂気の沙汰《さた》である。

「そなたの家には、加賀藩主に対して、なにか、恨みを抱《いだ》いているのか？」

「父は、十四年前まで、前田家の算用場奉行を勤めて居りました。……無実の罪を蒙《こうむ》って、致仕《ちし》いたしたのでございます」

「そなたらの父は、主君を恨んで、伜に報復を、遺言でもしたのか？」

「いえ――」

佐江は、顔を擡《もた》げた。

「亡《な》き父が、無実の罪であったことは、もう、霽《は》れて居りまする。――弟は、藩邸の江戸家老様から、内密の御依頼を受けて、お行列に斬り込むのでございます」

奇怪な言葉に、狂四郎は、遽《にわか》に、興味をおぼえた。

佐江は、語った。

姉弟が住む伊皿子《いさらご》台町の裏店へ、突然、前田家上屋敷《かみやしき》から、奥小将前田嘉門という人物が訪れたのは、先月はじめであった。

主君が、登城途次を窺《うかが》い、刀をひらめかして、躍《おど》り出て、お乗物をひと刺ししてくれまいか。その仔細については、打明けることはできぬが、どうしても、狼藉沙汰《ろうぜきざた》をひき起す必要が生じたのである。その任には、その方《ほう》――下村数馬《かずま》を措《お》いてほかには居らぬ。無実の罪を背負うて、藩を去って、貧乏長屋で憤死した父を持つその方ならば、決死の斬り込みをしても、世間は、なんの疑いをも抱くまい。

もとより、その方は、たちまち、捕《と》り押えられてしまう。主君は、いささかの手傷を負われた、ということに相成るが、しかし、そこは百万石の太守《たいしゅ》らしゅう、孝子の志あっぱれであるとして、狼藉をお許しになるばかりか、父が頂戴《ちょうだい》していた知行を、そっくりそのまま、下しおかれることに相成る。

その方は、その一挙に依《よ》って、天下に孝子の名を売るばかりか、父が旧禄《きゅうろく》を継ぐことができるのである。是非、承知してもらいたい。

まことに、奇怪な依頼であった。

しかし、これが、下村家を再び興《おこ》す幸運であれば、思慮未熟な十六歳の少年が、深くも考えずに、即座に応諾したのは、無理からぬところであった。

しかし二十一歳になった姉の佐江は必ずしも、これを幸運とは、受けとらなかった。

「わたくしは、次の間にて、このお話をうかがいました時、なんとも云《い》えず、不吉な予感がいたしましたのでございます。……好餌《こうじ》を与えておいて、弟を犠牲にする企てではあるまいか。狼藉沙汰を、世間の目の前で起さなければならぬ余儀ない何かの事情があるとしても、襲う弟を助命するばかりか、旧禄を与える、などということは、すこしも考えてはいないのではなかろうか。斬り込ませておいて、即座に討ちすててしまうのかも知れぬ。……わたくしは、その不安をおぼえたのでございます」

「………」

「わたくしが、その不安を口にいたしますと、弟は、大層立腹いたしまして、女の小ざかしい猜疑心《さいぎしん》など、きくもけがらわしい、と叫びかえしました。……でも、わたくしは、どうしても、納得できないままに、あの洲崎のお社に、弟の無事を祈願していたのでございます」

「…………」

「……貴方様は、事実の上で、弟の義兄《あに》におなりなさいました。……お願い申します」

佐江は、畳に両手をついた。

狂四郎は、月の昇って来た海へ、視線をやり乍ら、云った。

「引受けるにあたって、ひとつだけ、云っておこう。かりに、その場に於《おい》ては、弟の生命《いのち》が救われたとしても、加賀百万石を敵にまわすことになる。そなたら姉弟は、向後は絶えず、前田家がはなって来る刺客に狙《ねら》われて、安住の地を得られまい。それを覚悟しておく必要があろう。……わたしが、味方するのは、ただ一度だけで、そなたら姉弟の身を、一生守護できる次第ではない」

三

その朝、加賀藩主前田宰相は、いつもの時刻、本郷の上屋敷を出た。

表玄関の式台に出て来た時、そこに控えていた奥小将前田嘉門に、

「本日であったな？」

と、問うた。

嘉門は、

「御意《ぎょい》――」と、こたえた。

行列は、湯島へむかって、しずしずと進んで行った。

当時――、江戸市中で、美しい眺めと云えば、まず第一に、大名行列を指折ることができた。一万石の小大名でも、百名以上の供揃《ともぞろ》いで、鳥毛の槍《やり》、金紋の先箱を立てた。まして、百万石の太守ともなれば、家老・用人から若党・足軽・中間《ちゆうげん》に至るまで三千余の従者が二列、三列に並んで進んだのである。

先箱、道案内小姓、薙刀《なぎなた》、馬廻り、供頭《ともがしら》、駕籠《かご》、乗馬用、馬柄杓《まびしやく》、乗替馬、馬廻り、目付、茶弁当、草履取《ぞうりとり》、長柄傘《ながえがさ》、挟箱《はさみばこ》、蓑箱《みのばこ》、供頭馬、供槍、中押足軽、供挟箱、両掛、合羽籠《かつぱかご》、押足軽など……。

勿論、この長い行列が切れ目なく進めば、諸人通行の邪魔になるので、二ノ切、三ノ切、四ノ切と称して、いくつにも、間を切ってあった。また、江戸市中の往来にあたっては、住民たちが土下座する必要はなく、茶店の床几《しようぎ》に腰かけて見物していても、一向にさしつかえはなかった。

行列は、やがて、湯島聖堂の裏手を過ぎ、先箱が明神下《みようじんした》の往還へ出た。

藩主の乗った駕籠は、二ノ切で、湯島二丁目の坂を下って、右側に町家の並ぶ一丁目へさしかかっていた。

その時、聖堂の高塀《たかべい》と町家をへだてる狭い横道から、不意に、抜刀した前髪立ちの少年が、奔《はし》り出て来た。

「宰相様、お覚悟！　下村修左衛門が一子数馬、武辺の意地によって、おん命、頂戴《ちようだい》つかまつる！」

颯爽《さつそう》と叫んで、驀地《まつしぐら》に、駕籠めがけて、突進した。

「無礼者！」

「推参っ！」

駕籠わきの小姓らは、柄袋《つかぶくろ》をはずすいとまもなく、刀を鞘《さや》ごと腰から抜いた。

下村数馬は、白刃を縦横にふりまわしておいて駕籠に迫るや、その引戸へ、ぶすっと、切っ先を突き刺した。

そして、小姓たちの鞘が、肩や背中や腰を撃って来るにまかせて、よろめいた。

そこへ、馬廻りの一人が、駆け寄って来て、

「乱心者めがっ！」

と、呶号《どごう》とともに、差料《さしりよう》を抜きはなって、ふりかぶった。

「ち、ちがうっ！　ちがうっ！」

数馬は、愕然《がくぜん》と、恐怖の色を顔にあふらせて、素手で防ぐ恰好になった。

「なんのたわ言をっ！」

馬廻りは遮二無二《しやにむに》、討ちとろうと、刃風を唸《うな》らせて、数馬へ、襲いかかった。

数馬は、意味をなさぬ絶叫をふりしぼりつつ、死にもの狂いに、閃刃《せんじん》から遁《のが》れようとした。

疾風の勢いで、明神下から一騎、駆け上って来たのは、この瞬間であった。

宗十郎頭巾で顔を包んだ、黒の着流し姿は、通り魔にも似た見事な騎乗ぶりで、白刃をかざした馬廻りを、頸根《くびね》をひと蹴りして、地べたへ転倒させておいて、次の刹那には、数馬の片手を摑んで、宙釣りにしざま、そこを駆け抜けた。

叫喚が渦巻いたが、奔馬の前に立ちふさがる者は一人もなかった。

四

直ちに——。

江戸城へは、急使が趨《はし》って、宰相負傷の旨が、届出られ、行列は、湯島四丁目にある円満寺に寄ることの許可が願い出られた。

大名行列というものは、通る道順がきめられてあって、これを変更する場合や、途次どこかへ立寄る場合は、その事情を述べて、公儀の許可を必要としたのである。円満寺は、さほど大きな寺ではなく、三千余の供連れが入るには、境内《けいだい》が狭すぎたが、さしあたり、近くに、行列を容《い》れる場所がなかったのである。

方丈の玄関に、駕籠が着けられ、草履取は、遠くから、竹皮の履《は》きものを投げた。これを、投げ草履と称し、どんな遠方から投げても、駕籠の前へ、ぴたっと二つ揃《そろ》ったものである。

しかし、宰相は、駕籠から出なかった。

つき添うた前田嘉門は、住職に、

「いちじるしくご気分をそこねておいであそばすゆえ、乗物のままで、奥へお通しつかまつる」と、ことわった。

しかし、奥座敷で、駕籠から現れた宰相は、べつにどこも負傷をして居《お》らず、常の態度であった。嘉門を視《み》て、

「下村数馬を討ち損じたのは、まずかったの」と、云った。

「申しわけございませぬ。至急にさがし出して、討ち果しまする」

「数馬をさらって逃げたのは、何者であろうか？　公儀の隠密ででもあったら、面倒なことに相成るぞ」

「いえ。想像いたしまするに、数馬めが、不安をおぼえて、あらかじめ、斯様《かよう》の場合は救うてくれ、とたのんでおいた市井の無頼浪人かと存じられます。ご懸念《けねん》あそばされませぬよう――」

そう云い乍らも、嘉門は、内心は、すこしもおちついてはいなかった。あれだけの技をそなえているのが、ただの浪人者である筈がなかった。

——あるいは、これは、わしの切腹ぐらいで相済まぬ事態が起るかも知れぬ。

そんな予感も起っていたのである。

住職が、入って来て、平伏すると、

「銭屋五兵衛儀、あちらの部屋にて、お待ち申上げて居りまする」と、告げた。

「うむ」

宰相は、頷いて、廊下へ出た。

実は——。

この円満寺こそ、銭屋五兵衛が、幾年間かにわたり、抜荷買いによって、外国から仕入れた珍貴の品々を、ひそかに、運び込んでいる場所であった。

それは、夥《おびただ》しい品目に及んでいた。

前田宰相は、その品々を、なんとかして、本郷の上屋敷内へ移したかったが、長櫃《ながびつ》にひとつやふたつで足りる量ではなかったので、その手段《てだて》がないままに、今日に及んでいたのである。

ついに——、奥小将前田嘉門が、苦肉の策を思いついた。すなわち、狼藉者に襲われて、宰相は負傷し、やむなく、当寺へ、行列を寄せたことにする。そうすれば、供がかついでいる多数の箱の中へしのばせて、上屋敷へ移すことができる。

その苦肉の策は、もはや九分通り成功したと考えてよかった。

廊下を歩き乍ら、宰相の胸は、はずんでいた。異邦の珍奇の品々を、まだ、宰相は、観《み》ていなかったのである。

杉戸のたてきられた部屋の前に立った宰相は、おのずとうかぶ微笑を抑え難かった。

杉戸を開けた宰相は、六双屏風《びょうぶ》を二つ立てめぐらした部屋に——その屏風の前で両手をつかえている銭屋五兵衛を、視《み》た。

宰相は、屏風のうしろに、夥しい品々が積まれていると信じた。

「五兵衛、長いあいだ、ご苦労であった。礼を云うぞ」

宰相が、声をかけて、近寄ろうとすると、五兵衛は、額を畳にすりつけた。

「お許し下さいまするよう……」

「お許し？　なんだ？」

「当寺に、品物は、ございませぬ。昨夜のうちに、悉《ことごと》く盗まれたのでございます」

「なに？……莫迦《ばか》な！」

宰相は、かっとなった。

「そのような云いわけはきかぬぞ！　おのれは、わしに納めるのが、惜しくなったのであろう？」

「ちがいまする。公儀隠密衆の仕業《しわざ》にございまする」

「まことか?!」

宰相の顔面は、蒼白《そうはく》になった。

「惜しみてもあまりある品々ではございまするが、このたびは、おあきらめ下さいまするよう、願い上げまする。五兵衛、このつぐないは、必ずいたしまする。……公儀におかせられても、隠密衆を使って、極秘裡《ごくひり》にお取りあげになったのは、これを表沙汰《おもてざた》にせず、この五兵衛にも何のお咎《とが》めも下しおかれぬ模様かと推測いたしますれば、この後、なお三百艘《そう》の船をもって、かずかずの品を仕入れることは、お約束できまする。何卒《なにとぞ》、このたびの不運は、おあきらめ下さいますよう、伏して願い上げまする」

宰相は、そう詫《わ》びる五兵衛を、踏み蹴《け》りたい衝動にかられたが、辛《かろう》じて押えると、跫《あし》音《おと》あらく、出て行った。

身を立てた五兵衛は、目蓋を閉じて、

「これで、よろしゅうございますかな、眠様——?」と、云った。

屏風の蔭にひそんだ狂四郎は、

「これから当分、宰相は、お主の顔を視るたびに、不興気であろうな」

「いたし方がございますまい。生命《いのち》あっての物種《ものだね》でございます」

狂四郎は、もし銭五が、宰相をだまさぬ時には、屏風をつらぬいて、その背中をひと刺しにするぞと、脅しつけたのであった。

「さて——、こんどは、貴方様が、どうやって、品物を、この寺から運び出されるか、だ。とくと、拝見いたそうではありませぬか」

五兵衛は、そう云って、腕を組んだ。

すると、その返辞は、明快であった。

「埋めるのさ、穴を掘って——」

「え?」

「墓地があるのだ。穴を掘るためにある場所ではないか?」

「何を仰言《おつしや》るのだ!」

「あいにくだったな、銭屋。対手《あいて》がわるかったということだ。猫に小判、盲に提灯《ちようちん》だった。お主《ぬし》がせっせと聚《あつ》めたがらくたなど、おれには、なんの興味もない。そうはさせぬ、と云うのなら、ついでに、お主も一緒に、埋めてやってもよい」

ためし矢

一

初秋の一日。

西丸老中水野越前守忠邦の側頭役武部仙十郎は、眠狂四郎を呼んで、唐突《とうとつ》に、

「どうであろうな。ひとつお主《ぬし》、矢の的《まと》になってもらえぬかな？」

と、きり出した。

「矢の的に？」

狂四郎は、この老人が、よほどのことがなければ、頭を下げぬのを知っていたので、その申出を拒絶はできぬと思いつつも、眉宇をひそめた。

「左様、文字通り、お主に、矢おもてに立ってもらいたいのじゃ。たのむ。上様が上覧に相成る」

「ただの座興ならご免を蒙《こうむ》りたいが……」

「座興は座興じゃが、江戸の武家の面目がかかって居《お》る」

「……………？」

「対手《あいて》は、京の公家《くげ》じゃ」

「名手か？」

「本間孫四郎の末裔《まつえい》と称して居る」

武部仙十郎は、事情を説明した。

このたび――。

昨冬、将軍家より、禁廷へ、拳《こぶし》の鶴《つる》の献上がなされたが、その返礼として、天皇より、淀河《よどがわ》の鯉一掛《こいひとがかり》（二尾）が、生きたまま、活桶《いけおけ》に容《い》れられて、贈られて来た。

使者は、早蕨《さわらび》という禁廷大奥の総取締をしている大典侍《おおすけ》であった。すでに、四十を越えた老女で、従三位《じゆさんみ》の地位にふさわしい驕慢《きようまん》な性情の持主であった。

典侍《すけ》という女官は、羽林家《うりんけ》の中でも名家である、正二位大納言直任《だいなごんちよくにん》の公卿《くぎよう》の女《むすめ》からえらばれ、さらに、その典侍の中から選ばれて、大典侍となる。

したがって、気位は、大層高い。

江戸へ出府して来れば、頭を下げるのは、将軍家の家族以外には、何者もいなかった。

水戸、尾張、紀伊の三家と雖《いえど》も、中納言でしかなかったからである。

早蕨大典侍は、不例中の将軍家に代って挨拶を受けた大納言家慶《いえよし》に、鯉を贈ってから、

「このたび、御上《おかみ》におかせられましては、わたくしに使者をご下命あそばされるにあた

り、仰《おお》せられまするには、京都守護のために武士《こんでい》が起って恰度《ちょうど》九百年、源平二氏代々の武将らは、仁義忠孝の道を旨として、剛勇の気象を継承し、名節を重んずるの風を絶やさず、興亡起伏はあれど、その面目を失わず、保元《ほうげん》の乱にあたって、源為朝《ためとも》は、蔵人《くろうど》に任官の命あれど、辞して受けず、鎮西《ちんぜい》八郎の名こそ惜しけれ、蔵人なにかせん、と眉《まゆ》を上げたる気概こそ、武士の精華と申すべし。今日なお、為頼、義経《よしつね》の英邁《えいまい》にして武略ある、実盛《さねもり》の剛健にして勇武なる、重盛、重忠の忠誠にして徳望ある、頼政、忠度《ただのり》の英武にして高風雅懐《こうふうがかい》に富める、頼朝、知盛《とももり》の沈毅《ちんき》にして英颯《えいさつ》たる、渡辺競《きそう》、三浦義明、平宗清《むねきよ》、伊東祐清《すけきよ》の剛壮にして節義ある、佐々木高綱の剛直にして健実なる、熊谷直実《なおざね》の素朴にして温情ある、武蔵坊《むさしぼう》弁慶の忠義にして純情なる――それら鉄中の錚々《そうそう》の、武士たるものの面目を汚《けが》さじと励みし気風が、果して、江戸のさむらいどもにのこって居るや否《いな》や、その目で、見とどけて参れ、と――」

とうとうと述べて、にんまりするや、

「わたくしは、かしこまって、さいわいに、近衛府《このえふ》の御随身《みずいじん》に、鎮西八郎以来の弓取りと称せられたる本間孫四郎の末裔が居り、その血をなお継ぎ承《う》けて、大層の上手《じょうず》なれば、出府にあたり、召しつれて、公儀の旗本衆と、腕前を競わせてみしょうと存じまする、と奏上いたしました。何卒《なにとぞ》、この儀、おききとどけたまわりまするよう、願い上げまする」

と、申出たのであった。

大納言家慶は、

——小面《こづら》憎い女官めが！

と、不快の念を催しつつ、即座に、その挑戦を受けてみせたことであった。

家慶は、西丸に還《かえ》ると、すぐに、水野忠邦を呼んで、このことを告げて、

「対手《あいて》になる旗本の手練《てだれ》者をえらべ」

と、命じた。

忠邦は、武部仙十郎に相談し、仙十郎は、考えたのち、

「眠狂四郎以外に、受けて立つ者は、旗本衆の中に見当り申さぬ」

と、こたえたのであった。

仙十郎は、禁中近衛府に、おそるべき弓矢の達人本間虎之助《とらのすけ》なる府生《ふしょう》がいることを、知っていたのである。

二

ここで、ついでに、本間孫四郎のことを、述べておく。

新田義貞《にったよしさだ》と足利尊氏《あしかがたかうじ》が、兵庫の浜で、雌雄を決した時のことである。

一騎、黄瓦毛《きがわらげ》の太く逞《たくま》しき駿馬《しゅんめ》にうちまたがった、啄木《たくぼく》縅《おどし》の鎧《よろい》武者が、和田の岬《みさき》の

波打際《なみうちぎわ》へ、駆け寄って、澳《おき》の軍船にむかって、大音声《だいおんじよう》をあげた。

「尊氏将軍には、筑紫《つくし》より上洛《じようらく》いたされるにより、さだめし、鞆《とも》、尾道《おのみち》あたりの傾城《けいせい》どもを、多く召し具せられたと存ずる。されば、こなたよりも、珍しき肴《さかな》ひとつ、推《お》して進ぜ参らせようと存ずるゆえ、暫《しば》くお待ち下され度《た》く候《そうろう》」

うそぶきざま、上差《うわざ》しの流鏑矢《ながれかぶらや》を抜いて、九尺にあまる、握り太なる重籐《しげとう》の強弓に当て副《そ》えて、海上に澄みまわった宙へ、双眸《そうぼう》を放った。

すなわち。

浪《なみ》にたわむれるかとみせて、実は、おのが影で魚を驚かして、それを獲《え》んと、翔《か》け降りて来る鶚《みさご》を、射ようと、待ち受けたのである。

敵も味方も、固唾《かたず》をのんだ。

やがて、遥《はる》かな空中から、一直線に、白い腹をひらめかして、飛び下って来た一羽の鶚が、浪を掠《かす》めざま、二尺ばかりの魚を摑《つか》んで、そのまま、沖へむかって、翔け去ろうとした。

その時すでに、豪語の武者は、馬腹を蹴《け》って、汀《なぎさ》を疾駆しつつ、強弓をひきしぼって、狙いをつけていた。

弦が鳴り、矢は、宙を截《き》って、飛んだ。

鶚は、片羽がいに射切られて、生きたまま、魚を摑み乍ら、大友の船の屋形へ落下した。

射手《いて》が何者とも判らぬままに、敵船七千余艘《そう》も、味方の五万騎も、どっと、天地をどよもして、しばし、鳴りやまなかった。

尊氏は、左右に、

「彼奴《かやつ》は、おのが弓技の程を観《み》しょうと、得意を演じたが、魚を捕えた生き鳥が、わしの足下に落ちたのは、吉兆と受けとったぞ。射手の姓名をきけい」

と、命じた。

舳《みよし》から、郎党の一人が、問いかけるや、武者は、

「この身は、武将の数に入らぬ者にて候えば、名乗り申しても、誰かご存じ候べきと存ずる。但《ただ》し、弓箭《ゆみや》を把《と》りては、坂東《ばんどう》八箇《か》国の兵《つわもの》の中には、知りたる者も御座候わん。この矢にて、姓名をば御覧候え」

とこたえて、その三人張りの強弓に、十五束三伏《みつぶせ》の矢を副《そ》えて、満月にひきしぼって、い、い、ひょうと射た。

三町余を越えた遠矢は、将軍船に並んだ佐々木筑前守《ちくぜんのかみ》の船へ、飛んで、屋形に立った兵の一人の鎧の草摺《くさずり》に、裏をかかせて、突き立った。

尊氏が、その矢を取寄せてみると、

『相模国《さがみのくに》住人本間孫四郎重氏《しげうじ》』

と、小刀で彫ってあった。

本間孫四郎は、その至妙の技を観せただけでは、ひきさがらずに、扇を挙げて、さしまねきつつ、

「合戦の最中で御座候えば、矢一筋も物惜しみつかまつる。その矢を、こなたへ、射返して下されい」

と、呼ばわった。

尊氏は、この皮肉な要求を、侍臣からきかされて、苦笑しつつ、かたわらの高武蔵守《こうのむさしのかみ》に、

「味方に、この矢を射返す程の強《ごう》の者が居るか？」

と、訊ねた。

武蔵守は、首をかしげて、

「坂東武者は、それぞれに強弓を携えて居りまするが、あの汀の騎馬までとどかせる力を有《も》つ者は、まず、見当りませぬ。あるいは、佐々木顕信《あきのぶ》なれば、西国随一の弓取りと承って居りますれば……」

と、こたえた。

佐々木筑前守は、すぐに、呼びつけられたが、件《くだん》の矢を、本間孫四郎の五体へ射当てい、と命じられると、畏《かしこ》まって、

「それは、到底叶《かな》わぬ儀にございまする」

と、辞退した。

しかし、「この尊氏の面目にかけても、為《な》さねばならぬ」と命じられるや、やむなく、承知して、おのが船に還った。

——南無《なむ》、帰命頂礼《きみようちようらい》、八幡大菩薩《はちまんだいぼさつ》！　弓矢の冥加《みようが》、いまこそ！

と、筑前守が、父ゆずりの福蔵弓を、帆柱に当てて、きりきりと、ひきしぼった時であった。

隣りの船の讃岐勢《さぬきぜい》の中から、功名欲しやの推参者が、

「この矢ひとつ受けて、弓勢《ゆんぜい》の程を御覧《ごろう》ぜい！」

と、呼ばわりざま、弦を鳴りひびかせて、鏑矢を射放った。

だが、矢は、二町までも飛ばずに、波へ落ちてしまった。のみならず、射手自身も、胸板を弦で打たれでもしたか、大きくのけぞって、船からころげ落ちて、水飛沫《みずしぶき》をあげたものである。

これを視《み》た佐々木筑前守は、われもまた恥をかくには及ぶまいと遠矢を止《や》めてしまった。

その一事によって、本間孫四郎の名は、天下にとどろいた。

孫四郎の最後の功名は、新田義貞が、後醍醐《ごだいご》帝を、叡山《えいざん》に擁して、五万の敵を迎え撃

った時である。

敵の先陣をうけたまわっていたのは、熊野《くまの》の強兵で、黒糸の鎧《よろい》甲《かぶと》に指の先まで鏁《くさ》った籠手《こて》、脛当《すねあて》、半頰《はんぼお》、膝鎧《ひざよろい》など、すべて黒ずくめのいでたちを、天晴《あっぱ》れ一癖ありげにみせかけ乍《なが》ら、懸声《かけごえ》凄《すさま》じく、押しのぼって来た。

これを眺めた本間孫四郎は、同じ強弓の手練《てだれ》者である相馬四郎左衛門とともに、うちつれて、一群しげる松蔭《まつかげ》から、悠然《ゆうぜん》と歩み出て、

「熊野の八庄司共が内でも、大力よと称《よ》ばれる男子《おのこ》よ、先頭に立ち候え」

と、声をかけた。

すると、身の丈《たけ》七尺もあろう巨漢が二人、いずれも、九尺ばかりにみえる樫木《かしのき》の棒を左の手に、猪《い》の目透した鉞《まさかり》の、歯亘《はわた》り一尺ばかりなるのを、右の手に振りかざしてみせた。

孫四郎と四郎左衛門は、得たりとばかり、ともども、十五束三伏の矢を、白木の強弓に副《そ》えて、弦をひきしぼるや、音高く射はなした。

孫四郎の矢は、鎧の弦走《つるばしり》から総角付《あげまきつけ》の板まで、裏面五重を懸けずに、射通して、矢さき三寸あまり血汐《ちしお》に染めたし、四郎左衛門の矢は、甲の真っ向から眉間《みけん》をつらぬいた。

あとにつづいた熊野勢五百騎は、この矢二筋のために、立ち竦《すく》んでしまって、一歩も進めなくなった、という。

孫四郎は、後日、義貞北国落ちの際、尊氏の前に降人となった。しかし、尊氏は、兵庫の浜辺《はまべ》に於《お》ける仕打ちが憎い、と云って、六条河原で、孫四郎の首を刎《は》ねた。

早蕨大典侍に従《つ》いて来た本間虎之助は、孫四郎正統の裔《すえ》であり、孫四郎の再来と称せられている達人である、という――。

三

西丸老中から、早蕨大典侍に、

「御所望のお試し、お受けつかまつる」

と返答がなされたのは、それから五日後であった。

五日の猶予《ゆうよ》を置いたのは、狂四郎が、何事かの思案あって、早蕨の身上について、くわしく調査を希望したためであった。

その結果、早蕨は、大納言直任の公卿の女《むすめ》ではなく、実は、伊賀の上忍《じょうにん》の家に生れ、なにかの縁で、その公卿の猶子《ゆうし》となり、禁中へ女官として上ったことが、判明した。

そして、四十歳の今日まで、一度も男に接する機会を持たず、おそらく季女《しょじょ》であろうということも――。

武部仙十郎から、この報《しら》せを受けた狂四郎は、満足の微笑をうかべて、

「明日、吹上《ふきあげ》にて、試合をいたす」

と、こたえたのである。

試合場は吹上の諏訪《すわ》のお茶屋の前がえらばれ、当日夜明けには、白黒の段々幕が、方五十間に張りめぐらされた。

覧《み》るのは、将軍家代理・大納言家慶《いえよし》と、早蕨大典侍のほかには、西丸老中水野越前守忠邦とお側衆水野美濃守《みののかみ》忠篤のみが加わり、諸侯ならびに旗本の列座はなかった。

正午の時太鼓が鳴ると、東方の幔幕《まんまく》を割って、狩衣《かりぎぬ》に烏帽子《えぼし》をつけ、浅沓《あさぐつ》をはいた巨漢が四足弓《しそくきゆう》を携えて、出現した。

右眼が大きく瞠《みひら》かれているのに対して、左眼が、糸のように細められているのは生来のものか、弓術の修行によって習性となったものか。その異常をのぞけば、眉目秀《びもくすぐ》れた偉丈夫であった。

眠狂四郎が、黒の着流しの痩身を、西方の幔幕を揚げて、はこび入れたのは、それから数分おくれていた。

狂四郎は、試合対手《あいて》には一瞥もくれずに、ゆっくりと、御座所へ歩み寄って来ると、大納言家慶へ一礼しておいて、視線を、早蕨大典侍へ、当てた。

「聖上におかせられては、江戸者に、なお源平の武将の気風をのこせるや否や、見とどけて参るように、とのたもうた由《よし》、もれうけたまわりましたが、云うなれば、この試合は、そのむかし、那須《なす》の与市《よいち》が、平家の船の舳《みよし》にかざした日の出の紅扇を射落した故事にならった趣向を所望なされるもの、と推察つかまつりますが、如何《いかが》でありましょう？」

「いかにも、左様じゃ」

早蕨は、にんまりとして、頷いてみせた。

すると、狂四郎もまた、にやりとして、

「されば、この趣向には、貴女様も、一役を買いなされては、いかがかと存じます」

と、すすめた。

元暦《げんりやく》二年二月二十日のこと、沖あいから漕《こ》ぎ寄せて来た平家の船には、柳の五《いつつ》重《がさね》に紅の袴《はかま》をはき、袖笠《そでがさ》をかついだ女房が、日の出の紅扇をはさんだ杌《くい》の下に佇立《ちよりつ》して、さしまねいた、という。

狂四郎は、早蕨にむかって、その女房の役を勤めてはどうか、とすすめたのである。

「買いましょう」

早蕨は、思案もせずに、即座に応諾した。

「忝《かた》じけのう存じます。……それがし眠狂四郎が、飛矢の的となる危険をおひき受けいたしましたからには、貴女様も、多少の危険はお覚悟あり度《た》く、当方の願う位置にお立ち頂きとう存じます」

「のぞみのままにいたしましょうぞ」

「では、庭へお降り頂きましょう」

早蕨は、なんのためらうところもなく、白の菊綸子《きくりんず》の掻取《かいどり》をすてて、立ち上ると、広縁から、沓石《くついし》へ降りた。

狂四郎は、すでに指令していたとみえて、片手を挙げると、物蔭《ものかげ》に控えていた紅葉山《もみじやま》付坊主《づきぼうず》二人に、進み出て来させた。

その地点も予《あらかじ》め命じられていたとみえて、坊主たちは、試合場中央に、二尺ばかりの距離をとって、御座所へむかって、白砂上へ並んで正座した。

「貴女様には、彼《か》の坊主らの肩へ、乗って頂きたく存じます」

狂四郎は、早蕨に、たのんだ。

「…………？」

早蕨は、ちょっと不審の面持になったが、ただの女官ではなかった。

「おもしろそうな趣向でありますこと」

と云って、するすると、進んで、坊主たちのそばへ近寄ると、背後へまわり、褄《つま》をとって、身ごなし軽く、右の坊主の左肩へ右足を、左の坊主の右肩へ左足を、乗せて、すっくと立った。

二尺の幅に、股《また》は開かれて、裳裾《もすそ》が割れた。

狂四郎は、早蕨にそうさせておいて、本間虎之助に、矢を放つべき地点を、無言で指さした。

そこは、御座所のまん前の広縁を背負うところで、そこは、坊主の肩に乗り立った早蕨に、二十間をへだてて、正対することになるのであった。

すなわち。

狂四郎は、早蕨の後方はるかな場所へ、しずかな足どりで遠のいて、踵《きびす》をまわした。

射手本間虎之助と狂四郎は、早蕨を中点に据えて、四十間をへだてて、正対したわけである。

不意に、狂四郎は、冴《さ》えた声音《こわね》で、

「大典侍様に、申上げます。裾を高く捲《まく》りあげて頂きとう存じます」

と、云った。

早蕨は、もうその時には、狂四郎の企てるところをさとっていた。

わずかの逡巡《ためらい》を示しただけで、早蕨は羞恥《しゅうち》を抑《おさ》えると、前へ双手《もろて》をかけて、するすると、たくしあげた。

透紗《すきしゃ》の麻がさねに、白羽二重の下着、その下にやはり白羽二重の腰巻をまとうていたが、それらの衣類を、ことごとく、おのが下肢《かし》からめくり取って、あろうことか、蘖《ひこばえ》に似た、くろぐろとした股奥《またおく》の繁《しげみ》まで、御座所の人々の目に、さらしたのである。

大きく開かれた二本の脚《あし》は、皮を剝《む》かれた杉の生木のように、白く太く、まっすぐであった。

狂四郎は、懐中から、小さな竹籠《たけかご》をとり出すと、よく飼い馴らした山雀《やまがら》を指さきにとまらせた。

そして、その手を、顔面よりもやや高く、さし延べた。

「この鳥を、見事、射られい」

四十間の遠方から、そう声をかけられた本間虎之助は、一瞬、こめかみのあたりに微かな痙攣《けいれん》を生んだ。

早蕨の股間《こかん》を掠《かす》めて、山雀を射る。

まさしく、至難の業《わざ》であった。

狂四郎が指さきに山雀をとめている空間の位置は、恰度《ちょうど》、一直線を引けば、早蕨があらわにした女性の秘部すれすれとなる。

禁中側の挑戦に対して、江戸城側は、皮肉な趣向で、応じたのである。

ほんのわずかの狂いが生じても、女性の秘部を傷つけることになる。本間虎之助は、切腹しなければならぬ。

しかし、受けて立つ狂四郎の方が、危険を避けて、身を飛矢線上から逃がしている次第ではない。山雀をとまらせた手は、まっすぐに、まん前へさし延べているのである。

もし、矢が、山雀を射抜かなければ、その顔面に突き立つことになる。

本間虎之助としては、覚悟をきめざるを得なかった。

早蕨は、坊主二人の肩に乗って、下半身をはだかにし、不敵にも、しろじろとした無表情を保っている。

本間虎之助は、やおら弓を立て、背負うた矢の一本を抜いて、それに添えた。

剣道と同じく、弓道もまた、心気澄んで、はじめて、業に至る。

その足踏みに於《おい》て、絶対の無想を保たねばならぬ。

胴造、取懸、手の内、弓構え、打起、延合、やごろ——その一動作毎に総身の気合が、たかまるのである。

ついに——。

弦は、満月に近くひきしぼられた。

早蕨は、大きく双眸《そうぼう》を瞠《みひら》いて、まばたきもせぬ。

狂四郎は、常の面持を、みじんも変えてはいなかった。

弦が鳴り、矢は、弓をはなれた。

早蕨の股間に、吸い込まれるように翔《か》け過ぎるのを、大納言家慶はじめ、水野忠邦、水野忠篤は、袴を摑《つか》みしめ、固唾《かたず》をのんで、視送《みおく》った。

見事——矢は、黒い恥毛を虎生《とらふ》の矢羽でこすって、股間を飛び抜けて、狂四郎を襲った。

刹那——。

山雀が、ぱっと、飛び立った。

矢は、狂四郎の手に、むずと掴みとられたのである。

金八冥利《みょうり》

一

当時、愛宕山《あたごやま》の山頂には、公儀《こうぎ》が備えつけたおらんだ製の望遠鏡があり、役をあがった町方見廻りの同心某《なにがし》の隠居仕事として、六文の見料をとって、庶民の目を愉《たの》しませていた。

老いた同心は、覗かせるだけでは気がとがめるとみえて、いつか、望遠鏡の脇の縁台に腰かけて、四方に展《ひら》けた風物を説明するようになっていた。

「へい。旦那《だんな》、たのみますあ」

ぽんと六文、投げて、望遠鏡へ目をあてた職人ていの若い男を、視《み》やって、元同心は、眉宇《びう》をひそめた。

曾《かっ》て、二三度捕えたことのある巾着切《きんちゃくきり》の金八であった。

しかし、いまは、こちらは隠居であり、対手《あいて》は客である。

元同心は、抑揚のない、ぼそぼそとした声音で、説明しはじめた。

「まず、外をご覧《ろう》ぜい。近くて黒いのが忍岡《しのぶがおか》、遠くて淡く翠《みどり》なのが、筑波山《つくばさん》。その下方に、白く長く、前後ふた筋に流れて居《お》るのが、利根川《とねがわ》と隅田川《すみだがわ》。こんもりと盛りあがった台地が鴻台《こうのだい》、台地につづいてひらけて居るのが葛西《かさい》。……瓦《かわら》が魚鱗《ぎょりん》のごとく光って、東西に聳《そび》えているのが本願寺の屋根。竿頭《かんとう》に紅《くれない》をひるがえし、無数の星が散らばっているように見えるのは、臙脂屋《べにや》の招牌《かんばん》だな。ひと際《きわ》、棟《むね》の高いのが五百羅漢《らかん》、梁《はり》の長いのは三十三間堂。……鳶《とび》が舞っている下は、うなぎ屋と知るがよい」

「へへ……、赤い湯もじが、物干台にずらりと並んでいるのは、岡場所ってえわけだ。おっと、見えらあ。あそこが、日影町の通りだぜ。日比谷稲荷《いなり》の裏っ側——あそこだ。昨夜泊った娘義太夫《むすめぎだゆう》の家だあ。ちゃあんと、肌襦袢《はだじゅばん》と湯もじを干してやがる。つつみかくせど濡《ぬ》れたることを人に知られて汗襦袢、と来やがらあ」

元同心は、笑い乍《なが》ら、

「日影町からずうっと東をご覧ぜい。両国橋が見える。それ、広小路《ひろこうじ》で、巾着切が、遊《ゆう》冶郎《やろう》の羽織を脱がせかかっては居らぬかな」

「置いてくんねえ。まっ昼間、往来で、羽織を脱がせる技をもっているのは、はばかり乍ら雪隠乍《せっちん》ら、この金八を措《お》いてほかにいる筈がねえやな」

金八は、元同心を振りかえって、にやっと、してみせてから、また、望遠鏡を覗いたが、とたんに、

「おやっ！」

と、叫んだ。

「どうしたな？　誰か、財布をすられたか？」

「馬責めだあ！　眠狂四郎の旦那《だんな》が、やらかしているぜ。すげえや！　天馬、空を翔《か》けるがごとし、ってえやつだ」

大声をあげたのを、縁台わきに立っていた一人の年配の武士がきいて、つと、寄った。

「職人、見せい」

「なんでえ！」

金八は、小うるさそうに、肩を上げたが、人品いやしからぬ、大身らしい対手なので、ちょっと、不服げに、唇《くちびる》をとがらした。

「眠狂四郎が、どこの馬場で、馬を責めて居る？」

「切通しのむこうの……、増上寺門前から南の馬場でさ」

金八は、武士に、望遠鏡を渡した。

武士は、鋭い目をあてていたが、すぐに、そこを離れて、歩き出した。

――くせえな！

金八は、小首をかしげたが、すぐに、尾《つ》けはじめた。

桃花《とうか》連銭《れんぜん》や泥驄《ねずみげ》や戴星《つきびたい》の馬がならんでいる馬場へ入って行った武士は、恰度《ちょうど》、百駆

けに、鉤《かぎ》をかけてまっしぐらに反《かえ》って来た黒の着流し姿が、ひらりと降り立ったのへ、

「率爾《そつじ》乍ら、眠狂四郎殿とお見受けつかまつる」

と、声をかけた。

狂四郎は、黙って、視《み》かえした。

どこかの大大名の留守居役のように受けとれる。

公儀との諸種の交渉、諸家相互の打合せなど、主人に代って、取り仕切る役であった。

これは、重要な任務で、殊《こと》に、幕府が、大規模な建築や土木工事などを、諸侯に命ずることがある時は、素早く探知して、自家だけは、お手伝いのがれをする方略をめぐらす才腕を必要とした。もし、自家に命じられるのをまぬがれぬ、と看《み》てとったならば、これを、二家か三家の分担になるように才覚する。あるいは、主人に不首尾があって、公儀お咎《とが》めを受ける危険がありとさとったならば、八方手をつくして弥縫《びほう》し、事なきを得るように駆引きしたり、巧妙な賄賂《まいない》策に、智能《ちのう》をしぼる。

なみなみの頭脳では、つとまらぬ役であった。

「仔細《しさい》あって、当家の名を伏せさせて頂く。……折入って、お願いの儀があり、貴殿をさがしもとめて居り申した」

「おことわりしよう」

にべもなく云いすてて、狂四郎は、歩き出した。

武士は、拒絶されることは覚悟していたとみえて、

「貴殿が、千両積んでも無駄な御仁であることは承知つかまつる。……ただ、貴殿にとっても、いささか興味のある試《ため》しをやって頂きたいと存じ、願って居る次第——」

「………」

「貴殿には、六十歳の未通女《ていらず》を抱く興味は、おありではないか？」

意外な言葉に、狂四郎も、思わず、頭《こうべ》をまわした。

武士の顔には、真剣な表情があった。

狂四郎は、武士の背後に、尾けて来ていた金八が立って、にやっとするのを、みとめた。

二

翌朝、狂四郎は、柳橋の舟宿から、迎えの駕籠に乗った。

ただの駕籠ではなく、引戸を閉じられると、光が通さず、外から開かれぬ限り、出ることは不可能であった。

狭い暗黒の中で、狂四郎は、黙念と腕組みし乍ら、しかし、本能のような鋭敏な神経で、通過して行く道筋を、測っていた。

柳原を通って、神田を抜け、湯島聖堂わきを過ぎる頃までは、はっきりと、判ってい

たが、水道町らしい地点を、右へ曲ったあたりで、見当もつかなくなった。

わざと迂回《うかい》していることは、明らかであった。

坂をのぼりはじめたので、桜木町を抜けて、目白坂にさしかかったのであろう、と思っていると、急に、方向転換して、坂を下りはじめ、町屋のならんだ賑《にぎ》やかな通りへ出ていたりした。

——雑司《ぞうし》ヶ谷《や》の方角へ行っていることは、まちがいない。

そう断定しておいて、狂四郎は、無駄な神経を費すことを止《や》めた。

駕籠は、やがて、ひろびろとした野の音と匂いのする道を通って、とある屋敷の中へ入って行った。

駕籠は、そのまま、建物の中へかつぎ込まれ、狂四郎が出されたのは、昏《くら》い狭い部屋であった。

女中が一人、控えていて、

「こちらへ——」

と、みちびいた。

大名屋敷というものは、採光など全く考慮されていない造りで、廊下は、昼間でも灯を必要とする昏さであったが、この邸宅は、さらに、なにか、陰惨なものさえ感じさせた。

広縁へ出たが、雨戸がたてきられてあった。

狂四郎は、しかし、壺庭《つぼにわ》を過ぎて、長局《ながつぼね》に入るのだと、さとった。

案内に立った女中は全く気づかなかったが、その広縁を過ぎがてに、狂四郎は、袂にしのばせて来た赤い小石を、雨戸の上の櫛窓《くしまど》から、壺庭へ、投げておいた。

第二の小石を、外へ投げたのは、長局に入って、女中が、とある部屋の前で、立ちどまった時であった。

狂四郎は、小石が水に落ちる微かな音をきいて、

――池泉か。

と、苦笑し、残った一個を、かなりの強さで、櫛窓から投げ飛ばした。こんどは、遠くへ飛び、水音はしなかった。

中間《ちゆうげん》に化けた金八が駕籠を尾けて来た筈である。

これまで、いくたびか、金八をして、大きな屋敷に忍び込ませている狂四郎は、こんども失敗はせぬものと考えていた。赤い小石は、居場所を教える目じるしであった。

女中は、部屋の内にむかって、べつに許可も乞わずに狂四郎へ、

「お入りなさいませ」

と、云いおいて、自分は下った。

そこは、寝所であった。

一瞥して、長局の主人のやすむところと知れた。

そして、その主人は、博多《はかた》の紫絣《がすり》黒独鈷《どっこ》に、緋縮緬《ひぢりめん》の豪華な褥《しとね》の上に、白羽二重の寝召《ねめし》をまとった後姿をみせていた。

もう午《ひる》が近くなっているこの時刻に、こうして夜の装《よそお》いでいるのは、狂四郎を迎えるためであった。

床柱の下に、大奉書折りにのせた小香炉から、若草（練香《ねりこう》）のけむりが、たちのぼって、寝所いっぱいに、むせるような香を満たしている。殿の奥泊りの夜にかぎり、寝所にこの香を焚《た》きこめるのが、当時の大名の奥方に与えられたならわしのひとつであった。

「眠狂四郎、御依頼によって、罷《まか》り越しました」

狂四郎が告げても、なおしばらく動かずにいて、ようやく、老婦は、顔をまわした。

半白の髪の下に、ふっくらと下ぶくれた童女の貌があった。

童女――まさしく、五十年前のいとけない面差《おもざし》をそのまま保ちつづけて来た女性《にょしょう》であった。

勿論、六十の坂を越えていることは、一瞥で判る。

にも拘《かかわ》らず、眉目《びもく》に稚《おさな》い匂いをただよわせて、肌理《きり》に娘のような白い柔らかな艶《つや》やかさをたたえているのは、いっそ、薄気味わるくさえあった。

何やらおどおどした、一種の羞恥《しゅうち》の色さえ、眸子《ひとみ》にうかべて、肩をすぼめ、膝の上で、重ね手をすり合わせているのであった。

――未通女には、まぎれもない。

狂四郎は、微かな悪寒《おかん》を、背すじにおぼえ乍ら、

「生れてはじめて、男子を、その牀《とこ》に、迎えられる由《よし》、承りましたが、これは、貴女様のご希望によるものでありましょうか？　それとも、家中のどなたかの無理強《むりじ》いでありましょうか？――おうかがいつかまつる」

と、訊ねた。

すると、老いた童女は、急に、哀しげにも受けとれる表情になると、

「あ……あ……あ、あ……」

と、とぎれ声をもらした。

――聾唖《おし》か！

狂四郎は、索然たる気分になった。

三

厠《かわや》へ立つとみせて、縁側へ出た狂四郎は、物蔭に人のひそむ気配の有無をたしかめておいて、雨戸一枚、二尺ばかりそっと繰った。

老いた童女を立たせるにふさわしい、盆庭と云ってもいい、小さな茶庭がつくられて

あった。少女の帯ほどの細流れに、赤い小石が、血を一滴落したように浮いていた。

「金八」

「へっ、ここだ！」

紺看板に梵天帯《ぼんてんおび》、木刀を一本腰にぶっ込んだ折助姿が、縁の下からとび出して来た。

中に入れて、雨戸を閉めた狂四郎は、

「女を抱かせる。生娘だ」

と、云った。

「ほ、ほんとですかい？……先生とのつきあいも永《なご》うがすが、吉原《なか》の総籬《そうまがき》の三分《さんぶ》女郎を抱かせてもらったことが、たったいっぺんあるきりですぜ。どうも、信用できねえ。抱いたとたんに、口が耳まで裂けるとか、ろくろっ首になるとか――」

「安心しろ。真正真銘の生娘だ。餅肌《もちはだ》も、羞恥も持っている。膝を開けるのに、骨折るだろう」

「あっしの役目は、その――据膳《すえぜん》をくらうことだけですかい？」

「そうだ。おれになりすまして、やるがいい」

「大丈夫ですかね。ばれたら、むこう様は、魂消《たまげ》て、絹を裂く悲鳴をあげて、大騒動になりますぜ」

「生娘にまちがいはないが、唖《おし》だ。悲鳴をあげる気づかいはない」

「唖ですかい。それで、判った。嫁に行けねえふびんさに、お留守居野郎、たった一度でいいから、男の味を知らせておいてやろうと、いろいろ物色した挙句、日本一の腕前の先生に、白羽の矢をたてたってえわけだ」

この一人合点の言葉をきいたとたん、狂四郎の脳裡にひとつの直感が、ひらめいた。

「おい、ここは、誰の下屋敷《しもやしき》だ？」

「おっと、忘れていた。ここは、柳生但馬守《やぎゅうたじまのかみ》の屋敷でさ……。ね、先生、但馬守の妹なら、話がわかるじゃ、げせんか。いくら唖で、裏を返さねえ初回っきりの、聟《むこ》えらびでも、なまじの男じゃ不服でさあ。先生にたのんだとは、あのお留守居野郎も、目が高けえや」

しかし、狂四郎の方は、別のことを考えていた。

——柳生家は、目下、当主は、病んで、ひきこもり中、ときいているが……。

但馬守俊正は、まだ若く、独身の筈であった。

再起おぼつかなく、妻を迎えることが不可能と知っての種取りならば、六十歳の老婆《ろうば》に、一夜聟を迎える筈があるまい。

やはり、奇怪な依頼と云うほかはなかった。

「金八——」

「へい」

「あの部屋だ。灯を消しておいた。行け」

柳生家留守居役・佐古藤内は、留守居部屋に、一人黙然と端座して、瞑目《めいもく》していた。
まことに、ばかげた試しを実行したものである。しかし、そのことに、自嘲《じちょう》はなかった。

今年まだ十九歳の当主但馬守俊正の病気を治癒《ちゆ》させるためには、それが、常識では、いかにばかげた、滑稽《こっけい》な手段であろうとも、敢《あ》えてとらざるを得なかった。

病気は、多くの名医に診《み》せたが、原因不明であった。病状は労咳《ろうがい》に似ていたが、喀血《かっけつ》はせず、医師たちも、肺ではないことだけは、明言した。

佐古藤内は、すこしずつ衰弱して行く主君を視るに堪《た》え得ず、あらゆる治療をこころみたが、いささかの効果もなかった。

一月ばかり前の某日であった。

但馬守俊正は、藤内を呼ぶと、珍しく、元気な様子で、

「藤内、石舟斎様が、若い日、わしと同じわずらいをなされて居るぞ」

と、一綴《つづ》りの古い帖《じょう》を、手渡したことであった。

それは、柳生家の始祖石舟斎宗厳《むねよし》の晩年の日誌であった。

宗厳は、その日誌に、十代の頃、自身でも不可解な病気にかかり、これが療法に苦心

をはらったことを記していたのである。

自身で李《り》・朱《しゅ》の医学を勉強した宗厳は、丹渓纂要《たんけいさんよう》の説によって、この病気は鬱病《うつ》の一種と断定した。

鬱ニ気・血・湿・熱・痰《たん》・食ノ六証アレドモ、鬱ハ気ニ属シテ、事遂ゲザレバ則《すなわ》チ悶々然《もんもんぜん》トシテ、気伸ビズ。と曲直瀬道三《まなせどうさん》撰述《せんじゅつ》の啓廸集《けいてきしゅう》という書に出ている。そこで、宗厳は、思いきった非常手段をえらんで、鬱証を払った。すなわち、たまたま、師と仰いだ上泉伊勢守に悃願《こんがん》して、おのれの妻と通じてもらい、その直後、妻の体内から洩《も》れ落ちる伊勢守の契水を掌《て》にすくって、嚥《の》んだのであった。

宗厳は、記している。

「五蔵ノ火アリテ五志ノ内ニ根スルモノニシテ、心ハ君主ナルガ故《ゆえ》ニ自ラ焚《た》ケバ則チ死ス。我ハ己《おのれ》ニ克《か》ツニ、コノ火ヲ消シ止メタリ。天地ノ間、陰陽五行アルノミナレバ、我男子トシテ、先《ま》ズ女体ヲ去リ、而《しこう》シテ、師ガ精水ヲ頂キテ、五常ノ性ヲ抑《おさ》エタリ。アア、我ハ遂《つい》ニ剋《か》テリ」

十三代但馬守俊正は、始祖が異常な試しによって、病気を征服したのを知って、おのれも、同じこころみを決意したのであった。

亡母の姉にあたる六十歳の、聾唖《ろうあ》の未通女がいるのをさいわいに、この無垢《むく》のからだを利用して、稀有《けう》の天稟《てんぴん》を誇っている兵法者から、精液をもらうことにした。始祖石舟斎が、剣聖上泉伊勢守から、それをもらったように――。

佐古藤内は、主人から、打明けられるや、一瞬、唖然《あぜん》としてしまった。

しかし、この途方もなくばかげた療法も、それによって、主人が、その時から、おのれは必ずなおる、という信念を抱《いだ》けば、これはさいわいとすべきであろう、と思ったのである。

藤内は、熟慮のすえに、眠狂四郎をえらんだのであった。

……藤内は、目をひらいた。

眠狂四郎が、長局の寝所に入ってから、すでに一刻《とき》が過ぎていた。

藤内は、やおら立ち上ると、留守居部屋を出て、長い廊下を歩いて行った。

藤内が、寝所に入った時、その右手には、朱塗りの椀《まり》が持たれていた。

狂四郎の姿は、すでに、そこには見当らなかった。

藤内は、手真似《てまね》で、老いた童女に、前を捲《まく》らせ、褥《しとね》の上へ、しゃがませて、その下へ、椀をあてがった……。

四

陽が傾いた頃合、狂四郎は、柳生邸から、影のように抜け出て、田野へつづく櫟林《くぬぎばやし》の中の往還をひろって行った。

道が三叉《みつまた》に岐《わか》れる辻《つじ》の道祖神《さえのかみ》の祠《ほこら》の供石に、金八が、腰かけて、つくねんと待ちくたびれていたが、

「先生！」

指を鳴らして立ち上った。

「首尾は、上々でござんしたか？」

「なんの首尾だ？」

「なんの首尾って、つまり、あっしに、あの据膳をくらわせたのは、何かの企みがあってのことじゃありませんか」

「いや——何もない」

狂四郎は、かぶりを振って、歩きつづける。

「何もない、って——。どうも、変だね」

「べつに、なんのふしぎもない話だ。……お前は、ぽってりとした餅肌《もちはだ》を食って来た。それだけのことだ」

「へえ——そりゃ、命じられた通り、食うには食ったが……」

「味はわるくなかった筈《はず》だぞ」

「いいも、わるいも、あいてが生娘じゃ、手こずったばかりで、終った時は、やれやれでさあ」

「しばしば、やっているような口ぶりだな」

「とんでもねえや。十六の従妹《いとこ》をやってこまして以来、七年ぶりの、いただきですぜ。……ね、先生、うかがうのを忘れていやしたが、あのお姫様《ひい》は、いくつぐらいでござんした？　二十歳になるやならず、ってえところでしょうね？　二十を五つも六つも越えた年増《としま》じゃなかったね、たしかに──」

墨を流したような暗闇の中での、ひと苦労だったのである。

狂四郎は、苦笑し乍ら、

──どうやら、浮世は、錯覚によって、成立っているようだ。

と、胸の裡《うち》で、呟きすてていた。

狂四郎は、佐古藤内の行動を──老いた童女から、それを採って、病める主君にさし出すまでの始終を、物蔭から、見とどけて来たのである。

但馬守俊正は、それを、市井《しせい》をうろつく巾着切《きんちゃくきり》のものとは、神ならぬ身の知る由もなく、嚥下《えんか》したのであった。

御前試合

一

その日——。

本丸老中、水野出羽守《でわのかみ》忠成は、下城を一刻《とき》ばかりおくらせた。

つい先日、大坂城代から転じて、御側衆《おそばしゅう》の一人として、帰府した本多豊前守正意《ぶぜんのかみまさおき》と密談するためであった。

本多正意は、若年から、切れ者として頭角をあらわし、誰の目にも、将来の老中と映っていたが、出羽守忠成が、その俊敏をおそれて、大坂城代に任じ、十二年間も、据え置いたのである。

出羽守忠成は、田沼意次《おきつぐ》ほどの手腕でもなかったし、政道上なんの経綸《けいりん》も抱負も持たない人物であったが、迎合の術に於《お》いて、鮮やかな腕前を有していたのである。

将軍家斉《いえなり》の寵眷《ちょうけん》をほしいままにするための、あらゆる術策をもちい、それがことごとく当って、若年寄、御側用人、老中格と進み、加判の列にくわわるや、年毎に加増されたのである。

忠成が、老中になってから、なした事蹟《じせき》と云えば、将軍家斉が、その側妾《そくしょう》につぎつぎと生ませた子女を、外様《とざま》、譜代の諸大名に分配したことだけであった。

増封とか、家格の昇進、恩貸など、いずれも贈賄《ぞうわい》によって、公然と行われていることは、田沼意次の時代以上であった。

こういう人物は、その輩下に、頭脳秀《すぐ》れた者を用いるのを、きらう。

本多正意は、異常の秀才であった。人柄も、剃刀《かみそり》のように冷たいところがあった。

忠成としては、おそれざるを得なかったのである。

しかし、幕閣内の、政権争奪のための暗闘が、表面化して来たいま、忠成としては、強力な味方を、側に置かざるを得なかったのである。

本多正意以外に、忠成をたすけて、西丸老中水野越前守忠邦に対抗し得る智謀者《ちぼうしゃ》は、見当らなかった。

忠成は、しぶしぶ、正意を、大坂城から、呼びもどしたのであった。

時刻を見はからって、忠成は、その部屋に入った。

豊前守正意は、さきに、そこに来ていて、一枚の紙を、膝の前にひろげていた。

忠成が、座に就くと、べつに挨拶もせずに、扇子のさきで、その紙を、忠成へ、押しやった。

「ごらんなされい」

　そう云った。

　まさしく、対等の態度であった。

　老中というものは、大層な権威の所有者で、徳川三家の尾張、紀伊、水戸でも、往来で出会えば、道を譲って、さきに会釈《えしやく》をしたし、国主大名と云われる前田とか島津とかの大諸侯でも、「その方《ほう》」と呼びすてされたものである。

　奇妙なしくみで、この老中は、実に、十万石以下、ある場合は、四五万石の小大名であることが、不文律になっていた。

　譜代であることに限られてはいたが、禄高《ろくだか》はまことにすくなく、格式から云えば、中以下の大名だったのである。これは、家康の仕癖であった。資力と権力を分けて、同時には、両手に、それを持たせなかったのである。

　格式から云えば、本多正意は、出羽守忠成よりも上であった。

　正意は、その格式の方を重んじて、対手《あいて》が老中であることを無視したのである。

　出羽守は、その紙を把《と》ってみた。

　　『当世売薬功能書のこと
　ひとつ、昇進丸
（大包み金百両、中包み五十両、小包み十両。かねがね心願を成就《じようじゆ》せんとおもう

こと、この薬を念を入れて用うべし）
ひとつ、奥女丹《たん》（このねり薬、持薬に用い候《そうら》えば、精力を失うことなく、いつか功能あらわれる也《なり》）
ひとつ、隠居散（この煎薬《せんやく》、酒にて用ゆ）
右の通り御用い候て縁談、滞府、拝借のほか、定まり候ためしなき事にても、即功神の如《ごと》し』

出羽守は一読して、にがにがしげに、

「愚にもつかぬ」

と、吐きすてた。

賄賂《わいろ》に精を出し、奥女中のご機嫌《きげん》をとり、そして、将軍寵姫《ちょうき》の養父中野石翁《せきおう》という隠居にとり入れば、必ず出世し、なんでも、叶《かな》うようになる、という皮肉な功能書だったのである。

「いかが、なされるご所存であろうか。もう、古金を新しく化けさせる手段も、間に合い申さぬ」

正意は、ずばりと、云ってのけた。

幕府は、今年に入って、全くの財政困難に陥ったのである。

寛政時代、松平定信が節倹の結果、江戸城金蔵には、いささかの貯蓄もできたものだったが、文化年間に至って、再び、窮迫し、文化十四年には、勘定奉行が上書して、財政困乏の極に達し、当年暮の有金高は、わずか六十五万八百六十余両に過ぎず、これでは、明年の一切の支用を弁ずることは不可能である旨《むね》を訴えている。

さらに、文政に入ってからは、その窮迫状態はひどくなった。出羽守は、やむなく、改鋳《かいちゅう》して、一時しのぎをやった。

小判、二分判、一分判、二朱判など、ことごとく、金の量を減らし、質を落して、改鋳して、一時しのぎをやった。

つまり、武家、町人を問わず、貯《たくわ》えている金をさし出させて、新しい改悪の金を引替えたのである。引替えに応じない者には、吟味の上、処罰することにしたのである。

そして、この金銀貨幣の引替え政策は、この十年間に数回にもわたって、なされていたのである。

それでもなお、幕府の財政は、愈々《いよいよ》困窮して来ていた。

二

「もはや、改鋳も新鋳も、不可能の模様じゃが……」

流石《さすが》の出羽守も、なげ出すように、云った。

目下、世間に通用している金銀貨幣は、幕府はじまって以来の品質の劣悪なものであり、しかも、ひどく複雑になってしまっていた。二十年ばかり前までは、小判、小粒、南鐐《なんりよう》の三種類しかなかったのが、いまや、庶民の半数が計算できぬほど、種類がふえて、複雑になってしまったのである。

正意は、冷やかな眼眸《まなざし》を、出羽守に当てていたが、

「ない袖《そで》は振れぬ――と申しては居《お》れぬ事態でござるが、といって、振るべき袖を、火急に作るわけにも参りますまいが――」

「お許《こと》に、その袖の縫い手となってもらいたいのじゃ。たのむ！」

出羽守は、頭を下げた。

「いま、御金蔵には、いくら、ござろうか？」

正意は、問うた。

「十万両が欠ける」

出羽守は、こたえて、腕を組んだ。

天下の支配者の金蔵に、わずか十万両もないのである。

どうやって、金銀を集めるか。その手段は尽き果ててしまっている。

凡庸な本丸老中としては、とうてい、この打開策は、思いつくべくもなかった。

にも拘《かかわ》らず、おのが座を、西丸老中に渡すことは、死すとも御免だったのである。

出羽守を見戍《みまも》る本多正意の顔に、微かな侮蔑《ぶべつ》の色が刷《は》かれた。

「御老中が、あくまで主座を守ろうとなさるためには、方法《てだて》は、ひとつしか残されて居

らぬようでござるな」

「その——ひとつとは？」

「水野越州《えつしゅう》に、鬼籍に入ってもらう」

正意は、こともなげな口調で、云ってのけた。

「殺す?!」

出羽守は、愕然《がくぜん》となった。

「左様——殺すよりほかに、すべはござらぬ」

「そ、それは——しかし、できぬ相談じゃ」

出羽守は、かぶりを振った。そこまで、冷酷無比な悪者には、なりきれぬ出羽守であった。

「御老中——。水野越州は、すでに、佐渡の金銀に関して——公儀下げ金と上納高の不正を、調べあげて居り申す。今年暮、再び通貨救済の策として、貨幣改鋳の議が提出される際を、越州は、狙って居るに相違ござらぬ」

ほかに財政のやりくり策がない以上、さらに、貨幣改悪よりほかには、今年暮を越す手段がないことは、目に見えている。極端な倹約励行など、出羽守としては、とる度胸など、なかったのである。

正意の予言は、おそらく的中するであろう。

越前守忠邦は、思いきった施政改革を胸中に秘めているに相違ない。それは、おそらく、現在の寵臣を一人のこらず処分することであり、天下にむかって、毎日雨のごとく、法令を降らすことであろう。すべての人々の日常生活から、いっさいの奢侈《しゃし》を追いはらってしまう政策である。大名から日傭取《ひようと》りに至るまで、寸毫《すんごう》も仮借するところなく、倹約法令でしばりつけてしまうに相違あるまい。

その日のためにも、越前守は、前代施政者が、いかにぜいたくであり、どんな不正を働いていたか、世間に、知らしめる必要がある。

越前守は、出羽守をはじめ、閣老たちが、私腹をこやした証拠を、しかと摑《つか》んでいる模様である。

今年暮の評定《ひようじよう》の席あたりで、愈々《いよいよ》越前守は、かくし持った証拠書類を、つきつけて来るのではあるまいか。

正意に云われてみると、出羽守は、急に、背筋にうそ寒いものをおぼえずには、いられなかった。

「……亡《な》き者にするとかるがるしゅうお許《こと》は申すが、もし暗殺などいたせば、世間の非難は、たちまち、わし一身に集って参るぞ。わしが指令した、とすべての者が考えるであろう故《ゆえ》……」

「暗殺などという下策は、とり申さぬ」

正意は、冷やかに笑った。

「それがしに、おまかせ頂きたい」

三

眠狂四郎が、武部仙十郎に呼ばれ、水野忠邦邸へおもむき、越前守の前に伺候したのは、それから十日ばかり過ぎてからであった。

「狂四郎、柳生但馬守《やぎゅうたじまのかみ》と、御前試合をしてくれぬか？」

越前守から、不意に、そう云われて、狂四郎は、ややあっけにとられて、見返した。将軍家指南役と素浪人が、将軍家の面前で、雌雄を決する。常識では想像もできぬことであった。

「どなた様が、思いつきなされた趣向でありましょうか？」

「上様じきじきの御下命と、御側衆の本多豊前守が、わしに、つたえた」

「上様は、ご不例とうかがって居りますが……」

「病中の気ばらし、と仰《おお》せられた由《よし》」

「………？」

越前守は、微笑して、

「上様は、ご存じないことであろう。本多豊前が思いついたに相違ない。……その方は知るまいが、本多豊前は、ただ者ではない。頭脳の切れることは、公儀随一と申してよい。久しく、大坂城代をいたして居ったが、このたび、御側衆として、戻って参った」

「なんのこんたんあって、但馬守とこの狂四郎をたたかわせるか——おわかりでありましょうか？」

「判らぬ。見当もつかぬ」

「但馬守は、目下、病臥《びょうが》いたして居ると噂にききおよびますが……」

「但馬守自身が、試合を承知した上で、対手を、その方と指名したそうじゃ」

「………？」

但馬守俊正は、奇妙な病気を患《わずら》って日々衰弱するのに堪《た》えられず、一気に治《なお》さんとして、狂四郎をえらび、あさましい策をもって、その精液を採り、それを嚥下《えんか》している。

（実は、看破された狂四郎によって、巾着切金八のそれを飲まされたのだが……）

おそらく、但馬守は、御前試合の儀の下命があるや、咄嗟《とっさ》に、狂四郎を思い泛《うか》べたに相違ない。

狂四郎という存在がいなかったならば、病気を理由に、辞退したかも知れない。

但馬守としては、文字通り決死の覚悟をきめたものであろう。

「わしが、調べたところでは、但馬守は、この旬日、ふしぎと元気をとりもどした様子じゃ。……それにしても、久しく稽古《けいこ》もして居らぬに、なぜ、お受けしたか知らぬが、但馬守がお受けし、その方を指名した以上、やってもらわねばならぬの」

越前守は、そう云って、かたえの文筥《ふばこ》を把《と》って、

「これが、試合にあたっての、上様の御希望されるところ——ということに相成って居る」

と、一通の上意書を示した。
一、真剣のこと。
一、上様おん差料を双方へお下げ渡しのこと。
一、勝負は一太刀のこと。
一、定めの位置を動かざること。もとより、一太刀をふるう時は、その限りにあらず。
一読した限りでは、さまで、奇異とする命令ではなかった。しかし、二度読みかえすと、この四箇条の蔭に、何か陰険な、含むところが、かくされているように、直感された。

「狂四郎、この四箇条に加えて、わしの希望もある」

「うかがいます」

「この試合、勝負なしに、してくれぬか？」

「引き分けよ、と仰せられる？」

「できるかの？」

「なぜ、それを、おのぞみなされます？」

「柳生但馬守は、いやしくも、将軍家お手直し役じゃ。……無頼の浪人者に敗《やぶ》れたとあっては、世間へのきこえもはばかる」

狂四郎は、ちょっと、考えていたが、

「承知つかまつりました」

と、こたえた。

「その方が、わざと敗れてみせい、と申しているのではないぞ」

「心得て居ります」

狂四郎は、越前守が、勝負なしにせよ、と命ずるのは、但馬守に恥をかかせまいとする配慮ではなく、本多豊前守正意が何かの奸策《かんさく》を企てているのに、乗るまいとする要心からである、と読みとった。

四

その試合は、浜町入堀北側の本丸老中水野出羽守忠成の中屋敷において、催された。

将軍家には、永らくご不例であったが、このたび、ほとんど元通りにまで、快癒《かいゆ》あそばされたので、一日、おん気ばらしに、饗筵《きょうえん》を敷き、御前試合を添えて、おなぐさめする、という公告であった。

但《ただ》し、鹵簿《ろぼ》が、江戸城を出て、その中屋敷に入り、御座に着座までの間に、将軍家の姿を認めた者は、誰もいなかった。

御座は、御簾《みす》がおろされていて、姿を窺《うかが》うことはできなかった。

すべての人は、将軍家が、そこに在《あ》ることを、疑いはしなかった。

千坪以上もある心字池を中心にして、渓谷、丘陵、緑樹の間、橋梁《きょうりょう》――いたるところに、全国著名の神社仏閣、諸勝地の縮写がこころみられた豪華きわまる庭苑《ていえん》であった。

その池畔の大芝生《しばふ》が、五間四方ばかりに、切り取られて、白砂を撒《ま》いてあった。

そこが、試合場であった。

正面上座をあけて、三方に、緋毛氈《ひもうせん》が敷きつめられ、そこが、諸侯、旗本大身の座であった。

白砂の中央に、二個の三方が、置かれ、一振りずつ、白鞘《しらさや》の剣がのせてあった。

柳生但馬守俊正は東から、狂四郎は西から、それぞれ、小姓組の一人にみちびかれて、三方へ歩み寄った。

立つべき位置を指示された両者は、目礼し合ってから、白鞘の剣を把った。

但馬守は、熨斗目《のしめ》の紋服に、仙台平《せんだいひら》の袴《はかま》、なめし革《がわ》の襷《たすき》を綾《あや》どり、白鉢巻《しろはちまき》をしていた。

顔面は、久しく陽《ひ》に当らぬ、明らかに病人の青白さであったが、双眸《そうぼう》だけ、異常に燃えていた。

狂四郎は、珍しく袴をはいていたが、襷も鉢巻もしていなかった。

但馬守が白足袋《しろたび》、狂四郎が素跣《すはだし》であるのも、対蹠《たいしょ》的であった。

狂四郎は、対峙《たいじ》した瞬間、上座に対して、斜線を引いた位置になり、但馬守の背後へ一直線を引いた場所に、越前守忠邦が坐《すわ》っているのを、みとめた。

――はてな？

おのれの立たされた位置に、疑惑が生じた。

但馬守の方は、すでに、闘志をみなぎらせて、青眼に構えている。

柳生家の血を継ぐだけあって、なみなみの手練者《てだれ》でないことは、一瞥で判った。しかし、永い間、病臥していたかなしさに、刀身には、鋭気が不足していた。

狂四郎は、地摺《じず》りにとり乍ら、生じた疑惑の糸をたぐる余裕をもった。

将軍家の差料と称する白刃を与え、定めた位置を動かずに、一太刀で勝負を決めよ、と云《い》う。

策略があっての命令に相違ない、と考え乍ら、やって来たが、その位置に立たされて、一直線の前方に越前守を見出し乍らも、即座に、日頃の鋭い直感力が働かずに――はてな？　と疑ったのは、なお、狂四郎に、これが御前試合であり、数千の目が見戌《みまも》っているこの状況を、厳粛なものと思う心があったからである。

数秒を経て、疑惑は、ようやく、

——そうか！

と、合点に変った。

これは、別に厳粛な試合でも、なんでもなかったのだ。

数千人に目撃させるために仕組まれた猿芝居《さるしばい》であったのだ。

——おれを、猿にするのか、この眠狂四郎を。そうは、問屋がおろさぬ。

狂四郎は、心中で、にやりとするや、地摺りを青眼に転じた。

……切っ先と切っ先が、殆どふれ合ったままになった固着の状態が、つづいた。

すべての人が、固唾をのみ、しわぶきひとつ、洩らさずにいる。

と——。

狂四郎が、すっと、刀身を下げた。

とみた刹那——。

但馬守が、ぱっと、大上段にふりかぶった。

だが……。

但馬守が、一撃のための気合を発するよりも、間髪《かんはつ》の差で、狂四郎の口から、真紅の液体が、ぱっと噴いたのであった。

肺が、破れて、喀血《かっけつ》した、とみせたのである。

但馬守は、若年乍らも、将軍家指南役であった。喀血した者に対して、剣を振り下さなかった。

狂四郎は、わざと、よろけた。

よろけざまに、無意識の動作とみせかけて、太刀をひと振りした。

一瞬——。

白刃は、白柄《しろつか》からすっぽ抜けて、宙を飛んだ。

「う、ううっ！」

呻《うめ》きが、ほとばしった。

本丸老中の座の隣りに坐っていた御側衆、本多豊前守正意が、その胸に、ふかぶかと、突き刺されてのけぞったのである。

（下巻に続く）

本作品には、一部不適切と思われる表現や用語が含まれておりますが、故人である作家独自の世界観や作品が発表された時代性を重視し、原文のままといたしました。これらの表現にみられるような差別や偏見が過去にあったことを真摯に受け止め、今日そして未来における人権問題を考える一助としたいと存じます。

（集英社　文庫編集部）

本書は、一九六三年十二月に前篇、一九六四年五月に後篇が新潮社より単行本として刊行され、一九七〇年八月に新潮文庫として文庫化されました。

初出　「週刊新潮」一九六三年四月一日号〜一九六四年三月九日号

集英社文庫

眠狂《ねむりきょう》四《し》郎《ろう》殺法帖《さっぽうちょう》 上《じょう》

2019年6月30日 第1刷

定価はカバーに表示してあります。

著 者 柴田《しばた》錬三郎《れんざぶろう》

発行者 徳永 真

発行所 株式会社 集英社

東京都千代田区一ツ橋2-5-10 〒101-8050

電話 【編集部】03-3230-6095

【読者係】03-3230-6080

【販売部】03-3230-6393(書店専用)

印 刷 大日本印刷株式会社

製 本 大日本印刷株式会社

フォーマットデザイン アリヤマデザインストア　　マークデザイン 居山浩二

ISBN978-4-08-745889-3 C0193